心理大师

起源

钟宇 著

中国友谊出版公司

图书在版编目（CIP）数据

心理大师 / 钟宇著. — 北京：中国友谊出版公司，2021.9
ISBN 978-7-5057-5278-8

Ⅰ. ①心… Ⅱ. ①钟… Ⅲ. ①长篇小说-中国-当代 Ⅳ. ①I247.5

中国版本图书馆CIP数据核字(2021)第153589号

书名	心理大师
作者	钟宇
出版	中国友谊出版公司
发行	中国友谊出版公司
经销	新华书店
印刷	唐山富达印务有限公司
规格	880×1230毫米　32开
	38.25印张　783千字
版次	2022年1月第1版
印次	2022年1月第1次印刷
书号	ISBN 978-7-5057-5278-8
定价	158.00元（全四册）
地址	北京市朝阳区西坝河南里17号楼
邮编	100028
电话	(010) 64678009

版权所有，翻版必究
如发现印装质量问题，可联系调换
电话　(010) 59799930-601

『心理大师』悬疑系列
主要人物介绍表

沈　非　　心理医生，性格沉稳，心思缜密，"观察者"心理咨询事务所负责人。常沉迷于过去而不可自拔，天生痴情种的他有着忧郁迷人的气质，而这也似乎成了他最大的敌于对付他最有力的手段。

邱　凌　　天才般的人物，疯子般的心理，内心极其强悍。所有的诡异、阴暗和匪夷所思都似乎只是为了证明他的存在。

古大力　　一个几乎在任何时候都嚼着鱿鱼丝，运动平衡系统紊乱而经常摔跤的胖子。他还有着如下的身份：图书馆管理员、精神病医院康复期病人、海阳市公安局特殊线人。

乐瑾瑜　　精神科女医生，对心理学有极大的兴趣，精通唇语。看似清晰，却又模糊的身影常令人恍惚。解剖刀是她的标配，无论身在何处都会随身携带。

李　昊　　自带正义光环的刑警，体格魁梧，嫉恶如仇，看似标签般的人物，却在某些时候有着一颗细腻的心。

邵　波　　说他是花花公子也不为过，身为私人侦探，思维活跃，脑洞大开之际，也会做出让人大跌眼镜的事情。

文　戈　　这是一个活在所有人记忆中的神秘女人，可能是所有故事的起点和终点。

岩田介居　曾是东京大学和风城医科大的交换生，主攻精神科，资深犯罪心理学专家。

目 CONTENTS 录

自序 01
引子 03

第一章　梯田人魔　　001

那个裸露着的尸体，软绵绵地搁在看台上，一阶一阶的，就好像铺在台阶上的地毯。

第二章　偷尸体的孕妇　　019

漂亮且长长的指甲与打理得非常讲究的卷发，说明她并没有为成为凶手做必修的功课。

第三章　高智商精神病患　　041

留在纸片、皮革、木头等吸水性物品上的指纹，一般是通过加热碘晶体后的蒸汽与指纹残留物（油脂）产生反应，形成黄棕色的指纹。

第四章　无限恐惧症　　063

身后的树林里有各种虫子在哼唱着，空气中散发着青春期胴体的那股腥味……

第五章　骨灰嗜异者　　079

骨灰的主要成分是磷与钙，以及碳，所以骨灰的口感会像细沙。吃多了还会引起便秘，因为磷酸钙并不是那么容易被吸收的缘故。

第六章　咖啡收藏癖　　　　　　　　　　　097

了解一个人，从某种职业的角度来说，最好看看这个人的脑部 CT 片，或者直接切开他的脑子，看看里面大脑、小脑与脑干的结构。

第七章　嗜血因子　　　　　　　　　　　　119

一起被拉上来的，还有个女人尸体。她的致命伤从胯下开始，一直延伸到胸腔，被血淋淋开了膛。

第八章　弗洛伊德解剖刀　　　　　　　　　141

心理学家最主要的理论来源，始终还是来自一位曾经的精神科医生，甚至来源于那把沾着些许红色血液与白色脑部组织的解剖刀。

第九章　天生罪犯　　　　　　　　　　　　161

从尸袋鼓起的轮廓可以揣摩到，里面是支离破碎的。法医在现场不断地搜集着零星的残肢碎片，都只是很小很小的红色肉块与骨头。

第十章　依兰依兰花精油　　　　　　　　　179

我始终无法抵抗的是自己作为成年男人的动物性。面前这熟睡的女人，是已经怒放的花，而我，是一个没有伴侣的正常男人。

第十一章　偷窥者的夜晚　　　　　　　　　201

隐隐约约地，一个蹲着的人影，在那位置慢慢显现出来，跟着他一起出现的，还有一排低矮的灌木。

第十二章　虐猫事件　　　　　　　　　　221

创伤的定义，是因为某件事或者情境的知觉，超过了我们能够成功应对与承受的能力极限。

第十三章　猛禽的猎物　　　　　　　　　245

这是个充斥着各种阴谋论的世界，但是，又始终是个单纯与简单的世界。

第十四章　如果重来一次　　　　　　　　265

你曾经无数次在意识的世界里模拟着与我的对抗和博弈。甚至，你还可能幻想过将我击倒在地，对着我的脸吐上一口唾沫。

第十五章　也许只是开始　　　　　　　　283

监控探头显示的世界是黑白的，于是，没有人会注意到陶瓷茶杯里液体的颜色。

番外篇　　　　　　　　　　　　　　　　291

我们是一群聆听者，聆听着这个世界许多许多不为人知的故事。有时候，我们的病人需要的其实并不是我们的开解，也没有哪位心理咨询师能够凭一己之力治愈病人。况且，包括我们自己，也不能保证自己不会患上心理疾病。

虫子　　　　　　　　　　　　　　　　　292
旋涡　　　　　　　　　　　　　　　　　299
哥哥　　　　　　　　　　　　　　　　　301
子宫　　　　　　　　　　　　　　　　　304
食物　　　　　　　　　　　　　　　　　307

自序

所谓的变态心理患者，对他们的判断并没有一个非常精确的标准。

我——普通的心理医生沈非，在面对我的患者时，我个人所接受的教育、知识以及我对于社会人文的认知认可，便成为我认定面前的患者是否存在心理疾病，或者是否心理变态的标准。认定的前提，便是他们是否违反了社会常模。

虽然心理变态患者都会出现一些违反社会常模的行为，但又不能把全部违反社会常模的人归纳为有病。例如很多强奸、凶杀案的犯人行为极度残忍，明显违反了社会常模。但他们不是病人，心理疾病患者是因为没有能力认定社会能够接受的行为准则，才做出让他人无法接受的行为。

说到这里，便出现了一个问题：某些刑案的凶手，在他们行凶时，是心理疾病患者的状态，还是正常人被欲望驱使着的状态呢，抑或，是一个我们都无法揣摩到的另类状态呢？

那么，又如何来判断，用什么样的标准呢？

——沈非

引子

他把帽檐往下压了压,眼睛往上瞟了一眼。在前方那盏路灯伸出的长臂上,一个白色的监控摄像头正缓慢移动着。

他选择匆匆而过。

今天的雨下得有点出乎他的意料。他本来以为,淅淅的雨丝不过是路过这个城市的过客,转瞬便会消逝的……

前方那个穿着碎花连衣裙的女人终于放下了手机,和她通话的人和她很亲密吗?男朋友,抑或丈夫,甚至有过几夜温柔的网友?

都不得而知。

他很想知道的是,如果明天,和她通话的那个人在报纸上看到她被扭曲后的照片,会不会想要呕吐?

应该不会的。他加快了步子跟上女人。自己并不是一个凶残的杀人者,而是一位美丽的制造者,怎么可能会让人恶心呢?在这个钢筋混凝土构建的城市里,少了青葱翠绿的一抹装扮,只能靠自己来为她点缀。并且,前方这女人并不是肮脏的,真实的她应该是神圣无比的,就如同每个女人,当她们来到这个世界的时候,也全都是神圣无比的。如果要责怪污垢的由来,只能怪那些肤浅的男人,将她们玷污……

其中也包括了那个……那个她……

雨更大了，前面的女人居然伸开了手臂，在雨中东偏西倒、非常放肆地歌唱起来。她的连衣裙被淋湿后，紧紧地贴在身上，浮现出一个洋溢着青春的胴体。这，让他感觉喉头有点发干。他从包里拿出一瓶水来，抬起头，将液体倒入自己嘴里，但始终避免了嘴唇与瓶口的接触。他清楚：自己的DNA不能遗留在这个夜色中的城市，一点点都不能留下。

女人终于蹲了下来，在马路边呕吐起来。她蹲下的姿势很像一个简单的凳椅，弯曲的幅度，让他莫名地兴奋起来。他吞了一口口水，插在裤兜里的手不由自主捏紧了，感觉对方细长的手臂与腿骨，在自己的发力中断成两截的声响，很近很近。

但他还需要继续等待，因为他记得前方20米的位置，有一家银行，银行的门口一般都是有摄像头的。另外，前面十字路口有一个不小的商场，商场里夜巡的保安，现在这个时间段，应该正在进行最后一次巡视。万一有太大的声响惊动了他们……

嗯！他往路边靠了靠，尽量缩到阴影下。

这时，女人站起来了，呕吐过的她好像终于清醒了。她左右巡视了一圈，然后用手把脸上湿漉漉的雨丝往后抹了一下。这个动作让她粉嫩的颈子显露出来，细长，白皙。

他感觉到窒息，裤兜里的手心都是兴奋的汗液。那颈骨，一节一节……一节一节地顽强扣在一起，连着她那有着弧线的脊梁。而那脊骨，一节一节……一节一节顽强地扣在一起，又连着她的骨盆。

他变得有点迫不及待,加快了步子往前走去,他需要用自己的手掌捏住女人的颈子,往后用力掰,让颈子发出声响。

可他突然止步了,已经走到马路中央的他,在瞬间静止,变成了雨夜中一座肃穆的雕像。他压低了头,用眼角的余光往自己身后的街角望去,这瓢泼大雨编织成一幅巨大的帘子,让他的能见度变得极其有限。他无法肯定,让自己警觉的声响是否曾经有过……

他停顿了十几秒,最后咬了咬牙,决定放弃这次狩猎。于是,他将帽檐又压了压,将雨衣的领子往上提了提,最终,他转过身,朝着旁边一条小巷子里快速走去。

这时,身后那女人发出"哎呀"的叫声。

他转过了头,视线触及到的女人摔倒了,并且还摔倒在街对面一条漆黑的小巷子前。她双手撑地,膝盖弯曲着,臀部微微翘起的姿势,让他深吸了一口气。湿透的连衣裙无力地贴着女人的大腿,贴着她的臀。接着,她在缓缓爬起,用她身体的诸多关节,互相配合着完成这些动作。

他明白自己正在失去自制力,只能继续选择大口地吸气。雨丝与空气一起被他吸进了鼻腔,这种感觉让他能够更快地冷静下来。

但是,爬起后的女人却又用手抹了一下头发,那粉嫩的颈……女人朝着那条漆黑的巷子里走去。

他失去了理智,快速越过马路,追了过去……

这时,大雨织成的帘子中,几个高大的身影出现了,他们也紧紧地贴着街角,表情异样地严峻。

10分钟后,两辆汽车快速驶到了巷子口,几个高大的男人拧着一个穿着雨衣的家伙快步走了出来。他们身后,之前那醉酒的女人也出现了,她的步伐变快了,脖子也伸得直直的。她身边的一个男人对着手机在讲话:"汪局,我是李昊!"他的声音低沉沙哑,透着一种男性才有的力量:"我们抓到梯田人魔了。"

第一章
梯田入魔

　　那个裸露着的尸体，软绵绵地搁在看台上，一阶一阶的，就好像铺在台阶上的地毯。

1

李昊把方向盘一转，自顾自地说道："完了，我落了东西在看守所，跟我回去一趟。"

我坐在他身边半眯着眼睛，李昊欠我的这顿饭拖了有俩月了，今天主动提出兑现，让我有点意外。

李昊眼睛依然望着前方，嘴里却嘀咕着："今天下午我在看守所审的是谁？沈大医生想知道吗？"

我歪着头看了他一眼："打住，我可不想知道你工作上那些破事。难道你要逼我再次和你强调一次我的原则——不再参与刑事案件的心理调查分析。"

"我知道！"李昊咧着嘴笑，接着扭过脸来，露出一个故作神秘的表情："我下午审的是邱凌。邱凌，知道不？这段时间新闻里天天在跟踪报道的。"

我自然知道他说的邱凌是哪位——臭名昭著的"梯田人魔"！他落网后，市民送了十几面锦旗到市局，上面写着"一方卫士""刑案终结者"之类的恭维话，新闻也跟踪报道了几天。只是对于这个叫作邱凌的梯田人魔多余的信息,却没有报道过。这一点我理解:目前案子与嫌疑人都还在预审阶段,太多案情还不方便对外公布。

我继续装作没啥兴趣,伸出手拨弄着李昊车上的CD,然后拿出一张摇滚乐塞进了CD机。李昊这一刻的心情应该是激动的,或者说亢奋。抓到了一年来让自己纠结不已的疑犯,任谁能不兴奋呢?而我,一位爱面子却又对梯田人魔邱凌产生了浓厚兴趣的心理医生,这时不给李昊来点催化剂给催化一下,怎么能让他倒豆子一样给我说道说道案情呢?

我这位老同学却不出声了。他放下车窗,然后点上一支烟,狠狠地吸了几口,紧接着他突然蹦出了一句:"想见见这个邱凌吗?"

我笑了:"李昊,我怎么觉得你今儿个就是在对我下套,想要我帮你瞅瞅这位梯田人魔,然后给出一个心理医生能够给出的某些答案。"

李昊也笑了:"怎么样?算帮忙总可以吧!省厅这几天也派了两个法医过来,是研究犯罪心理学的,给出的结果让我们市局的刑警都有点窝火。可人家……唉!等会你帮我瞅瞅这位人魔再说吧。"

我没再吱声,静静地闭上了眼睛。我叫沈非,是一位心理医生。我在海阳市开了一家叫作"观察者"的心理咨询事务所。我在心理学研究上有点造诣,这让我在业内有一定的名气。早几年,市局一些需要心理医生或者心理咨询师的案件,汪局都喜欢让李昊叫上我帮忙。可,我只是个医生,我的工作是治疗病人,而并不是一位神探。所以从前年开始,我为自己定下了一个原则:不是万不得已,再也不参与刑案调查。

这原则的前提是"万不得已"四个字，如梯田人魔这类让省厅都头疼的命案，自然可以排除在外。

梯田人魔，一位连环强奸杀人罪犯。他行凶后的现场，会把死者尸体的某些关节折断，然后整齐地摆放在有阶梯的公共场所。去年七月一个暴雨后的清晨，第一位死者在露天体育场的看台上被人发现。因为有雨水冲洗，那位饱受折磨的女大学生的尸体，看上去没那么狰狞。她裸露着的身体，软绵绵地搁在看台上，一阶一阶的，就好像铺在台阶上的地毯。

整个海阳市震惊了，某些小报甚至提出这是另类崇拜的团伙祭祀的现场，然后杜撰出耸人听闻的类似欧美大片中的桥段来。就在市局刑警队积极展开死者外围关系调查与走访的同时，也就是命案发生后的第五天，尚未完工的海阳大桥下，又出现了一具女尸。这次是一位在夜店疯狂后醉酒的少妇，她的尸体也和第一个死者一样，关节被折断四处，让她能够紧紧地贴在上桥的人行楼梯上。

两个案子第一时间被串联，媒体给这位凶残的罪犯赋予了一个非常有新闻效应的名字——梯田人魔。

接下来的一年里，第三起、第四起、第五起案件陆续被送到了刑警队梯田人魔专案组的办公桌上，凶手始终扑朔迷离。这，在这个被移动信号与视频监控覆盖着的大型城市，基本上是很难做到的。

专案组最后只能用上比较老套的侦破手段：设饵……

车在第一看守所门前停下了。海阳市一看,关着的都是需要上中院的犯罪嫌疑人。邱凌——这位背着五条人命的家伙,完全够格被羁押在这里。

李昊在门口办理了手续,接着把车开进了一看的院子里。待他停好车,我故意问了一句:"你说的落下了东西是骗我的吧?"

李昊笑了:"早知道你并不抗拒见见这位梯田人魔,我也不用弄得这么麻烦。"

说完,他率先下了车。我犹豫了一下,紧接着深深地吸了一口气,拉开了车门。

到审讯室里我才发现,李昊的搭档慕容小雪也在。小姑娘比前年我第一次看到她时,成熟了不少。她也看到了跟在李昊身后瘦瘦高高的我,急急忙忙地站了起来:"沈医生,你也过来了?"

我瞟了一眼她台面上摊开的提审记录本,接着冲她微微笑笑:"你们李队已经招供怎么诱骗我过来的,你就没必要装了。我也只是好奇,想看看这位邱凌到底是个什么人物。"

10分钟后,铁链在水泥地板上拖动的声音缓缓传来,我把椅子往后拉了拉,尽量让自己隐藏在墙角不引人注意的位置。审讯室的门被推开,两名狱警搀扶着戴着手铐与脚镣的犯人进来了。

这犯人自然就是震惊全省的邱凌。我没见到他之前,对这位梯田人魔的形象有一二揣摩。他的长相基本符合一些特定的犯罪人类学里对于罪犯认定的体貌特征。19世纪意大利医生龙勃罗梭在其著作《犯罪人论》里认为:天生犯罪人,是有着某些表现在生理与外貌特征上的遗传缺陷的,比如长长的手臂,锐利如猛禽的目光,宽大的颌骨等。这些返祖现象的体现，让凶犯天生具备了我们祖先无法控制自己作为野兽嗜血的欲望。

可惜的是，邱凌并没有具备天生犯罪人的任何特点，甚至他比我看到的大多数罪犯都显得斯文很多。他瘦高的身材，让人怎么都想不到他有足够的体力完成那些令人发指的罪行。白净的皮肤，说明他有一个非常优越的家庭环境与不需要消耗体力的工作。

我继续缩在椅子里观察着面前这位约莫30岁的嫌疑人。他头发很短，修剪得非常整齐，手指修长，摆放在审讯台上轻微地抖动着。他努力地把眼睛眯成一条直线，很吃力地望着一米以外的李昊和慕容小雪。

他是高度近视？一位有着高度近视的连环杀人案犯？

李昊扭过头来看了我一眼，接着对小雪点了点头。小雪拿出一副非常精致的金丝边眼镜，递给了接受审讯的邱凌。邱凌伸出双手接住，并礼貌地说了句："谢谢。"紧接着他把眼镜戴上，认真地看了看李昊和慕容小雪，最后把目光移到了角落里的我身上。

这时，我注意到一个很微小的细节，邱凌在戴上眼镜后，摆放在审讯台上抖动着的手指停止了抖动。这点可以理解，因为人的第一需求是对于安全的需求，邱凌在没有眼镜这一辅助工具之前，看不清楚身边的环境，也就是说他感觉不到最起码的安全保证。

但这个念头在他的目光与我接触到之后又被我打翻了。邱凌之前应该是见过李昊和慕容小雪的，所以他对于这两位有一个初步的接触与了解。在他和我对视的同时，他那本来灰暗的目光却闪了一下，那极其短暂的瞬间，如鹰般的锐利被我捕捉到了。紧接着，他眼神再次灰暗，那修长的手指又一次抖动起来。

最后，他做出了一个让我可以肯定他拥有强大的内心世界，并不会是他目前所体现出来的如此平庸的举动。只见他依然畏缩的身体往后靠了靠，靠在了审讯椅的椅背上。我能准确地读懂这一行为所暗示的语言："来吧！放马过来，邱凌已经准备好了！"

2

在研究精神疾病的医学工作者中，有一个这样的笑话流传：精神病院有一位病人，每天沉默不语，默默地拿着一把雨伞蹲在墙角，把撑开的雨伞高高举起。

有很多位优秀的心理医生都想尝试了解这位病人异样的内心世界，以便于对他进行有针对性的治疗。可这位举着雨伞蹲着的病人，他深锁的世界是完全封闭的。他不与任何人交流，自然也让每一位心理医生都狼狈地无功而返。

某位泰斗级的老师便亲自出马了。老师观察了这位病人几天，最后选择也拿起一把雨伞，蹲到了这位病人身边，和他一样高高举起了雨伞。

一天后，病人终于开口了，他探过头来对这位老师发问道："您，也是一朵蘑菇吗？"

于是，换位思考成为心理医生需要具备的一个有效工具。要了解不寻常的内心世界，便需要进入这个世界，而进入这个世界最快的捷径，便是转换到对方的思维空间里去。

我把双手伸展开来,平放在双膝上。角落昏暗的灯光,让审讯室内的其他三人不会察觉到我手指刻意的抖动。接着我把身体微微缩起,往后靠到了椅背上。现在,我就是我面前的邱凌,就是梯田人魔邱凌。

"邱凌,这几天在看守所里过得怎么样?"小雪最先开口。

"不好,想回去。"说到这里,邱凌非常勉强地挤出一丝笑意来,"可惜我很难回去了。"

"邱凌,31岁,市国土局科级干部,公务员,独子,未婚。如果不出意外的话,你下个月就要结婚了,未婚妻是你的同事,并且已经怀上了孩子。3个月了吧?"李昊拿着手里的卷宗轻描淡写地说道。

"是两个半月。"邱凌纠正道,"李警官,别说这些了可以吗?五条人命啊,外面的一切都不会是我能够奢望的了。唉!我一直看新闻,关注着这起连环杀人案,确实太恐怖了,太凶残了。到最后落实下来,凶手居然是我……唉!太不可思议了。"

李昊闷哼了一声:"装吧!继续装吧!不要以为你昨天在省厅派过来的心理医生面前演了一场好戏,就有了本钱。给你明说吧,就算是他们给出了你有分裂人格的报告,你这辈子都不可能走出牢笼了。"

"我……我不要进监狱!"邱凌身子往前一倾,明显激动起来,"我罪孽太深重了,让法院判我死刑吧!枪毙我一百次、一千次、一万次,让我当作赎罪吧!我没有分裂的人格,我没有!判我死刑吧!求求你们了。"

李昊没有理睬他,他紧皱着眉扭过头来看我。我装作没看见,然后把手脚都伸展开来，全身放松地靠在椅子上。李昊现在的举动会让邱凌注意到我，会让他接受到一个信息，那就是我——坐在角落的这位和他同样瘦高白净、同样年岁的沈非，会成为这次审讯中的焦点。我现在能最大化体现出来的淡定与不在乎，会让邱凌有表现的冲动，想要让我洞悉他，并肯定他的这种种表演的冲动。前提是他真有一些始终没有体现出来的强大思维布局的话。

审讯室里变得安静下来，我没有正眼看邱凌，但我能感觉到他和我一样在观察着对方。几分钟后，我率先打破了沉寂，因为我想要让对方觉得我没有他沉得住气，因为我是一位观察者，邱凌是我要观察的目标。我所体现出来的弱点，会成为他轻敌的原因。

我再次把双手平放到了膝盖上："李警官，我们是不是该走了？"

李昊却愣住了，他站了起来，接着看了看我，又看了看审讯台前的邱凌。在他们刑警的世界里，每一次审讯不收获一些东西，似乎都是工作消极的体现。

我笑了笑："看啥啊！我答应了文戈8点前要到家，对大肚婆的承诺不兑现，到时候孩子生出来会指着我这做爸爸的骂啊！"

"你……文戈怀孕了？"李昊有点不习惯在人犯面前呈现他作为普通公民的一面，"你怎么没对我说过？"

"才4个月，再说你李昊每天多忙啊！"我提着公文包站了起来，眼睛却偷偷望向审讯台前的邱凌。无论他到底装着什么样的心思，但他即将成为人父的身份却是无法改变的。我想让他感受同样即将成为人父的普通男人这时的心情，这，对于打开他现在作为一位犯罪嫌疑人身份定位的包装外壳，是一记很有力的撞击。

果然，他脸色有点变了，甚至那两片高度数的镜片背后，还放出了企盼的光来。我暗暗窃喜，扭头对他随意说道："你儿子的名字取好了没有？"

邱凌一愣："儿子吗？我们还不知道是男是女，所以还没给孩子取名。"

"哦！"我点了点头，接着朝他走了过去。我1.82米的身高，对方现在又是坐着的，于是我的俯视可以对他起到一点压迫的效果，"邱先生，对吧！你右手食指与中指的末关节没有焦油的染色，说明你是不抽烟的。31岁，没有肚腩，因为你不饮酒，所以没有酒精带来的啤酒肚。所以，你的身体是呈弱碱性的，碱性身体产生的精子，一般都能让你的妻子怀上男孩。"

邱凌讨好地点着头："希望是男孩吧！可惜我……我罪孽太深重了……"

我继续朝他走去，最后站到了他的面前。我双手撑着审讯台，死死地盯着他的眼睛，我必须在第一个回合在气势上完完全全地打败他，这样才能对他造成一定的压力。但是这压力又要迎合他现在刻意标榜出来的弱势，也就是说我希望他把我看待为一位自大又自负的对手，然后，他会放纵我的自大，也放大他刻意摆放出来的弱势。这样，我便有可乘之机，洞悉到他内心深处的世界。

"我叫沈非，你可以叫我沈医生。之后我可能会跟你有很多次接触，你——作为一位连环杀手，你的犯罪心理，会成为我研究心理疾病的笔记本上，最为典型的一个案例。"我微微笑着对他说道。

"我有什么好研究的。"邱凌避开了我的眼睛，"我连我是怎么样行凶的过程都不记得了，能有什么好研究的呢？"

"走吧！"我也扭过了身子，对着李昊和慕容小雪扔出这两个字，紧接着我抓起李昊放在桌上的车钥匙，迈步走向审讯室的门，头也不回地向外走去，"我去车上等你们。"

我感觉到身后有一双冰冷的眼睛在注视着我的背影。邱凌——应该是一位不错的对手，他那与他梯田人魔完全不匹配的平庸外表深处，一定隐藏着一个绝对强大的内心世界。

15分钟后，我与李昊、小雪的车驶出了看守所。路上李昊变得愤怒起来："什么专家？扯来扯去都是些拖后腿的货。人给逮住了，凶器铁锤在现场也缴获了。邱凌这变态佬装装傻，说自己什么都不记得，省厅那俩老头便认定他有多重人格这么个破病。可能吗？美国片看多了吧？"

我打断了他的话："你的意思是省厅来的法医是心理医生？他们审完邱凌后给出的报告是人格分裂？"

小雪连忙回答道："是啊！沈医生，我们市局的刑警都气疯了，这么个罪犯不能绳之以法，最后扔进精神病院关个几年再回到社会，能让那些死者合眼吗？"

"哦！"我点了点头，"李昊，给我一份案卷卷宗，我拿回去瞅瞅。

小雪却"噗嗤"一下笑出了声，接着从她的包里拿出一个厚厚的牛皮纸袋："李队已经给你备好了，就等你开口。汪局也说了，沈医生你疾恶如仇，不会真不管咱市局的大案子的。"

我也笑了，白了我身边开车的李昊一眼。李昊一张脸还是猪肝色，没从愤怒中走出来。我伸手锤了一下他的手臂："行了！李大队长,消消气吧,现在好好考虑下请我去哪里吃饭吧!"

"行,吃饭去,吃饭去。"李昊勉强挤出一丝笑来。

"反正这段时间文戈在学校,最近辅导几个研究生出论文,忙着呢。我俩正好逮着这个时间好好聊聊。"我回答道。

"那你刚才……哈哈!那你刚才怎么说她怀孕了?"李昊说这话时,露出有点奇怪的表情。这一点我并不意外,不止他,我身边的每一个人,在我说到文戈时都露出这样的德性。

"早着呢!"我微笑着回答道。

就在我话还没说完的时候,李昊的手机却响了。他瞟了一眼,嘴里嘀咕道:"给局里说了,忙了这么久,说好这段时间让我放松一下,一般的案子不要找我。得!现在又打过来了。"

他接通了电话:"喂!偷单车的案子不许找我!"

小雪在后排座吃吃地笑:"前天市委院里丢了台电瓶车,陆市长夫人跑到市局点名要李队亲自去破案,队里这两天天天拿这事笑话他。"

我也哈哈笑了,眼睛却偷偷地瞟向李昊,只见他眉头皱了起来,最后嘀咕了一句:"知道了,我马上到。"

李昊放下了电话,把车停到了马路边上,接着扭过身子来,表情非常严肃地对我和小雪说道:"梯田人魔又作案了,队里的兄弟已经赶过去了,我和小雪现在也要过去。沈非,跟我过去看看吧!"

我犹豫了一下,最后重重地点头:"走吧!"

3

路上他俩都没有说话，李昊把车开得很快，入夜以前抵达了市郊某个废弃的工厂外。那里停了好几辆警车，李昊拉开了车门，我却对他摆了摆手："我不进去了，就在外面等你吧。"

李昊犹豫着似乎想要说什么，可最后忍住了，他冲小雪招了下手："走，我们进去现场吧！"

我并不是刑案的侦破者，我只是一名医生，一名普通的心理医生。我没有责任与义务去凶案现场采集各种信息，我想要了解与洞悉的，只是那位叫作邱凌的凶手。

我一只手放进我的公文包里，触碰着那包卷宗。李昊下车前非常自觉地把车上的收音机关了，让我能够有一个相对安静的思考空间。我缓缓闭上了眼睛。于是，我的世界变得恬静，手指接触到的卷宗，就好像连着我大脑的一个U盘，大量的数据即将被我读取。但是，在读取之前，我想要抛却外因的左右，对邱凌这个人进行一个初步的定位。

31岁，独子，有一份稳定并收入不菲的工作，不需要为生计而头疼。他有固定的异性陪伴，所以他的性生活是有规律性的，不需要宣泄内心深藏着的兽性。未婚妻即将生产，父母也都健在，那么，他有他要承担的对于家庭的责任，不会轻易去冒险，打乱自己本来平静的生活。

我继续深究邱凌的世界——目前我所看到的这位犯罪嫌疑人在

现实生活中呈现出来的种种，显示着他有一个相对稳定并不会率性的意识世界。那……他意识深处的潜意识世界，又是什么模样的呢？

弗洛伊德认为：人的意识是由两个部分构成，一个部分是我们被社会常规所控制着的意识，另一个部分却是深埋在内心深处的潜意识。两者之间有一道门，控制着这两种意识对身体的左右。

很多我们在人生中所经历的、看到的、接触到的认知，被这扇门分隔着，我们选择性地把一部分认知放进门里，便是潜意识深处。我们所体现出来的意识这一面，只是我们作为这文明世界里一员的一面。也就是说，潜意识里有一些可能我们自己也不知道的东西，是在不经意间被灌输进去的，只是，这些东西被我们选择性地掩埋着。

邱凌，他的潜意识里又是一个什么样的世界呢？如果说他真的出现了多重人格的心理疾病，那么，是什么导致他分裂出了另一个梯田人魔邱凌呢？这位凭空出现的嗜血的邱凌，又为什么会从他潜意识深处溜出来，进而控制住了他的身体呢？

我不知道我这好像老僧入定般的遐想经过了多久，李昊那大码皮鞋踩在地上"踏踏"的声音，把我唤醒。我扭过头，却只看到了他一个人。

"怎么这么快就出来了？"我好奇地问道。

"等会还要回来，先送你回去吧！"李昊依然皱着眉，一副苦大仇深的表情。

我没有拒绝，但也没有对他发问。我了解李昊，他并不是一个冷静的刑警，或者说他火爆的性格，其实早就注定了他不会是一位能够抽丝剥茧的刑案推理专家。但他又有他的优点，那就是行动力强，少了很多因为各种小聪明而带来的弯路。

李昊跨上车，发动了汽车："沈非，又是一条人命，第六个死者了。所幸这地方比较偏僻，媒体并没有知晓，否则啊……明天的头条又会是——梯田人魔再次出现。"

"现场有些什么收获？"我终于忍不住发问道。

李昊瞟了我一眼："你想知道些什么？现场的细节，还是死者的各项指数？"

我微微笑了笑："你知道我想知道什么的，直接说你们初步判断的结果吧！"

李昊点了点头，他其实早就知道我对现场的具体情况没一丝兴趣，于是他直截了当地对我说了这么一些结论："手法一模一样，甚至可以说是完美的梯田人魔犯罪现场。"

我打断了他的话："完美？"

李昊也愣了一下："是的，非常完美的犯罪现场，甚至尸体被敲断的关节极其整齐，摆放在台阶上能够达到的对梯田紧贴程度，比之前五个现场都要漂亮。"

"哦！"我没有说话。

李昊自顾自地继续着："不过这一次，凶犯犯下了一个很大的错误，那就是废弃工厂不是第一现场，是在其他地方作案后再把尸体拉过来的。现场我们也发现了车轮的痕迹。算幸运吧，进入工厂的那个分岔路口有监控摄像头，我们已经派出了一组刑警去调取录像了。很快，这案子就能破。"

见我没有出声,李昊又扭过头来看了我一眼:"说说你的看法吧?如果又逮到一个梯田人魔,那看守所关着的那位又做何解释呢?之前我们派出的诱饵与邱凌的正面交锋,基本上可以确定他的身份,只是他一直狡辩抵赖。今天省厅那两位对他催眠后,他那所谓的另一个人格已经把之前所有凶案细节交代得清清楚楚了,不可能他人关在看守所,分裂出来的第二个他,能够离开他的身体,回来继续作案吧。"

望着窗外已经漆黑的公路,半晌,我打开了话匣子:"李昊,因为媒体的跟踪报道,让躲藏在海阳市各个角落的凶残之人,在梯田人魔身上看到了一丝曙光。你等等吧,你们很快就会逮住第二个梯田人魔,而他的出发点只是对邱凌这家伙的膜拜而已。"

"你的意思是某个王八蛋想要模仿他?"李昊悟性倒是很强,接着他重重地点头:"你说得对,邱凌每一次犯罪都没留下任何蛛丝马迹,而这模仿者太过愚笨了。"

我摇了摇头:"不是通过这一点来推断的。李昊,你刚才说了,现场对于尸体的梯田摆放太过完美,完美到比邱凌自己设计的现场都更像那么回事。"

"对!"李昊继续发挥着他非常直观的理解能力,"完全地模仿邱凌,模仿他布置现场的举动。对了,沈非,这次的死者是一位夜总会小姐,之前梯田人魔从来没有染指过这个另类职业的女性。我想,这也是确定不是同一个人作案的关键点。"

"嗯!"我很为李昊终于进步的推理能力激动,接着,我打开我的手提包,把那卷宗拿了出来,可最后我犹豫了一下,又把它放了进去。李昊那晚没有请我吃饭,我也没提。他送我回到我的诊所,然后在诊所外买了几个面包上了车。我看着他远去的汽车尾灯,摇了摇头。男怕入错行,李昊这个当年在全国中学生运动会上拿过三级跳远冠军的男人,选择了刑警这个职业,便注定了是如此颠沛与伤神的人生。

我在停车场启动了车开回家。文戈还没回来,今晚估计她又要留在学校了。我煮了碗面吃,又洗了个澡,最后在客厅舒舒服服地坐下,再次拿出那份卷宗。

几分钟后,我停顿在牛皮纸包那条细绳上的手缩了回来。

我并没有打开它,邱凌——这个谜一样的家伙,继续被封存在我的公文包里。我想,到明天李昊应该有新的案情进展带给我。嗯!那就明天再说吧。

第二章
偷尸体的孕妇

漂亮且长长的指甲与打理得非常讲究的卷发,说明她并没有为成为凶手做必修的功课。

4

李昊和我是高中同学，接着，他考入了刑警学院，又认识了一帮同学。

其中便有一位叫邵波的家伙。邵波，一家商务调查事务所的老板，1994 年来到海阳市，十几年来从事的工作是国内一直没有得到社会认可的私家侦探。

与很多满大街贴牛皮癣广告的"光头神探""外遇神探""数据提取专家"不同的是，邵波是个有着自己原则与底线的家伙。他运气好，来海阳市比较早，积累的社会资源非常广泛。再加上他与两个搭档为人处世也都不错，所以他的那调查事务所经营得一直很好。

可惜的是，他——这么个成功的侦探，却是我的病人，而且是一个很有代表性的病人。

这会儿，他又跑到我的诊所来了，跟他一起过来的还有他的搭档八戒。见我的诊室里没有病人，俩家伙便溜了进来，临进来之前，他俩还在门口一人抽了一支烟，烟屁股上的过滤嘴都快要被点燃了，才依依不舍地扔下。

八戒那奔二百五十斤的身体非常灵活地抢占了诊室里给病人准备的那个沙发，非常夸张地伸展着手脚：" 嘿嘿！难怪邵波喜欢来你这里接受什么治疗，就是看上这沙发吧！看来电视里说的没错，心理医生给病人的沙发是最舒服的，躺进来便什么烦恼都没有了。"

邵波却坐到了我办公桌前面的椅子上，眼睛直勾勾地盯着我："沈大医生，听说昨晚李昊找过你？"

"你怎么知道的？"我耍弄着手里的铅笔。

邵波贼笑着："我是谁啊！海阳市地下网络之神，大到市长感冒，小到隔壁搬家，有什么能逃出我的掌控呢？"

我却早就洞悉到他今天领着八戒跑过来扯着我闲聊的原因。他给自己的社会定位始终是一名侦探，自然对梯田人魔这案子关注度高于一般市井闲人。可李昊作为市局的刑警大队大队长，有纪律，案子没有完结前，怎么可能随便透露案情出去呢？就算是昨晚他来找我，领我去见邱凌，幕后也都肯定是汪局这"老狐狸"点过头的。至于邵波吧，自然是没机会采集到各种信息的。

我故意钻进邵波刚吹起来的牛皮帐篷里："那是那是，谁不知道你邵大神通无所不知呢？我知道的事情，你自然是全都知晓的。"

邵波便张大了嘴："得！沈神医你比我神通，来吧，给我说说李昊昨天晚上是不是来请教你梯田人魔案子的事？给兄弟我说说吧，这几天我心痒死了。"

我继续笑，往后靠了靠，故意瞅着他不出声。邵波在来海阳市开事务所以前，在老家也是干刑警的，干了几年后据说犯了什么错误，被刑警队给开除了。但是，这表面上油嘴滑舌玩世不恭的家伙，骨子里对自己的定位依然是刑警一枚。

李昊刚介绍他给我认识的时候，我也收了他十几个小时的心理咨询辅导的诊金。有一点可以肯定，邵波是一个非常积极乐观的人，被警队除名是他人生中自认的最大耻辱，甚至他那几年骨子里极度悲观过。在对他心理辅导之初，我以为会在他的意识深处挖掘出依然还从事着刑警工作的另一个邵波来，当时他所呈现出来的各项大小毛病，也让我几乎要确定他有多重人格的存在。可结果是，他自身强大的内心世界抵御住了潜意识里某些波涛汹涌的冲击，最终我给他的鉴定不过是轻微的抑郁而已。

邵波见我不吱声，便歪着头笑了，笑得有点贼。紧接着，邵波掏出烟盒来，作势要拿出一支烟点上："沈非，你是知道我的，抑郁起来就想拼命抽烟，用你的话，怎么说来着？无法控制住自己的潜意识动作。完了，我八卦的目的得不到进一步满足，又抑郁了。"

我继续笑，继续不吱声，看着他表演。他有多大的能耐我心里有数，玩笑归玩笑，真正给我这诊所添乱倒是绝对不会。

果然，他小子见收效甚微，又把烟盒塞进了口袋，瘪了瘪嘴，眼珠转了起来，新的花样又耍上了。

就在这时，一记沉闷的鼾声在我们身后响起。我和邵波一起扭头望去，只见身后那位两百五十斤重的八戒兄弟，动作优美地在沙发上睡着了，还打起了呼噜。

我目瞪口呆，邵波却笑出声来。只见八戒兄弟在梦中咀嚼了几下，最后咧开了大嘴，一串发亮的口水滑到嘴角，并顺着嘴角往外缓缓溢出。

"快叫醒他！"我慌了，一把站了起来。要知道，我虽然是位心理医生，自己具备非常良好的心理状态，可我有一个毛病却始终戒除不了，也不愿意戒除。那就是我在对待我诊室的问题上，有着轻微的洁癖。

邵波还在继续笑："完了！沈医生，八戒这家伙睡着了可很难醒过来的，动刀动枪都没用。金钟罩听说过没？老僧入定听说过没？嗯！心理疾病，八戒肯定有睡不醒的心理疾病。"

"少给我添乱了，快叫醒他。"我三步两步冲了过去，拍打着八戒的肥脸。这家伙还真没有反应，大脑袋反而还偏了下来，嘴角垂直对上我那一万多块钱买回来的头等舱沙发。

邵波的声音在我身后响起："得！沈大医生，我也不难为你了，透露一丁点梯田人魔的外围消息给我，我就帮你领走八戒。"

"行！"我毫不犹豫地点头了。

邵波跳了起来，对着八戒低声说了句："快乐大本营开始了！"

八戒醒了，他瞟了我和邵波一眼，然后喃喃地说道："沈医生，你真厉害，压根没多看我一眼，就把我给催眠了……"

作为他唤醒八戒的交换条件，我答应了邵波窥探梯田人魔案件的求知欲。我走出诊室，对前台的佩怡问道："今天没有我的预约吧？"

佩怡冲我微笑："没有了，沈医生，今天预约的病人都是其他几位医生的病人。"

我点了点头。我的观察者心理咨询事务所现在雇了7个心理咨询师，其中不乏业内小有名气的心理研究工作者。再说，我的价码也不低，一般的小白领也消费不起。

我领着邵波和八戒走出诊所大门，邵波的那辆霸道吉普车霸气地停在门口。

我上前踹了他的爱车一脚："国土局有认识的没？"

邵波一愣："没有……不，有！"说完他指了指八戒，"他有位网友是国土局的，见面吃饭唱K折腾了好几次，是个28岁的老处女。"

"嗯！"我点了点头，接着歪着头看了八戒一眼，就这模样，还混到网友见面了，也是对方的劫数，"打个电话过去呗，约上吃顿饭，我想和她聊聊。"

"没问题！"邵波一侧身踢了他身后木讷表情的八戒一脚，"赶紧给你的老处女打电话，说海阳市第一传奇人物要见她。"

八戒依然木讷地点了点头，拿起手机拨了过去："郭美丽吗？中午一起吃个饭呗？哥想和你聊聊人生。"

半个小时后，我们在海都酒店中餐厅等到了八戒的网友——郭美丽。这位芳龄"二八"的国土局公务员郭美丽小姐，穿着一套灰色的西式制服，那条有点皱巴的西裤，说明她从事着不需要动弹的办公室工作。长相比较平庸，这可能也是她成为一位愁嫁剩女的主要原因。

郭美丽显然因为八戒的邀约而心情不错，八戒却绅士起来，保持着礼貌男士对异性尊敬的那种距离感，不是很亲近对方。邵波却在笑，偷偷在我耳边说道："看到没有，这就是人脉，我们苦心经营着的人脉。"

我瞟了八戒一眼，之前我和他交道不多，印象中就是个凡事比人慢半拍的胖子而已，甚至我对于他是如何成为邵波那调查事务所的合伙人还有过一二质疑。

寒暄了几句后，八戒便让我刮目相看了，变得不再是之前那木讷的模样。他给郭美丽碗里夹了一根上面明显有两个虫洞的青菜，然后非常随意地问道："听说那个梯田人魔邱凌就是你们单位的？"

郭美丽微笑着点了点头："是啊！局里也发了个内部邮件，要我们尽量不要提这事，影响不好，整得人心惶惶。到现在想着都后怕，一个那么可怕的变态杀人犯，每天和我们在一个办公室上班，抬头不见低头见的。"

郭美丽偷偷看了一眼八戒："所以有时候觉得，像我这种老姑娘，也是要抓紧行动，把自己早点嫁出去。这社会啊，越来越乱了，一个女孩子……唉！"

我用手肘撞了撞邵波，示意他亲自出马，套出点东西来，要不这饭局继续下去，真会要往约会相亲上发展了。邵波冲我眨了眨眼睛，接着对郭美丽问道："我说美丽啊，你们以前就没瞅出邱凌有什么不对吗？"

"没有啊！"郭美丽想了想后继续道，"表面上看起来挺不错的一个人，每天除了上班下班，就喜欢逛图书馆，听黛西说……哦，黛西是他未婚妻，也是我们局里的，邱凌还挺喜欢看书的，经常看到图书馆关门才回家。"

"看到图书馆关门？"邵波以前也是刑警学院刑侦专业的高才生，所以思维与反应都不慢，"图书馆可以借书出去，他为什么不拿回家看呢？"

"谁知道呢？都什么年代了，像咱喜欢看什么书，都是直接上网买，反正也不贵，放家里什么时候看都成。对了，八戒，我就挺喜欢看书的，一个人在家宅着，就是抱着我的猫咪看会儿书。"郭美丽又望向了八戒。

"他都喜欢看些什么书啊？"我终于忍不住发问了。

"谁知道呢？这个要问他家的黛西，只有她才知道。"郭美丽随意地看了我一眼。

喜欢阅读，阅读地点在图书馆，并且从不把要看的书借回家看。也就是说，他通过书籍采集到的知识是哪一种类，外人无从知晓。并且，在图书馆阅读的人，所看的书籍一般都是专业性比较强的，因为在家阅读，心态会比较松散，一般以小说为主。

邱凌，你巨大的信息采集，究竟采集了些什么呢？

我闭上了眼睛，慢慢思考起来。

就在这时，郭美丽的一句话让我猛地睁开了眼。

"对了，上午刑警队的人又来了我们国土局，把黛西给领走了，还把她的那辆菠萝车给开走了。"

我一下站了起来，掏出手机朝餐厅外走去。隔着玻璃窗，我对着邵波点了点头，接着拨通了李昊的电话。

"正想忙完这一会，再打给你，你自己就打过来了。"李昊在电话那头说道。

"有新的进展吗？"我问道。

"逮住了模仿梯田人魔的凶犯，你猜是谁？绝对想不到的一个人物。"李昊有点激动。

"是邱凌的未婚妻?"

"你……你神仙啊!"李昊的声音震得我耳膜嗡嗡响。

"她是不是想要给邱凌顶罪?"我追问道。

李昊停顿了一下:"你是瞎蒙的还是推理出来的?"

"瞎蒙的。"我毫不犹豫地对他说了句瞎话。"你现在在哪里?人犯在不在你那里,我现在就过去。"我对这个案子的兴趣更高了。我甚至在揣测这位叫作黛西的女人,现在在市局的审讯现场故作镇静呢。

5

我第一次看到黛西的准确时间是那天下午 3 点。当我偷偷望向这位在市局审讯室里缩成一团坐着的女人时,我以为我会看到一个表情桀骜不驯,甚至表现出试图挑战司法公正的强悍形象。结果,黛西让我有点失望,她的眼神空洞,表情木讷,用一种极其消极的态度面对着自己选择的人生岔路口。

她的目的是给邱凌顶罪,这是在我第一眼看到她时,就可以确定的。因为她那瘦弱的身躯,不可能爆发出虐杀正常人的力量。她那长长的漂亮指甲与打理得非常讲究的卷卷头发,说明了她并没有为自己成为凶手做必修的功课。

我拉过一把椅子,靠着墙角坐下。李昊扭过头来对我摇了摇头,我没有做出多余的反应,反而直接对着他与他身边的慕容小雪说道:

"看新闻了没有？前段时间传得沸沸扬扬的孕妇与丈夫合伙杀人的案子，他们的孩子生出来了，是个女儿。"

李昊愣了一下，接着很快明白了我的用意。他冲我点了点头："是啊！刚出世就要离开父母，听说外公与爷爷都表示不要这个孩子，可能会直接送福利院。"

我偷偷地瞄了一眼审讯台对面的黛西。显然，我与李昊的对话，就像一个重击的铁锤，直接敲打到了她内心最脆弱的位置。接着，她的脸色更加苍白了，视线从最初空洞地注视着屋顶，转而移动到自己的脚尖。这时我才注意到她穿着一双颜色比较鲜艳的正装皮鞋，与她身上那套国土局深色的套装显得格格不入。这是一个缺乏存在感的女人，她没有骄人的身材与曼妙的容貌，非常平庸。于是，她精心地打理自己的头发与指甲，选择能够彰显自己独特性的皮鞋，用以得到更多被外人关注的机会。在受到外界给予她内心刺激时，她第一时间选择的不是思考如何反抗与斗争，而是望着自己的身体，陷入精神上为自己搭建的堡垒之中。

我觉得可以尝试积极主动地与她交流，因为在楼下李昊已经跟我说了，"这位黛西并没有杀人，而是通过一位在医院太平间工作的熟人花高价偷出了一具女尸。黛西还可以回头的，而且她现在有身孕，不会因为自己这一冲动的错误付出太过沉重的代价。"

我站了起来："陈黛西小姐，我姓沈，你可以叫我沈医生。我有几个问题想问问你，不知道你方不方便回答？"

黛西抬起头来。她像一只高度警觉的刺猬，用一种雌性猛兽望向伤害自己的对手的目光望着我："我要交代的已经交代完了，那些坏女人都是我杀的。现在警察盯得紧，我找不到作案的机会，所以才用医院的死尸来发泄一下我变态的心理。至于其他事，我觉得我也没必要和你说吧。"

我微微一笑，黛西在刚才的回答中用到了"交代""作案"以及"变态"这三个词语。这都是作为第三方看待案件时才会使用的。也就是说，在黛西自己的思维意识中，她不过是在强行让自己成为那个凶手，可她又没有让自己代入凶手的思维，所以才会说出"要交代的已经交代完了"这种话，而不是用"要说的都已经说完了"。

我站了起来，拉着椅子走到与黛西正面成 90 度角的位置坐下："陈小姐，我可以和你朋友同事们一样，叫你黛西吗？"

"嗯！"她避开了我的眼光，但是并没有抗拒与我的交流。在这方面我有作为一个心理医生基本的自信，我的外形干净整洁，语调高低适中，也算悦耳，语速缓慢简短。而我面前的黛西毕竟只是一个普通的社会人，她 20 多年来养成的最基本的人际交往礼节，让她没有理由拒绝与这样的一个我进行最起码的交流。

"黛西，我想知道你到底爱他吗？"我选择的是她只需要点头或者摇头的问题，这样不会让她对我设定的防线越发坚固。

黛西再次低下头。她没有选择正面回答我，但是我清晰地看到两颗豆大的眼泪滴到了地上。她以此时此刻内心沉痛的悲伤回答了我的提问。

"那么，他爱你吗？"我尽量让自己的声音压得更加低沉一点，用来配合她的伤感。

黛西继续选择沉默，她无法掩饰的悲观态度无疑在告诉我，她在邱凌是否爱自己这一问题上，内心深处也有着质疑。

"黛西，你爱他，所以，你要一生都和他在一起，做他的新娘，为他生孩子，为他奉献你作为一个女人的一生。对吗？黛西，我想听你自己回答这个问题。"我继续着。

黛西终于抬起了头，她眼眶里满满的都是在打转的眼泪，可她的手被手铐铐在面前的审讯台上，所以她无法抬起手抹掉眼泪。黛西望向我："是的，我爱他。所以……"她停顿了一下，"所以我不能让他因为我犯下的罪行而走向毁灭，我必须选择自己承担。"

"那么，他爱你吗？"我又一次重复了这个问题。我清晰地看到，黛西身体抖了一下，紧接着她长长地吸了一口气，似乎在给自己打气，给自己现在在尝试做出的牺牲打气，"是的，他也爱我。"

"那就行了！"我站起来，转过身，背对着她说，"陈黛西小姐，你并不能确定邱凌是不是爱你，你唯一能确定的就是你对他是完全的付出。于是……"我的语速在加快，"于是，你想为他做一些事情，来证明这一点，证明你爱他多于他爱你。你想用某种方式让对方认识到这一点，然后用一生的悔恨来为当初对你的轻视付出代价。"我再次转过身，望向黛西，"你说呢？"

"不！邱凌是爱我的，他爱我胜过爱他自己的生命，胜过他自己的一切。"黛西激动起来，她甚至在尝试站起来，可被固定在审讯台上的手铐让她无法完成这个动作，"邱凌想为我牺牲，想为我顶罪。因为我才是真正的恶魔，我在利用他对我的这份爱！"

李昊却在这节骨眼上很不应该地闷哼了一声，紧接着沉声道："陈黛西，你不要因为自己有身孕便无视司法公正，不要以为你这样做就能让邱凌全身而退,而你自己又不用被处以极刑。我给你明说吧,就算……我是说就算,就算你把一切都扛下来,顺利顶替了邱凌所有的罪行,可你觉得所有人会相信凶手是你吗?我们会信吗?检察官会信吗?法官们会信吗?"

李昊的正面针对性刺激,再次让黛西全身的刺一根根竖起。她悲伤的表情在瞬间消失殆尽,换上了一副类似于泼妇的强悍模样:"我不管你们信不信,人是我杀的,所有人都是我杀的。杀每一个人的细节我都记不完整了,我只记得我在那过程中得到了极大的快感。那就是一个女人幻化为男性强行进入对方身体的快感,让对方呻吟与求救时候的快感。"

"放屁!你所说的在网上买的圆柱形胶棒在哪里呢?你又是怎么知道每一个抛尸路线上各个监控的位置呢?一切你都说不出个所以然来,你……"李昊猛地拍了一下桌子,忽地一下站了起来。

"李昊!"我冲他低吼道。

李昊这才收敛了一点。他看了我一眼,然后重重地往椅子上一坐,抓起桌子上的烟点燃,大口吸了起来。

"李昊,你和小雪可以先出去一下吗?"

"沈非,你是不是也有病?这里是公安局,不是你的诊所。"李昊明显没有消气,他放肆地对我说道。

我没有看他,我和他这么多年的老同学,自然知道这家伙的脾气。十几年前他刚从警校出来时被分配在特警大队,每个月有15天都关在特警基地进行学习与训练,让他们那群正值青壮年的汉子,都憋成了火爆的脾气。我只能微微笑了笑:"小雪,叫上你们李大队出去抽几根烟，我想和黛西单独聊几句。"

小雪犹豫了一下，最终没敢吭声。李昊自己却叹了口气，看来他也为刚才对我耍脾气的事有了自我检讨的意向："沈非，我们是有纪律的，你不是我们的刑警，没有资格单独与嫌疑人进行交流的。"

"让沈医生留下吧！"审讯室的门被推开了，一个高大健硕的50多岁男人出现在门口。是汪局，分管刑侦的海阳市公安局局长。在国内很多地方，分管刑侦的都只是副局长，只有我们海阳市比较特别。因为本来就是特区，对社会治安的要求比较高。汪局又是从刑侦这一基层走上去的，所以待他升为局长后，也没有把刑侦这一块完全放权。

"李昊，你和小雪……嗯，还有我，都回避一下。沈医生，你需要多久？"这位穿着高级警官制服的老者扭头看了黛西一眼，然后对我问道。

"半小时吧！我只是想和黛西聊一些比较寻常的问题，可能与你们要查的案件无关。"我解释的这一理由其实是想说给黛西听的，我不希望之后与她单独相处时，她会用对待审讯的态度来对待我。

"行！我们给你半个小时。"汪局说完对着李昊挥了下手，李昊没出声。他把桌上的笔记本合上，然后和小雪一前一后走出了审讯室。

门被汪局带拢了，20平方米不到的审讯室里一下冷清下来。我再次挪动椅子，放到了黛西正前方大概30度的位置。黛西看了我一眼，居然先出声了："你是公安局的医生吧？"

我摇了摇头:"黛西,我是医生,但不是公安系统的医生。我自我介绍一下吧,我叫沈非,是'观察者'心理咨询事务所的投资人,也是所里一位普通的心理咨询师。不同的是,我还有行医的资格,主要研究方向为心理疾病这一块。"

"我听说过你!"黛西望向我的眼神中闪出一丝让我无法揣测的东西,"你是本省心理学临床治疗与分析方面的佼佼者,在国内都有一定的名气。"

"是吗?"我微笑着。可实际情况是隔行如隔山,一个普通的市民是不会知道一个比较冷门的行业中有些什么大人物的,就像我到现在也不知道我们国家三大金融监管机构的最高官员叫什么一样。

我继续对黛西展现着自己无数次对着镜子练习出来的笑容:"那你想知道我为什么来到这里?为什么坐到了你面前?又为什么想和你单独聊聊吗?"

我这三个问题换回的居然是黛西一个非常奇怪的微笑,紧接着黛西对着我缓慢地说出这么一段话:"沈医生,你是不是要告诉我,你不过是因为对我变态的心理产生了兴趣,想了解我的世界。而你研究我的目的,并不是用于协助刑警破案,而是要用我的个案,完成你的什么报告与研究课题?"

我的心往下一沉,但我强行让自己没有表达出什么来:"实际上这也是我现在与你聊天的目的之一啊!"我没有反驳她,隐隐约约地,一个比较大胆与可怕的念头在我心里慢慢成形。

黛西那奇怪的微笑在进一步绽放,就像一个冷静与理智的观众,傲慢地看着舞台上一位拙劣的表演者般的表情,最终,这鄙夷的微笑慢慢演变成一位真正嗜血的凶徒在被捕后的狰狞。她轻蔑地摇了摇头，然后非常放松地对我一字一顿地说道："我累了，我不想说话。"

说到这里，黛西闭上眼睛往后一靠……

6

几分钟后，我与李昊、汪局一起走进四楼的局长办公室。李昊坐到了沙发对面的座位上，轻车熟路地从茶几下面拿出一盒茶叶，然后折腾起汪局那套精美的茶具来。

汪局把他的皮椅从办公桌后拉出来，坐到我的对面："沈医生，听李昊说你昨天已经和邱凌见过一次面了，刚才又和陈黛西聊了几句，说说你的看法吧！"

我冲汪局笑了笑，然后尝试性地问道："汪局，能不能请你帮个忙？"

"说吧！"汪局毫不犹豫地点着头。

"我想看看邱凌的档案，主要是学历那一块的档案。"

"我身上正好带着复印件。"李昊抢着回答道，然后他从他的公文包里掏出一沓卷宗，翻了几下，最后抽出一张递给了我。

我的目光直接落到了最高学历那一栏：本科，学的专业是教育。我之前与黛西单独聊天时，突然闪现的那一丝大胆的质疑被进一步放大。紧接着，我看到了一所我熟悉的大学名，苏门大学——我的母校。苏门大学是国内心理学专业数一数二的学府，而学前教育这个专业有好几个大课，都是直接与我们这些心理学专业的学生一起上的。也就是说，邱凌在大学时，就已经接触过心理学，而且他有足够的机会对这门学科进行深入的学习与研究。

我没有继续翻阅李昊摆在我跟前的那沓卷宗，而是端起李昊给我倒的那杯茶，浅浅地抿了一口。

"有什么发现吗？"汪局问道。

"嗯！但是不能肯定。"我对着汪局点了点头，"汪局，我有理由进行一个大胆的假设，那就是黛西在之前与邱凌的朝夕相处中，受到了对方某些强大的心理暗示，最终在黛西的潜意识中，出现了一个本不应该是她会具备的比较牢固的思维布局。这一布局会让黛西义无反顾地选择为邱凌做出各种牺牲。"

"哦！那需要我们怎么配合你进行下一步的侦查呢？"汪局说到这里自嘲地笑了笑，"错了，在沈医生这里不叫侦查，叫分析研究！"

我也笑了，然后把手里的茶一口喝光："汪局，我想去看看市图书馆阅览室的视频监控。我想，在那里我应该可以找出足以证明我这一预估的有利证据。"

"啊？"汪局的表情告诉我，他对我的这一要求感到非常意外："我还以为你会要求马上见邱凌呢。"

"工欲善其事，必先利其器。"我站了起来，"明天吧！明天我再去和邱凌聊一聊。我相信，等我明天与邱凌聊过一次后，陈黛西这女人身上的疑点就会全数解开。并且……"我顿了一下，"并且陈黛西也会成为我们这个案子结案的关键。"

说完，我拿起包。汪局也站了起来："唉！沈医生，你没从警，真是我们警队的损失。李昊，你现在就带着沈医生去市图书馆，多带几个人，看视频监控的活虽然不是很辛苦，但人力消耗大，可不能让沈医生太过操劳。"

李昊应了一声，然后把桌上的卷宗往包里一塞。

临出门汪局还丢下一句："小沈，忙完了这活儿后，我再代表我们警队请你吃个饭。"

"嗯！"我转过身，走廊对面墙上悬挂的金色国徽庄严而肃穆。我知道，这金色盾牌的光芒照耀下的市局大楼里，人民卫士们在为这个城市的安定与繁荣近乎疯狂地工作着。就是汪局、李昊这样一群警察，用他们有限的人生，换取每一个黎明照耀到这个世界的明媚阳光。

我与李昊带着另外三名刑警到市图书馆时，已经是下午6点了。图书馆的领导都下班走了，接待我们的是一个叫古大力的图书管理员。古大力是一个不折不扣的胖子，一套黑色的西装穿在他身上，好像包着一团糯米的粽叶，几近裂开。

古大力听李昊说了大伙的来由后，非常积极地带我们进了图书馆五楼的监控中心。里面有两个穿着保安制服的年轻人面无表情地对着占据了整堵墙的监控画面，而实际情况是，这年月，如孔乙己之流的窃书贼早就消声灭迹，图书馆监控摄像头形同虚设。

李昊按照我的意思，指示古大力找出了上两周晚上7点到10点的录像带。包括小雪在内的三位刑警一人盯着两个屏幕，目不转睛地看了起来。

李昊扭过头望了我一眼："我先带你去吃饭吧，顺便给他们打包回来。"

我摇了摇头："晚点吧！我不饿。"

李昊点了下头，然后嘀咕了一句："那我也去守两个画面，有情况了叫你就是。"说完，这位雷厉风行的刑警大踏步地走向他那几个手下。

我在靠门的位置找了一个长椅子坐下，我的手再次伸进公文包里，邱凌那厚厚的一沓卷宗还静静地躺在里面。我并没有想把它拿出来，我需要继续收集一些外围的碎片，让我对于邱凌内心世界的画像慢慢完整，最后再通过这沓卷宗来勾画具体。可就在我闭上眼睛思考时，长椅子突然往下一沉，一个热烘烘的身体贴着我坐了下来。

我睁开眼，古大力的脸上挂着讨好的神情凑了过来："你也是市公安局的刑警吗？这么斯文的刑警真少见啊！"

我点了点头，对于与这位八卦的图书管理员瞎聊并没有太多兴趣。谁知道古大力却开口了："我听他们都叫你沈医生，那你应该是法医吧？法医一般只在凶案现场才需要出出外勤，而你跟着他们来看监控，说明你不是一般的法医。你是心理医生吧？协助办案刑警破案的？"

我这才正眼看他，只见古大力对着我眨巴着他的小眼睛，分析出来的东西还一套一套的。我对他笑了笑："你怎么知道的？"

古大力也笑了："我瞎猜的啊！再说其他科的医生我见得少，心理医生我倒是见得多。沈医生是吧？你们要找什么跟我说说，我记性好，在图书馆也待了十几年了，弄不好可以帮上你什么忙。"

"哦！"我并没有指望这位大胖子真能帮上我什么，就算他能派上用场，但是梯田人魔这案子不小，媒体关注度也高，我需要对汪局与李昊他们负责，不方便随便对外人说道什么。可是，我身边坐着的这位图书管理员却再次开口了："你们不会是想找邱凌吧？这段时间电视里天天说梯田人魔的案子，还放了一张邱凌的相片。我当时一看就认出了是棒球帽先生。"

"棒球帽先生？"我一愣。

"是啊！这是我给经常来图书馆的老书虫取的外号之一。这位棒球帽先生每次过来，都戴着一顶帽檐很长的棒球帽，一周最少来四个晚上，都是耗到下班才走。这货又小气，一张年费才10块钱的借书证也不愿意办，来了就是搬一堆专业书籍看。"

"他都看些什么书？"我把身子往上一移，对身边这位话唠的话产生了兴趣。

"这个我倒没注意，每天进进出出我们图书馆的人这么多，我能记住他们的长相已经算很不错了。不过……"古大力卖起了关子。

"不过什么？"我自动自觉地配合他的卖弄。

"不过你们要在监控里找到他应该很难，因为他每一次来都戴着棒球帽低着头。他看书的角落里也没有摄像头，录像带里你们很难找到他的。对了！"古大力突然间拍了一下大腿，然后扭过头对着李昊他们喊道，"几位警官，你们找出31号监控的带子，应该有你们要找的人，专盯着戴棒球帽的。"

李昊他们一愣，扭过头来露出一个狐疑的表情。我冲李昊点了点头:"这位古先生提供了一些线索,按照他的吩咐试试。"

半小时后,小雪最先在监控画面中找到了一位戴着棒球帽的读者。小雪选择了一个比较清晰与完整的画面,做好定格,然后叫我们过去。古大力也紧跟在我身后探过头来:"是他,就是他!这家伙在咱图书馆里从不抬头,你们很难在监控里看到他的脸。"

"放大!"李昊吩咐着小雪。

可是棒球帽先生的全身照放大后,因为像素的缘故,出现在我们视线里的不过是个很模糊的人影。所幸我们需要的只是捕捉他在做些什么而已,按照古大力所说,捕捉到他脸部的画面基本上不会出现。

"是他,身材看上去是他。"小雪非常肯定地说道。

"百分之七十相似度吧,我们是干刑侦的,可以有各种推断与分析,但是要确定一些问题,还是要精确到百分之百。"李昊显然对这一发现并不满意。

"百分之百是他,我可以肯定。"古大力却大声发言了。

李昊白了他一眼,直接选择了无视。他摆了摆手:"继续找,找到一张可以最终确定的画面再说。"

古大力歪着头笑了,他积极主动地凑热闹却讨了个没趣,一个人转身朝监控室外面走去。我却对这家伙产生了一点兴趣,连忙跟在他身后,看他要去干吗。只见古大力掏出一个非常大的手机按了个号码拨了出去,最后在走廊尽头不知道和什么人说起了话。

我犹豫着是不是要跟上去听听他说些什么,刚想过去,古大力却挂了手机扭过头来。他第一时间看到了我,冲我笑了笑,最后回到监控室，站在李昊身后，好像在等待着什么。

这时，李昊的电话响了，李昊看了一下号码，然后也走出了门。半响，他带着一个有点诡异的笑容走回监控室，伸出手搭到古大力的肩膀上，还对着小雪说道："把之前那段监控录像找出来，看看邱凌在找什么书，又在干些什么。"

第三章
高智商精神病患

留在纸片、皮革、木头等吸水性物品上的指纹,一般是通过加热碘晶体后的蒸汽与指纹残留物(油脂)产生反应,形成黄棕色的指纹。

7

视频里的邱凌，举手投足的每一个动作，看上去都与正常人没什么区别，但又都像遵循着什么规律。在31号监控探头拍到的录像带里，我们很快就采集到了有他短暂出现的十几个片段，但每一个片段里，他都不过是腋下夹着一两本书，走向他经常坐的角落。

"沈非，需不需要在其他监控里找找这家伙，这一组监控拍到的视频里好像找不出什么线索。"李昊皱着眉头对我说道。

我没有吭声，眼睛继续盯着眼前正播放着的一段视频。视频中，邱凌又夹着一本书匆匆地走过。

"暂停！"我对握着鼠标的小雪喊道。

大伙再次把头凑近了，以为我发现了什么。我指着从邱凌胳膊下露出的半截书封面对小雪继续说道："放大！再放大！看看是什么书。"

画面的焦点被集中在那本书上，可放大几倍后画面更加模糊，别说书名，就算是书封上的图案都看不清了。这时，古大力"咦"了一声。李昊却马上问道："大力，有什么发现。"

我扭过头看了李昊一眼，这位火爆脾气的刑警队队长一反常态露出虔敬的表情，很认真地望着古大力。他对这位肥胖的图书管理员的称呼也变成了亲切的"大力"。古大力却翻了个白眼，然后自言自语地道："这本书应该是……应该是……"

说到这里，古大力转过身，朝着门外走去，嘴里还在继续嘀咕着："应该是……应该是……"

李昊拉了一下我的衣角，然后跟在古大力身后往外走去。我犹豫一下，也追了出去。只见古大力加快步子，朝着楼下的大阅览室里走去。

我小声对李昊问道："你以前就认识他吗？"

李昊"嗯"了一声，紧接着好像想起什么，扭头看了我一眼，也压低了声音："这位大力哥来头可不小，可惜的是脑子比一般人高端大气，智商太高，高到在精神病院住了几年。"

"啊！"我张大了嘴，"你是怎么知道的？"

"之前给我打电话的是汪局，他告诉我这古大力就是我们海阳市公安局侦破很多大案的智囊，只是他的身份没什么人知道而已。"李昊顿了一下，"算是个线人吧！一个能在刑侦上用他出乎常人的思维方式提供各种参考意见的特殊线人。"

我"哦"了一声，再次望向前方那个一扭一扭走着的肥胖身体。只见他急匆匆地走进了大阅览室，熟练地在一排一排的书架间穿梭，最后走到我们之前在视频监控画面里看到的区域。他嘴里再次嘀咕起来："应该是……应该是……"

古大力边说边用手指对着周围的书架移动着，最终锁定在某个位置，紧接着大踏步地冲了出去。我和李昊也追了过去，只见古大力从一个书架上扯出一本厚厚的书来，然后转过身对着我们咧开了嘴："应该就是这本！"

我连忙从他手里接过那本书，颜色与书封、图案都与视频里的高度吻合。

这是弗洛伊德的《精神分析引论》，这本书最早于1984年被国内引进翻译出版，现在国内有好几本不同的翻译版本。而现在我眼前的这本《精神分析引论》，竟然是全英文版本。虽说我在心理学领域有一二见解，但对于啃这种原版工具书，也是非常吃力的，看上几行，便需要翻一下牛津词典。

可同时，我又用一个心理医生的直觉断定：邱凌——这位恶名昭彰的梯田人魔，一定尝试过阅读这本原版的大师著作。甚至有可能，他并不是尝试阅读，而是很熟练地阅读……

想到这里，我后背冒出冷汗。紧接着，我用两只手指捏住书，对李昊问道："有没有可能在这本书上找出邱凌的指纹？"

李昊愣了一下，然后迟疑了一会，最终点了点头："难度不小，但并不是没有可能，需要送到省厅去。"

古大力却像百晓生一般在我耳边出声了："留在纸片、皮革、木头等吸水性物品上的指纹，通过常规的方法是无法采集到的。国内现在用得比较多的是碘熏法，就是让碘晶体加热后的蒸汽与吸水性物品上的指纹残留物——油脂产生反应，形成黄棕色的指纹。缺点是这一指纹需要立即拍照或者用化学物品固定下来。嗯！"古大力顿了顿，"作为市图书馆一位敬业爱岗的管理员，我不会答应让你们使用化学物品将那短暂浮现的指纹固定下来，拍照倒还是允许的。"

我吞了一口口水，把手里的这本《精神分析引论》小心翼翼地放到了李昊手里。古大力却傻笑起来："沈医生，要不要去棒球帽先生看书的角落感受一下啊？"

我也冲这位传奇人物笑了笑："古神探带路呗！"

话还没说完，我面前这位约两百斤重的胖子非常率性地转动了身体，然后华丽丽地摔到了地上。紧接着他快速爬了起来，对着我有点自嘲地苦笑道："大脑太大，压住了小脑，所以经常摔跤！沈医生你懂的！"

我哭笑不得："嗯！多吃点鱼和鸡蛋，多补充蛋白质会好点。"

古大力点了点头，紧接着从裤兜里掏出一包鱼干，扯出一条嚼了起来。

很快，一个靠窗角落的窄沙发就呈现在我们眼前。古大力指着对我说道："棒球帽先生就喜欢坐这儿，安静！"

我径直走了过去，接着选了个相对舒服点的姿势坐了上去。我先尝试着把双脚伸开，肩膀放松下来。可很快我就发现：有点硬、成90度角的椅背，让我无法在这窄沙发上舒坦，甚至我必须保持一个让自己需要集中精神才能坐稳的姿势，才会让腰背不至于太难受。

就在我准备尝试闭上眼睛寻找邱凌曾经的气味时，古大力又吱声了："这个角落正对着冷气口，平时很少有人愿意坐在这儿，怕冷的缘故。到了冬天，这个位置又因为有窗户，时不时有冷空气钻进来。看来，棒球帽先生并不怕冷，又或者，他是故意选择坐这里挨冻,进而让自己不会因为阅读枯燥的工具书犯瞌睡。"

我点了点头,这些也是我正思考的。

我闭上眼睛,感受着邱凌的存在。我头戴着一顶帽檐很长的鸭舌帽,刻意不让自己的容貌为身边人窥探到。因为冷气的缘故,我后颈的汗毛竖起,全身毛孔在缩小,甚至手臂上起了鸡皮疙瘩。于是,我可以感受到自己异常清醒的灵魂如同一块干枯的海绵,用以吸食手里阅读物的每一滴水分。而我身处的空间,又是与外界完全隔离的,那么宁静。

结果很快就清晰了:邱凌用一种近乎苦行僧修行般的态度,采集着心理学书籍中的知识。并且,这知识能够用最深刻的尖刀,雕刻在他的脑子深处。

他是一个在心理学领域有了极高造诣的人,一个通过自己的阅读与学习,成就了对周围世界巨大魔力的奇迹!

"我要见邱凌!现在!马上!"我站起来对李昊说道。

8

晚11时,我与李昊、小雪坐到了海阳市第一看守所的审讯室里。镣铐在地上拖拉的声音再次响起,邱凌——这谜一样的男人,阴着眼睛走了进来。他对着我们挤出一丝很有礼貌的苦笑,然后自顾自走到审讯桌前坐下,伸出手,让狱警把他的手铐固定在桌子上。

这次是我最先站了起来,我觉得我有必要主动出击,与这位对手直接对抗。我拿起小雪带来的眼镜,慢步走到邱凌身边,伸手给他戴上。邱凌非常礼貌地冲我点头,说了句:"谢谢!"

"邱凌!知道习得性无助吗?"我盯着他的眼睛问道。

"不知道!"邱凌耸了耸肩肩,"沈医生,我怎么觉得你今天有点奇奇怪怪的。"

我没有回答他的问话,自顾自地继续道:"习得性无助,是心理学里面一个最简单的专业术语,解释起来也很简单,就是习惯性地感觉到无助。邱凌,这是我与你第二次打交道了,在我看来,你现在要表现出来,并且也已经表现出来的自己,就是这么个状态。你想要让我们觉得你是无助的,但是你的无助不仅仅是对外界给予你的刺激,还包括你自己身体、意识里面出现的第二个自己。你想要我们认为,你对第二个自己是无法抗拒,也无法洞悉的,你只能选择退让,只能在它面前无能为力,是吗?请回答我。"

邱凌却张大了嘴:"沈医生,我怎么不太明白你的意思啊?我身体里面潜伏着一个恶魔,这是我自己都完全不知道,也不清楚的。如果不是省厅来的那两位法医对我实施催眠,捕捉出它,我压根就不知道它的存在,更不可能说我自己在与它进行各种对抗,甚至还会因为它感觉到绝望无助啊!沈医生,你想得太多了吧?"

邱凌的回答看上去天衣无缝,但是到了我耳里,却是对他已经接受我对他宣战的一种回应。多重人格障碍的特点是在一个肉体里面,有着多个灵魂。于是,每当一个灵魂支配这个身体时,另外一个灵魂便选择避开,甚至对肉体所做的事情进行选择性遗忘。与多重人格有点相似的心理学疾病,便是精神分裂症,也就是我们所说的精神病中最普遍的一种,精神分裂病人能清晰地听到身体里出现了一个天外之音，天外之音在诱惑着自己，在欺骗着自己，而这一切，精神分裂症病人能够非常清晰地听到、感觉到。于是，他会与这个天外之音进行抗争，进行对话。到最终自己无法抵御对方的诱惑时，他会很清晰地认为自己在这个对手面前选择了服输，最终任由对方驾驭着自己的躯壳做出各种异于常理的事情，甚至是犯罪。

而邱凌现在这听起来简单的回答，却把自己的心理疾病非常准确地定位到了多重人格障碍上。于是，他可以在不同人格呈现出来时，表现出不同的言行举止，并且每一个人格表现的姿态，都可以是一个正常人。这里所说的正常人，是能够独立思维与行事的正常人。或者说得直白点，邱凌就是想让我知道：我——并不是一个疯子，而是一个有着多个灵魂的躯壳！

我为这一发现而兴奋起来，眼前的邱凌依然一副无辜的表情。我冲他微笑着说道："邱先生，假如我没了解错的话，你是我的校友，学的是学前教育。你不可能对'习得性无助'这么一个简单与普通的心理学用词感到陌生的。你越否定，越让我能够肯定你是在掩饰某些东西，从而对你更加感兴趣起来。"

邱凌还是一副不知所以的表情："沈医生，我确实是苏门大学学前教育专业的，可毕业也七八年了，当时为了学分而灌进去的那些东西，现在谁还记得啊？"说到这里，邱凌扭头望向李昊，"李队！你们这么晚跑到看守所来，难道就只是要说些这么奇奇怪怪的话吗？"

邱凌停顿了一下，做出一个稍做思考的表情来："我怎么觉得李队你们几个人过来，是因为发现了我这案子某些重大突破口。或者是……或者是我这案子又有什么新的进展？"

"新的进展？你觉得会有什么样的新进展呢？"李昊说这话的语速并不快，但是我感觉得到他心里和我一样，为邱凌这试探性的问话而惊讶。黛西制造了一起新的梯田人魔案，这一事件，关在看守所里的邱凌是不可能知道的。凶手是他邱凌，那么，在他的认知世界中，梯田人魔案就是已经告破，怎么可能发出"有新进展"的质疑呢？

"没有，我就是随便问问而已！这么晚了，李队与沈医生都不回家休息，跑到看守所来提审我，让我觉得应该有些比较重要的事情。"邱凌说完这话，后背弯了下来，他那修长瘦削的身体缩在金属椅子里，就好像一只黏糊糊的海螺，利用坚固的外壳，保护着阴暗的软体。

我突然出现一种感觉，觉得今晚我们会无功而返，造成这结果的是某一个我还没有考虑进去的因素，让邱凌没有完全展露他全身的锋芒，展现他要表现出来的狰狞。我退后两步，再次靠到了光线相对昏暗的角落里。眼前的邱凌并没有看我，他是在故意无视我的存在。

是因为地点！是因为我们现在所待的地点。看守所的审讯室不可能是他想要与我交战的战场，在这里，他只是一个卑微的囚犯，没有任何资格与我对抗。因为他会感觉到金色盾牌的威严，压得他喘不过气来。

我望向李昊："李队！能带邱凌出去吗？"

"去哪里？"李昊把手里的烟头掐灭。

"去我的事务所吧！"

李昊没有回答我，径直抓起手机，走到门口打了起来。我知道他一定是在给汪局请示。几分钟后，李昊回过头来："两个小时！汪局给你两个小时。"

我微微笑笑，扭头对邱凌说道："邱凌，算是校友为你争取到的一点点福利吧！带你出去走走！"

一个小时后，小雪从市局折返回来。她在看守所办好手续，所里又派出了两位全副武装的武警。我们一行六人上了李昊那台警车。

邱凌那瘦削修长的身体，被李昊和两位高大的武警挤在后排。他脚上挂着粗大的脚镣，手铐与脚镣之间也有一根细长的铁链连着，让他根本无法伸展开身体。包括李昊在内的三位壮汉，把他挤得只能用半个屁股贴着车椅。

小雪开着警车驶出了海阳市第一看守所。夜色中的海阳城，宛如一颗闪烁着的星，在夜幕中依然绽放着美丽与多彩的光芒。警车在沿海大道上驶过，一侧是宁静却又祥和的大海，另一侧是不甘心湮灭的不夜城。

我打开了车窗，望着窗外拍打着沙滩的海水。文戈今晚不知道回来了没有，抑或又在学校度过这个夜晚。海风那微腥的味道刺激着我的嗅觉，让我自动自觉地舒展着神经。

猛地，一个新的念头蹦了出来。

"停车！"我对小雪喊道。

小雪愣了一下，接着把车停到了沿海大道的路边。我扭头对李昊说道："李昊，我想带邱凌下车走走。"

"沈非，我怎么觉得你有点得寸进尺啊？邱凌是重犯，如果他出了什么问题，我可是担当不起的。"李昊有点恼怒起来。

我冲他微微笑笑，重复道："我就是想带着邱凌在海边走走，说说话。"

李昊没有反驳我，他下意识地掏出手机，接着又迟疑了一下，把手机塞进了口袋。他沉默了一会儿，然后对着另外两位武警战士说道："没问题吧？我们三个跟在嫌疑人身边的话。"

那两个年轻的武警脸上泛出对自己体力的自信，其中一个点了点头："嫌疑人有脚镣手铐锁着，不会出什么事的。"

李昊咬了咬牙，白了我一眼，然后拉开车门最先下了车。

我与邱凌肩并肩走到沙滩上，李昊他们四个跟在我俩身后七八米的位置，眼睛死死地盯着因为镣铐而一蹦一跳艰难行走的目标。

我回头看了他们一眼，接着对邱凌说道："这样没问题了吧！他们不可能听到我与你的对话。"

邱凌面无表情。很明显，他抗拒与我交流："沈医生，我没你这么有雅兴，也并没有太多兴趣与你聊些什么。"

"是吗？"我故意反问道，接着我指了指身旁的大海，"邱凌，我不知道你是如何一步步走入魔障的，我只知道，现在我们眼前这宁静的沙滩上，肯定也有过让你陶醉与放松的回忆片段。你是一个完全不应该成为罪犯的天之骄子，你应该享受的人生是安静与祥和的。"

邱凌摇了摇头，连着手铐与脚镣的细铁链，让他压根就直不起腰来："沈医生，我不是一个年轻天真的少女，你苦心经营的背景与气氛，只是让我觉得更加难受。"说到这里，他突然打了个嗝，紧接着，他声音沙哑起来，音调低得让人恶心："让我想要摧毁什么，掰断什么，结束什么。"

我的心一紧，不由自主地往旁边一闪。眼前的邱凌突然之间狰狞起来，他歪着头，眼睛里放出异样凶残的寒光。他那因为镣铐缩着的身体，显现出来的也不再是无法伸展开来的压抑，而是散发出猎豹掠食前的夺人气势。

我的异样让身后的李昊等人第一时间朝我们冲了上来，我连忙冲他们摆了摆手，示意他们不要靠近。

紧接着，我努力让自己平静下来。邱凌第二人格的突然展现，完全不在我预料中。我选择这宁静的沙滩，选择这微凉的环境，是想让邱凌放松紧绷的神经，与我进行一些推心置腹的沟通的。我完全没有想到的是，我对于外围环境的这一布置，反而唤起了一个嗜血的恶魔出现。

我审视着眼前的邱凌，想捕捉一丝痕迹，用以证明他并不是分裂型人格。可是，我看到的这位对手，已经没有了之前温文尔雅的一面，完全蜕变成一只凶悍的野兽。他头压得很低，眼睛往上翻着，透过鼻梁上的眼镜望向我："沈非，拿掉我的眼镜，让我看看你现在到底长成什么模样了。"

我的心一沉，眼前这第二个邱凌说出的话，好像之前就与我相识一般。我迟疑了一下，跨前一步摘下了他的眼镜。邱凌这才扬起脸来，现在的他并没有因为近视又摘下了眼镜而阴着眼睛，反而更加放肆地打量着我，说着好像与我是旧相识的话："多年不见，你小子还是这么个嘚瑟的模样，真不知道你是怎么得到人们的关注与尊敬的。"

我没有出声，静静地望着他。我察觉到这第二个邱凌与之前我看到的邱凌有一点最本质的区别，那就是现在的他是放肆与具有侵略性的，他会任意地宣泄自己的想法。

我的想法得到了进一步的确定，阴沉着脸的邱凌继续着。他深深地吸了一口气，享受着海风拂面的微凉："沈非，你很想了解我吗？你应该高兴的一点是，我也很想要你了解我。你听过树枝被折断的声音吗？你折断过树枝吗？你有没有想要伸出舌尖，舔一舔异性关节处光滑的皮肤呢？"

我继续沉默着，放纵着邱凌的激动。他做了一个有点夸张的舔嘴唇的动作："每个人心底都有一个天使，相信你这号所谓的心理学家是知道的。那位天使居住在一个表面上平静的火山深处，他沸腾的思想就像火山沸腾的岩浆。人的一生是短暂的，压抑着各种欲望不去释放，迟早会疯癫。所以呢？没必要禁锢天使的飞翔，肆意地放纵自己的欲望，做一些自己想做的事情，才是我们应该享用的人生。"

我点了点头，在这位已经呈现出来的人魔面前，我选择了迎合他的倾吐，却又需要进行一些反驳，让他可以更加全面地展现自己："你认为的那位天使，在我们正常人看来，他是蜷缩着的恶魔吧！"

"恶魔吗？"邱凌望向我的眼神中全是凶悍的光，"那就是恶魔吧！我不在乎，我喜欢听到硬物被折断的声音，喜欢踩躏无助呼救着的异性，喜欢让她们的身体如地毯般贴在台阶上，就像一块猎人自制的毛皮地毯。"邱凌把手里的手铐拉扯了一下，说话的声音越发沉闷起来，"知道被我杀死的第三个女人吗？她刚离开她那阳光高大的男朋友身边，一蹦一跳地走进她们学校的大门。我从大树后面冲出去，用手指捏住她的食道。我可以感觉到她的脖子由一截截的颈骨组合而成，温暖的血液在颈骨周围流淌。她痛苦地挣扎着，双腿不断踹着，用她大腿与小腿间的关节伸展，表现着她的求生欲望。我更加兴奋起来，我放飞了我的天使，我展开了我的翅膀。我是一只抓紧了猎物的鹰，高高飞起。没有人能够捕捉到我的踪影，没有人……没有人……因为我是天使，我可以飞翔……我飞向了我栖身的峰顶，用我坚硬的嘴，啄断猎物的关节……"

邱凌近似于疯狂地叙说着自己行凶的过程。他把每一个细节包装得很完美，披上了华丽的外衣，想要我明白他是那场狩猎中勇敢的猎鹰。我继续沉默着，死死地盯着他的眼睛，想从中捕捉些什么，用以证明面前的人魔并不是他身体里一个新的人格，而是他想要逃避司法制裁的做作。这，也是李昊、汪局以及整个海阳市刑警们想要我证实的。

可惜的是，我无法捕捉到我想捕捉的东西。我面前突然出现的这位邱凌，完全是一个典型的多重人格患者的表现，甚至他原本的高度近视眼，好像也因为人格的转换而痊愈了，这在国外以往的多重人格案例中，是出现过的。

邱凌继续着，他在展现一个被血液与骨屑充斥着的现场。我的思维却没有跟随着他走进那一切；相反，我在不断思考自己需要如何引诱他出现缺口，让我能够进一步突破。

终于，我打断了他："好吧！天使先生，收起你的翅膀吧！你已经飞不起来了，事实证明你不是万能的猎手。"我故意望了望身后的李昊他们，小雪也正一本正经地望着我与邱凌。我继续道："在你的生命完结前，现在是你最后一次有机会放飞的瞬间。你已经不在牢笼里了，你的身后有你的猎物，你头顶的天空可以让你飞走。你不是说人生苦短吗？那么你不用压抑自己，反正你也没有机会释放欲望了。转身吧！冲向你身后的猎物吧！让我看看你是如何万能，如何强大。"

我的刺激居然马上让邱凌激动起来，他转过身体，望着身后的小雪发呆。就这样沉默了三四分钟，他终于呼吼起来，完全不顾及脚镣与手铐的束缚，朝着小雪站着的方向冲去。

他被那两位虎背熊腰的武警战士第一时间掀翻在地。他剧烈挣扎着，用那种低沉沙哑的声音吐出一个又一个含糊不清的字眼，甚至露出牙齿朝着小雪咬去。

我冷冷地站在一旁看着他的表演，李昊与刑警们的质疑，在我心中被一步步证实。尽管我还是无法捕捉到邱凌伪装出这个新的人格的证据，但有一点我可以确认：那位在每个现场，每个运送尸体的路程中，没留下一丝丝线索与痕迹的罪犯，绝对不会是现在这位所谓的"天使"邱凌。因为这位"天使"邱凌无比自信，自信到不会把每一次行凶布置得那么完美。并且，天使邱凌是愤怒的，愤怒到可以不计后果，这……绝不是困扰海阳市刑警两年的罪犯应该具备的特性。

我继续冷冷地看着他的表演，我在等待邱凌的下一步动作。按照我的推测，不管他是伪装的，抑或真的错乱，接下来，他会晕倒，只要他选择用晕倒来结束自己的表演，那么，他假装病患的成分，会大过真实分裂人格的可能性很多。

一位武警的枪托，重重地砸到了邱凌的脸上。

邱凌全身一软，眼神中那凶悍的光芒伴随着他眼帘缓缓地落下，宣告了他作为"天使"邱凌的谢幕。

我死死地盯着邱凌闭上的眼睛，他的眼皮有细微的、不易察觉的抖动。我进一步肯定邱凌是在伪装昏迷的可能，紧接着，我跨前一步，对着李昊与小雪他们故意大声说道："我过两天还需要与他进行单独沟通，因为多重人格患者不可能只出现多余的一个灵魂，最起码都会是两个以上。我需要引诱出邱凌身体里的第三个灵魂。"

9

我回到家已经半夜两点了。

打开家门，漆黑的客厅让我明白文戈并没有回来。如果她回来了的话，会给我留灯，让夜归的我感受到家的温馨。

我掏出手机，翻出她的号码打了过去。听筒里传来"你拨打的电话已停机"，我苦笑了一下，这个钻进学问里面的傻女人，手机没话费了都不知道。看来，明天早上我要做的第一件事情就是给她充话费。

我再次选择把邱凌的卷宗扔到沙发上,扭头走进卧室。冲完凉,我平躺在床上,关掉了台灯。黑暗,如同一位披着巨大斗篷的幽灵,把我拥到了怀里。

我看到了文戈,她依然留着短短的头发,穿着红色的格子衬衣。她那精致的五官好像画家素描出来的画像,雪白光滑的皮肤如同丝滑的水流。我欣喜若狂,发疯般朝着她迎了上去。我用我的双手搂住了她。可是,我怀抱中的文戈,突然间幻化为稀疏的流沙,在我的臂弯中散去了。

不!我不能让你就这样消失而去。我嘶吼着,哭泣着。但眼前的她,已是一个朦胧的阴影。就算这一点点阴影,也在我的手指尖,如流沙般在一颗一颗地流逝。

我猛然惊醒,发现自己整个身体都汗湿了。

我发疯般跳下了床,在我这200多平方米的房子里奔跑着,我按开了每一个房间电灯的开关,按开了家里能够发出光线的任何电器。最后,我喘着粗气坐到了客厅的地板上,眼前依然是我这个装修豪华却又空荡荡的家。

我大声地尖叫起来,眼泪好像被放开了闸门的水库,淌出我的双眼。

几分钟后,我缓缓地站了起来,从客厅的茶几上捡起一把钥匙,走向家最深处的那扇门。

我打开了那扇门,一股文戈身体独有的香味扑鼻而来。紧接着,我按开了这个房间的灯……

眼前，全都是文戈用过的东西。

她穿过的衣服，穿过的鞋……

她用过的唇膏，喝过水的杯……

她最喜欢的小说，最喜欢用的那本字典……

她在每一面墙上的照片中微笑着。

她扬着脸，望着蔚蓝华丽的天空；她低着头，假装沉思却是为了让这剪影显得睿智；她对着我竖起了两个手指，显摆着自己的得意；她用手搭在我的脖子上，脸上都是幸福的光芒。

我跪到地上。我伸出手掌平举着，空气中缓缓流淌着的都是我与她那些年的每一份记忆与味道。终于，我放肆地哭出声来，甚至应该说，我像一只绝望的野兽，在本应属于我的领地里哀号起来。

文戈已经不存在了，她离开我的世界已经两年了。她那曾经高贵与性感美丽的身躯，已经化为浅灰色的骨灰，安静祥和地躺在房间中央那张大床上的盒子里。

闹铃把我从睡梦中叫醒，我睁开眼睛，瞟了一眼床头正欢腾着的闹钟，时针正指向 8:00。

头有点疼，我做了一个很伤感又奇怪的噩梦，梦见文戈离开了我的世界，剩下我一个人在一个幽闭的空间里如困兽般哭泣。

我自嘲地笑了笑，拿出手机要打给文戈，让她用专业的理论解析一下我的梦。接着就想起她的手机停机了。

在楼下给文戈的电话充了 500 块钱话费重新打过去，听筒那边传来"你拨叫的用户已关机"。这女人啊，为了那几个学生……

我把车停到事务所外，提着路上买的早餐走进大门。前台的佩怡看到我便连忙站了起来："沈医生，有人过来面试，在会议室等你。"

我点了点头，从她手里接过应聘者填写的表格走进办公室。我随意地瞟了一眼表格最上方的名字：陈蓦然。

居然和我大学时代一位导师的名字一样。我笑了笑，选择先吃完早餐，然后重新拿着那张表格，走进了会议室。

一个满头花白头发的男人端坐在靠窗的椅子上。他侧着身子望着窗外发呆，连我进来的脚步声都没有察觉。

我"嗯"了一声，对方才猛地转过身来。紧接着，他和我一样，第一时间张大嘴站了起来："真的是你啊！沈非！"

我大步迎了上去："陈教授，您……您怎么找到我这儿来了？"

老教授反而拘谨起来，他伸出的手慌乱地缩了回去，在裤子上擦了几下，最后才握住了我的手。我能感觉到他手心的潮湿，他眼神中当年的睿智与深邃已经消退，换上的是浑浊的目光。

我挨着他坐下，就像当年挨着他吸食他的学识时一样。老教授很勉强地笑了："最初听人说这'观察者'是一个叫沈非的人开的，我压根就没想到会是我的学生沈非。这些年我一直以为，像你这么优秀的孩子，怎么样都不可能选择下海经商，应该在某些机构里从事学术工作，或者在某个大医院里临床。哈哈，世界真小，想不到真的是你。"

"是我啊！老师！"我也有点激动，但面前这位曾经的苏门大学泰斗，和我当年认识的完全不像同一个人了。他穿着一套烫得笔挺的深色西服，可肩膀和袖口的布料已经陈旧到发白。他系着领带的白色衬衣，领子已经发泡，甚至颜色都已经泛黄。老教授依然微笑着，可这笑容背后，让我揣测着，会是如何残酷的生活，将这位当年意气风发的学者，逼到了这红尘闹市中来屈就面试呢？

老教授看出了我的心思，他松开了我的手，然后耸了耸肩："退休两三年了，你师母患病花了不少钱，一点点积蓄都没了，还欠下十几万的外债。早几个月，她还是走了，靠我自己那一点点退休工资还钱不太现实。虽然那几个朋友说不用还了，可我过不了自己这一关，一辈子没有欠过别人任何东西，赤条条来，也想赤条条走……"说到这里，老人摇了摇头沉默起来。

我心里一酸："老师，只要不嫌弃我这里庙小。"

我扭头对着会议室外面喊道："佩怡，问下大伙这会儿忙不忙。组织开个会，介绍大家认识一位真正的老师。"

佩怡大声应道："好嘞！"

看到事务所里一干业务能力与专业水平都不错的年轻人，陈蓦然终于慢慢放开了他的拘谨。老师害怕被熟人知道自己外出打工，专门离开了苏门大学所在的城市来到海阳，然后鬼差神使地找到了我们"观察者"。我想，有老师的加盟，定会让我的事务所在专业上更具权威性，能否转换成为经济效益不太重要，能够让这个团队越来越强大才是我最关心的。

开车载着老教授把他的行李从火车站旁边的小旅馆拉到了宿舍，前段时间正好有一位咨询师离开，他的单间干燥通风，正好让老教授住下。

老教授不断地点着头,絮絮叨叨地念叨着:"多亏遇到你,多亏遇到你。"

我的心却一直酸酸的,感怀着老师的遭遇。

安顿好之后,我带着老教授走进一家餐厅,坐在靠窗的位置。老师翻阅着菜单,点了个最便宜的套餐。我放任着他的客套,对服务员说道:"这个来两份就是了。"

老教授伸手摸了摸额头那花白的头发:"沈非,我确实没有看错。这么多学生里面,一共有四个人是我最为欣赏的。其中有你的两位学长,现在都在专业机构里成了栋梁之才,而你呢,也是小有名气的私营咨询事务所老板。各自发展的平台不一样,飞翔的高度也不好进行比较了。"

我点了点头:"老师,我只是不喜欢受约束而已。再说,自己开事务所,能够接触到的临床病人要多很多。我们这门学科研究的对象,本也不应该是极端明显的精神病患者,而是看上去正常的人群;探寻他们不为人知的内心世界。这才是我选择自己出来做事的主要原因。"

老教授脱下外套,非常认真地把这件旧西装叠好放到身旁的座位上:"沈非,对于你的这一想法,我以前是不会接受的,那些年总觉得游医都是祸国殃民的,拿着自己的一点所学装神弄鬼,愚民骗钱。这两年经历了一些东西后,我的思想变化了不少。各行各业之所以存在,就有它存在的必然性。用经济学那些老家伙的话说就是,买方决定了需求市场,才会产生卖方。"

说到这里，老教授突然想起了什么似的："对了，刚才我说的这些年我最看好的四个学生里面，有一个非常不错的孩子毕业后也在海阳市，我记得当时他进了政府部门，不知道你和他有没有联系？"

"叫什么？"我喝了一口水问道。

"姓邱，像个女孩子的名字，叫作邱凌。"

第四章
无限恐惧症

身后的树林里有各种虫子在哼唱着,空气中散发着青春期胴体的那股腥味……

10

我初三开始长青春痘，整张脸上都坑坑洼洼，甚至可以用狰狞来形容。

进入高中后，身边熟悉的同学都离开了我的世界，突然之间结识那么多新的同学，让满脸痘痘的我莫名自卑起来。接着，我患上了一种比较常见的心理疾病：社交恐惧症。

我开始变得沉默，低着头穿梭在狭窄的世界里。我总是怀疑别人在我身后指着我的脊背讨论我狰狞的痘痘，极度抗拒与同学们进行接触，甚至觉得某位漂亮女生与我搭腔是因为可怜我，将她的微笑当成施舍给丑陋者的恩惠。

紧接着，我的这一恐惧症开始放大。我的膀胱变得害羞，无法在除了家以外的任何地方撒出尿液；我粗暴地撕烂了母亲给我搭起的蚊帐，因为它会让我喘不过气来；我在人行横道上一身冷汗，对各种人群无比恐惧。最后，我甚至害怕气流在我的世界里出现，就算是一丝微风或者身边人对我说话时的呼气。几年后我才知道，自己的这种心理疾病就是极其罕见的无限恐惧症。

高一下学期，我与青春痘的搏斗以胜利告终，但是，我因为它们染上的一系列恐惧症却已根深蒂固。我的父亲最先发现了我的这一秘密，他把我带到海边沙滩上，努力尝试与我沟通，甚至给我递了一根香烟。我抽着我这一生中唯一接触过的一支香烟，然后流着眼泪给父亲说起我内心世界的悲凉。

两天后，父亲带着我坐上长途汽车，走进苏门大学找到了他的同学陈蓦然教授。教授当年还挺拔激昂，他听我父亲吐完苦水，然后自信地对我父亲说道："沈非年纪还小，这点心理问题只能说是障碍，还不算疾病。"

接着，我在教授家里过完了那个暑假。再次回到学校时，我已经重拾一个高中男生应该有的热情与热忱，奔跑在篮球场上，在同学群体中说笑。两年后，我以远远高于录取分数线的成绩，考进了苏门大学心理学专业，成为陈蓦然教授的弟子。

说这段过去，只是想让人知道：其实每一个人，在这日益快节奏的社会中，已经无可避免地变得脆弱。传统医学的日益强大，让我们的肉体已经很难被一些普通疾病长期折磨。但是，精神与心理上的疾病，却好像雨后的春笋，在我们不知不觉中，攻陷了我们的世界。

老教授说出他为之骄傲的学生邱凌的名字时，我身体一颤，紧接着，我再次喝了一口水："老师，你说的这邱凌也是心理学专业的吗？毕业后也是从事这个行业的工作吗？"

老教授摇了摇头："这也是我这么多年来觉得最遗憾的事情。邱凌父母都是老师，他们和那一代的很多灵魂工程师一样，觉得自己的孩子必须接自己的班，走上虽然清贫但是足够高尚的讲台。所以，邱凌读的专业是学前教育。对了，你应该见过他的，他比你晚一届，那几年跟我也跟得比较紧。只是他比较低调而已，总是在人群后面默默地看着自己的学长大声说话。"

我忙打开随身携带的皮包，拿出邱凌的案卷资料，从里面拿出一张邱凌的相片："教授，你说的那个邱凌是不是他？"

教授愣了一下，紧接着手忙脚乱地从衬衣口袋里拿出老花眼镜戴上，举着那张相片认真看了起来："这……有点像。不过好像没有这么瘦，以前也不戴眼镜。"说到这里，老教授放下手里的相片，"沈非，我也有快10年没见过他了，如果看到人，我应该可以认出来，单纯只是看这相片……嗯嗯，有点难。"

我心头一热："老师，我带你去见见他吧。"

下午3:00，小雪与另外一名年轻刑警带着我与陈蓦然教授走进了海阳市第一看守所。李昊那天去了省厅，好像也是为邱凌这个案子。

我让老教授坐到审讯室隔壁的房间里，那边有监视器可以看到审讯室里的情况。我还是坐到了角落里，静静地等着门外那镣铐的响动声，等候着我那越发神秘起来的对手邱凌。

小雪一边翻着手里的笔记本，一边扭过头来对我问道："沈医生，真的不需要和邱凌对质一下吗？以我们目前掌握的线索，完全可以证明他是一位在心理学上所知颇多的专家！"

我摇着头："你觉得有必要吗？像你们李队一样对着对方拍桌子

吼上一场,遇到胆小的还可以,够把对方吓蒙。遇到邱凌这号人物有用吗?"

小雪瘪了瘪嘴,不吭声了。这时,镣铐在地板上拖动的声音缓缓响起,我再次把椅子往角落里拖动了一下。

门被狱警推开了,邱凌——这位双手沾满了鲜血的屠夫,迈步走向审讯台。

邱凌戴上我们递过去的眼镜,透过镜片,他随意地看了我一眼,接着声音显得很是无力地对小雪说道:"慕容警官,我昨晚真的袭击了你吗?伤到了你吗?"

小雪没有说话,她冷哼了一声。另外那位年轻刑警翻开了手里的笔记本,对邱凌开始了一些已经重复了无数次的正常询问。

邱凌露出一个无可奈何的表情,但还是非常配合地回答着问题。我始终缩在角落不吭声,好像自己在这个房间里压根不曾存在似的。

终于,邱凌反倒沉不住气了,他眼睛的余光朝我扫了过来,继而与我望向他的目光交会,又立刻缩了回去。

我微微笑了笑,站起来朝门外走去。临出门时,我故意小声对小雪说了一句:"这两天我会去一趟苏门大学。"

我相信我的一举一动都在邱凌的密切关注中,于是,我在这个狭小斗室里所谓的小声说话,自然也在他的监听之内。我偷偷地瞟了他一眼,他对我吐出"苏门大学"这四个字没有任何反应。那么,他在听到我故意说起他母校名字后毫无表示的原因就只有两个:第一,他压根就没注意听我说话,或者压根没听见,这点在我看来不太可能,因为邱凌的心思绝对比我们想象的要缜密很多很多。

而第二个可能就是，他听到了。但是，他那坚固的内心城堡，把他接收到外界刺激产生的反应，压制到了最低最低。

我绝对相信是后者。

我走出审讯室的门，扭头便看到了隔壁房间的门口，老教授已经站在门边望着我。他面色苍白，露出一个非常沮丧的表情。

接着，我快步走到他身边，清晰地听到老教授在我耳边说出的一句："是他，是我曾经引以为傲的学生——邱凌。"

11

那天晚上，我一个人把车开到了文戈工作的学校外转了几圈，犹豫着要不要进去找她，然后告诉她我可能要离开海阳市几天。可思前想后还是算了，毕竟文戈是个做学问的学者，世俗的这些破事，本不应该沾污她那纯净的世界。

我回到了事务所，同事们都已经下班走了。我伸展着手脚坐在白天佩怡坐着的前台椅子上。我没有开灯，双眼放空地盯着大门。

今晚，我约了几个人过来，他们从事着不同的工作，有着各自不同的世界。他们中间有些人和我很熟，有些人和我只有一面之缘。但是，他们都有一些共同点：那就是他们都有如猎犬般灵敏的嗅觉，有着看上去那么平凡与普通的外表，最为重要的一点是，他们都和我一样，关注着梯田人魔案，关注着邱凌这么个深不可测的对手。

最先推开玻璃门走进来的是一袭黑衣的古大力，他嘴里叼着一支棒棒糖，身上还是那套黑色的西装以及那双非常不搭配的黑色阿迪篮球鞋。他左右窥探着，最后终于看到黑暗中的我，继而对我说道："沈医生，李队没和你说过吗？我脑子不好用，在一些不靠谱的山寨医院待过一段时间。你约我来你这诊所里，会让我内心对你有排斥感，不方便我们进一步沟通交流的。"

我笑了，伸手按开了大厅的灯："大力，我这里是心理咨询事务所，不是针对精神病患者的诊所。现在这世道，谁没有一些心理上的或大或小的疾病呢？"

古大力打断了我："你怎么不忌讳在我面前提到'精神病'这三个字呢？别人都挺忌讳的，整得好像我听到这三个字便会发病似的。"

我继续微笑着："因为我是一位心理医生。"

古大力哈哈大笑，继而往旁边的沙发上一屁股坐了下去，那沙发被他压得往下一沉。

就在这时，大门再次被人推开了，走在前面的是八戒那肥胖的身体，邵波叼着烟的脑袋在后面晃了一下就缩了回去，再次出现时，那根让我有点反感的香烟消失了。

八戒冲我憨憨一笑，扭头也走向古大力坐着的那个沙发。两个胖子让沙发痛苦地响了一声，但最终还是坚强地承载了奔半吨的两具肥胖肉体。邵波看了一眼叼着棒棒糖的古大力，然后转过头来对我笑道："沈非，你大半夜拉我们过来，是要讨论什么国家大事，还是想找我聊聊男性夜话啊？"

我冲他耸了耸肩："等会儿你就知道了，我们现在还缺两位主角呢。"

"谁是主角啊?"古大力发问道。

八戒却斜着眼看了古大力一眼:"沈医生说是主角的就是主角,邵波说了,沈医生的召唤,咱火线出击听好做好就行了,整那么多问题出来,会打乱沈医生整盘严谨缜密的布局的。"

古大力愣了一下,也斜眼望向身边的八戒。两个胖子两双小眼睛对视着,空气中居然弥漫起一股子火药的味道。

大门又一次被推开了,穿着警服的李昊大踏步走了进来。接着,从他身后,一名高大挺拔的老年人也一袭笔挺的制服,大步跨了进来。

我们几个人一起站了起来,冲他点头示意:"汪局!"

我把大门反锁,然后按开了会议室的灯。偌大的会议室里,我们这六个人坐进去显得非常冷清。所幸在座的每个人都有普通人所没有的强大气场,让空气中流淌着的气流都变得比较凝重。

汪局环视了大伙一圈,在座的所有人,包括邵波和八戒也都是他的旧识,只是他作为地方官员,以前并不是很方便与邵波这种私人调查人员接触太多而已。最后,汪局的目光停到了我身上:"小沈,你叫我们过来有什么重要的事情吗?"

我点了点头,对他说道:"汪局,邱凌这案子目前出现了一些问题,这也是您之所以让李昊找我的原因。根据我目前了解到的一些情况,邱凌远远比我们所想象的要狡猾很多,所以,我想对他进行更加深入的了解,从而出具一份报告提交给省厅的法医组。不过……"我故意停顿了下来。

"有什么就说吧!"汪局表情很严肃地望着我。

我"嗯"了一声,继续道:"不过我需要一些人帮忙,并且不能是警队的人,毕竟我需要了解与调查的不是这起案子的各个疑点与线索,而是想要走进邱凌的内心世界。所以,我想恳请汪局同意,让在座的这几位介入我的调查。也就是说,这个案子的卷宗,他们都会有机会了解与接触。"

汪局没出声,他再一次扫视了大伙一眼:因为听到我这一计划而兴奋起来的邵波,满脸木讷的八戒,叼着那根棒棒糖翻着白眼的古大力。

汪局沉默了两三分钟,最后对着大伙问道:"送检察院之前,都能保证自己所知道的内情不对外公开吗?尤其是媒体。"

邵波和八戒、古大力一起点了点头。

汪局扭过头来:"小沈,这是特例吧!"他顿了顿,"但是要重申一点的是,你们在外围的任何调查,都只是我汪浩私人授意的,绝对不能代表我们警方的意思。也就是说,你们所做的事情,只代表你们作为热心市民应尽的义务,绝不是海阳市警方的意思。"

我连忙点头:"这点我懂。汪局,您听听我接下来的一些布置,会更加放心的。"

说完我站了起来,首先望向了邵波与八戒:"邵波,我想麻烦你带着八戒去一趟邱凌的老家,距离海阳市两百多公里的梧桐县青山村。邱凌的父母当年因为工作的缘故,把邱凌一直放在老家,他小时候是在那里长大的,一直到他小学毕业。我想知道他小时候有什么比较异常的经历，了解得越多越好。"

邵波露出自信的笑来："没问题，这走访的工作我比较在行，再说我还有优秀助手八戒呢！他号称人来熟，就算到了火星走访，也能快速接上那边的地气。"

八戒谦卑地微笑起来："邵波玩笑话来着，我就一大众脸罢了。"

在座的其他人都吞了一口口水，八戒那摊大饼般的脸，怎么样都和大众脸挂不上号。

我接着望向了古大力："大力，你和我去一趟苏门大学，我想了解一下邱凌在学校里的点点滴滴。李昊和我说过，你的思维是举一反三，甚至举一能够反到十。我要你帮我通过邱凌留在学校里的点滴片段，放大出一张邱凌内心世界的完整画像。"

古大力面容严肃地点着头："正好我还有几天年假可以补休，陪你去苏门大学走走还行。"

李昊却忍不住出声了："沈非，有没有什么计划需要我帮忙的？"说到这里，他可能也意识到汪局就坐在旁边，自己这冒冒失失的毛遂自荐很容易让作为领导的汪局反感，于是连忙接话道："我是说需要我们警队帮忙的。"

我冲他笑了笑："肯定需要你了。我们这趟出去，估计要两三天才能折回来，在这两三天里，我希望你不断地提审邱凌，不要给邱凌太多能够放松下来思考的时间。我希望看到的是邱凌因为你们的狂轰滥炸，越来越凌乱起来。唯一要注意的一点就是，一定不要提到我们已经知道了他对心理学有浓厚兴趣的事情。"

"那黛西呢？"汪局插话道，"邱凌的未婚妻黛西呢？也需要不断地提审吗?"

我继续微笑道:"黛西和邱凌不同,邱凌在之后体现出来的心理世界可能会越来越强大,而黛西只需要时间来打磨一下。关上她三天吧,不要提审,也不要过问她。三天后,她自己会崩溃的。"

汪局满意地点了点头:"行!沈非,希望三天后,你再回到海阳市的时候,能带出一些撒手锏,把邱凌这王八蛋一次性征服,彻底掀出他那丑恶的原型来。"

"嗯!"我自信地应道。

和古大力约好明天出发的时间后,我掏出了手机。文戈没有打电话过来,说明她今晚还是不会回来。我在发动汽车回家之前给她按了一个短信:我,要去挖掘一些东西!

12

我们开了有差不多10个小时的车,直到晚上才到苏门大学。

合上房门,古大力的鼾声离开了我的意识世界。

我缓步走出学校招待所的大门,扑面而至的是一股子熟悉亲切的学院气息。我闭上眼睛深深地吸着气,咀嚼着空气中似乎存在着的文戈的味道,那么甜蜜,那么接近,却又如同蜂翼与汗毛的接触。转瞬后,你找不到回味的痕迹,甚至无法确定那接触是否存在过。

我迈步在这夜间的校园林荫道上。身边来回走动的是大声嬉笑着的学弟学妹们,远处那闪烁着的灯火,是自习教室与宿舍中不断发生着的各种故事。

于是，我有了某种错觉，感觉自己回到了10年前刚走进苏门大学的那个上午……

我笑了，加快了脚步。远处某段我想要揭晓的东西，正在等待着我，等了有好多天，好多月，或者说好多年了——离开学校的前一晚，我与文戈在学校后山一个只有我和她知晓的地方，埋下了一个盒子。文戈说，她作为少女的故事，全部埋葬在这个盒子里面。我们约定，在世人觉得考验一段感情的期限——7年到来时，才允许我看到盒子里面的内容，并知悉她曾经的心事。

也就在那一抹泥土将木盒埋下后的第二天，她跟着当年还愣头愣脑的我走向万千红尘。

文戈望着我笑："弱水三千，只取一瓢饮。想不到我最终落到你这一瓢水里。"

我醉了，搂着她……身后的树林里有各种虫子在哼唱，空气中散发着青春期胴体的那股腥味……

我摇了摇头，觉得自己越发好笑，像个老年人一般时不时回味当年与文戈的一切。7年了，我们走出学校已经7年了。距离我们约定的那一天只相差一两个月，我想，文戈不会介意我提前几天的。

我加快了步子，往后山上走去。身旁茂密的野草中时不时发出某些匪夷所思的声音。我知道，那是少女们幻化为夜莺在歌唱。若干段少年时期甜蜜的回忆，在其间发生，也在其间进行。

越发僻静了，我走到那棵熟悉的大树下。我伸手将树下的落叶抚开，又摸了摸树干底端那不显眼的印记。最后，我拿出一把精致的折叠铲，开始挖泥。我挖得很慢，因为我害怕锋利的铁铲将木盒划伤。挖到一尺左右深度后，我放下了铁铲，直接用手指抠动着泥土。我的小心翼翼，不过是为了呵护我最为珍贵的与文戈的记忆。

终于，那木盒被我取了出来。捧在手里沉甸甸的感觉，记忆中当时并没有这么沉重。

我将木盒放到膝盖上，用双手将它小心翼翼地掀开。这时，不知道从哪个方向吹过来一丝凉风，伴随着这一丝凉风的，居然是被我掀开的木盒中往外飞舞的灰白色粉末，夜色中显得诡异与恐怖。

我不由自主地往后退了一步，那敞开的木盒被打翻，倒扣到了地上，散落一地的是木盒中满满的灰白色粉末……

我皱紧眉头，蹲到地上，将那些灰白色的粉末抚开，然后将木盒再次打开。里面空荡荡的，只有一封没有被撕开的信函。

一种奇特的预感在我心底浮现，我开始害怕起来，甚至扭头朝着左右的寂静中望去，黑暗中，似乎有某种生灵正在窥探我。而我手里的这个木盒，似乎也被它替换了。否则，文戈不可能只留下一封没打开的信与一堆莫名其妙的粉末在这里。

我的手颤抖起来，终于将信拿了出来。夜色正好，让我能够勉强看清信封正面写着的简单的几个字：文戈启。字迹纤细，但每一笔画收尾处又飞舞开来，说明这撰写者具备某些被压抑着得不到释放的情愫。

不知道为什么，我脑海中突然出现了邱凌没戴眼镜歪着头望着我的模样，那眼神中透着与我似乎相识却又深藏的恶意。被这眼光注视着的感觉，与现在蹲在这棵树下，想要撕开手里这封信函的感觉一模一样。甚至……甚至我开始回想，回想着这种被邱凌独有眼神注视着的惶恐，似乎在当年还稚嫩的大学时代，也有过一般。

我再次左右顾盼起来，手忙脚乱地将那些灰白色粉末与挖出来的泥土重新推到了泥坑里，拿着木盒与那封信朝着不远处的路灯奔跑起来。

我在林荫小道边的长椅上坐下，偶尔走过的男女，让我觉得好过了不少。我终于撕开了信的封口，将文戈唯一留下来的彰显她少女时光的物件展现了出来——如果真是她留下的话。

很普通的一页信纸，上面是那纤细却又企图飞舞的字迹。是一首诗……

  你融入他的世界那晚

  我被渔夫捕获

  锋利的刺刀将我胸腔划开

  延伸向世界的尽头

  我的内脏散落

  有爱你的心

  有恨你的肝

  还有还有……

  还有纠缠不清的断肠

小诗的落款就是一个"鱼"字，时间是 2005 年 7 月 30 日。

我的手再次颤抖起来。这不是文戈当时留下来的东西，因为我们埋下这个木盒的日子是那年的 7 月 24 日，第二天，我和她便离开了学校。

鱼……

谁是鱼？

这个叫鱼的人，又是怎么知道这个只有我和文戈知晓的秘密？木盒里面的东西，是不是被他全部换走了？抑或，文戈最初就只是放下了这封她压根就没拆开过的信和那些奇怪的灰白色粉末？

我回到招待所的时候，已经过了午夜12:00。让我觉得好笑的是，古大力居然起床了，搬条凳子坐在敞开的房间门口，歪着头看着心事重重走进来的我。

"有什么问题吗？"我不想和他废话，思绪还是比较凌乱，需要安安静静地睡下，将之捋一捋。但紧接着我发现古大力似乎并不是注视着我，他目光的焦点甚至绕开我，继续锁定在我身后的那扇合拢了的木门上。

我有点迷糊，将木盒放下，扭头对他问道："大力，你在看什么呢？"

古大力没有回话，继续保持着他歪头坐着的姿势，用一种匪夷所思的表情，观察着我身后并没有动静的那扇门。

之前在后山滋生的那一丝寒意再次油然而生，我连忙跨出几步，站到古大力身边，去看他所死死盯着的位置。但就在这时，沉闷的鼾声与古大力的鼻息声一起悠扬地送达。我暗骂一句"见鬼！"，接着低头去看古大力，只见这肥汉微微睁开的眼睛中，透着如同沉静湖面的空灵。

我在他耳边沉声吼道:"嘿!"

古大力慌张地站了起来,定神后望向我:"沈……沈医生,你刚才去哪里了?我起来尿尿没看到你以为你梦游了。"

我冲他微微笑笑,也不想在这大半夜和他聊上几句什么,便转身朝卫生间走去,准备洗漱休息。

古大力也没追问,他的注意力总是会时不时被出现在他世界里的新事物吸引过去,并为之忘我思考。这次吸引他注意力的,是我带进来的那个木盒。

洗漱完走出卫生间的我,猛然发现古大力正坐在我的床头。他一只手搭在敞开的木盒上,另一只手的食指上沾了点遗留在木盒里的灰白色粉末,并一本正经地观察着。

我正要喝止他,可他却将那只食指伸到了嘴里。接着,他白了我一眼,很认真地对我说了句:"这是骨灰!人的骨灰。"

第五章
骨灰嗜异者

骨灰的主要成分是磷与钙,以及碳,所以骨灰的口感会像细沙。吃多了还会引起便秘,因为磷酸钙并不是那么容易被吸收的缘故。

13

我曾经与一位精神科医生争论过关于嗜异症的问题，他有着足够多的临床案例，用数据得出能让他挺直腰杆的结论：有着异食喜好的那些孩子，在通过补充足够的锌后，这一无法被解释的坏毛病，一般都能够被对应治愈。但在我们心理学领域的学者看来，嗜异症，更多的是人们对于并不熟悉的物体所产生的强烈好奇心，这一好奇作用到行为就是伸出布满了味蕾的舌头，对这一新奇物体最直接地体验。

所以在我看来，古大力用狐疑的目光研究手指上蘸着的灰白色粉末的行为，并不属于异常。一个如他般智商高于普通人的家伙，具备了高于常人的好奇心，并不让人意外。只是……只是他在尝了尝这粉末后不假思索吐出的答案，却让我有点毛骨悚然，因为这一答案代表了两层意思。

首先，古大力之前是尝过骨灰的味道的，并且，他是在知道即将入口的东西是骨灰的情况下尝的，所以，他才能这么肯定地给此刻他手指上蘸着的粉末定性。这一结论让我不得不再一次提醒自己——他始终只是个被治愈的精神病患者,他的疯狂异于常人。

第二点就是作用到我与文戈过去故事中,这突然出现的骨灰到底是怎么一回事呢?这是谁的骨灰?是不是文戈亲手放进去的,抑或莫须有的第三个人将木盒替换后放进去的?不管是谁放进去的,他们放入这骨灰,究竟想要诠释什么呢?

古大力咀嚼了几下,喉头抖动了一下,那灰白色的粉末被他咽入胃部。

"沈医生,大半夜你从哪里带回来这么个骨灰盒啊?"古大力眨着眼睛问道。

我答非所问:"你能够确认这是骨灰吗?"

古大力点点头:"人类的尸体被送进火葬场的火炉后,有机物会被全部焚烧。剩下的无机物,也就是骨骼,最终成了骨灰。骨骼的主要成分是骨胶和磷酸盐,所以焚烧后的骨灰有一股子臭鸡蛋的味道,是骨胶融化的缘故。而骨灰的主要成分是磷与钙,以及碳,所以骨灰的口感会像细沙。嗯!吃多了还会引起便秘,因为磷酸钙并不是那么容易被吸收的缘故。"古大力说到这里,从旁边的床头柜上拿起一板奶片,并从中抠出一块递给我:"要不要来一块,补充点蛋白质。"

我连忙摇头,再次发问道:"就这木盒里面目前所有的东西,你还能推断出一些其他线索吗?"

古大力白了我一眼:"我又不是警犬,再说总不可能你一个心理医生啥事都指望我这么个精神病病患吧?"说完这话,他指了指木盒里面的信函,"介意我看吗?"

我耸了耸肩。古大力将手里那整板奶片全部抠出来塞进嘴里，然后朝着木盒伸手。临拿到信的时候，他硕大的脑袋晃了一下，"嘭"地一下撞到了旁边的墙壁上。

我哭笑不得，上前将信拆开递给他，并问了句："没事吧？"

古大力揉着脑袋憨笑道："习惯了。"说完他快速看完了那信纸上简单的几行字："是诗啊！"

"嗯！觉得怎么样？"对于古大力的分析能力，我已经越发信任，尽管他的各种想法悖于常理，太过极致化。

谁知道古大力眨了眨小眼睛："文学……我不太懂，尤其是这种现代诗，对于古代诗歌，我反倒有些研究。"

我哭笑不得："我的意思是有什么发现，对于留下这封信的人。"

"啊？"古大力放下信想了想，"这木盒外面有点湿，里面倒挺干的。沈医生，之前这木盒里面的骨灰应该不少吧？最起码半盒才对。"

我点了点头："如果你的判断是正确的，那木盒里面的骨灰应该是一个人的分量。"

"难怪！"古大力说完这话，将那信纸又拿了起来，朝着嘴里送去。他的这一动作让我有点着急，以为他又要出动味蕾了。所幸他只是把信纸放在鼻子前闻了闻说："信纸有了些年月，不过沈医生你知道的，我不是警犬，所以我无法给你一个肯定的答复。"

他说得这么一本正经，但话语间的逻辑开始有些混乱起来。我只能冲他再次笑笑："嗯！明白的，你是个神探，但绝不是警犬。"

谁知道古大力很严肃地点了点头，接着他在我的这张床上站起，看了看自己那张床。两个床之间距离有一米出头。他做了一个想要起跳的动作，作势要朝着自己的床跨过去。靠墙站着的我不自觉地往后退了一步——连转个身都有可能摔倒的古大力，要完成跨越这么高难度的动作，始终还是让人担忧。

谁知道古大力大步一迈，很轻松就跨过去了，并动作麻利地钻进了被子，从枕头下拿出手机来："沈医生，给我拍个照呗，我发微博。"我冲他笑了笑，没搭理他，将信纸折好放进信封，又放进木盒，并顺手关了我这边的床头灯。快1点了，虽然我没有其他心理医生的某些毛病——喜欢给自己制定严谨的作息时间。但太晚睡是会影响第二天的正常工作生活，影响第二天正常的判断与思考的。所以，我现在最需要做的事情就是睡个好觉。再说，睡前想问题本来就是个很扯很不靠谱的思考习惯，毕竟大部分脑细胞已经惯性地进入了休眠，指望剩下那些依然兴奋不已的失眠细胞做出正确的判断，基本上不太可能。这也是很多人半夜各种激动的决定，天亮后回想起来发现是那么愚蠢与弱智的原因。

古大力见我没搭理他，似乎有点遗憾，他自顾自地说了句："手短了，脸又大了点，确实不太方便自拍来着。"

我嘴角往上扬了扬，背对着他睡下。今晚经历的一切，让我脑子里某部分亢奋起来是很正常的，作为一位经验丰富的心理医生，我自然有不需要药物的好办法让它们消停并入眠。

于是，我开始数羊……

14

犯罪心理学研究，是自意大利医生凯萨·龙勃罗梭（Cesare lombroso）有点偏激的天生犯罪人理论开始起步的。之后的美国心理学家谢尔顿教授（W.H.Sheldon）又结合胚胎学知识，将观相术上升到一定台阶提出了体型学。谢尔顿教授将人的体型分为三个类型，分别是：内胚层型；外胚层型；中胚层型。

也就是说，在我们还是在子宫里的无意识阶段，我们胚胎就选择了我们性格的一个发展方向。内胚层发育良好后，消化吸收系统的质量相对来说就比较靠谱，这类人身材肥胖，有着足够的脂肪储备，作用到性格方面，便是天生吃货，喜好社交，乐天知命。外胚层生成的是神经系统，这类人瘦削单薄，大脑和中枢神经系统发达，属于习惯性用脑者，也就是我们所说的紧张型人。最后一种中胚层型，他们的肌肉丰满，热爱冒险与竞争。在谢尔顿的理论中，中胚层型人，也就是我们所理解的肌肉人，出现激情犯罪的概率，会高于其他两种人。

所以说自结识古大力开始，我就对他有了很浓厚的兴趣，其原因基于他——古大力，是对于谢尔顿先生以及那群上世纪的观相理论学者面前挥舞的一个硕大的巴掌。一个内胚层体型的家伙，具备着外胚层型人发达的脑部，还能具备一个胖子应该有的想睡就睡的天赋，确实挺不容易的。

第二天早上7点不到，学校广播的音乐声便将我们闹醒了。古大力站在窗户边朝外面看,冷不丁丢出了一句:"好怀念当年读初中时候的好时光啊!"

我将木盒里面的那封信再次打开看了看,继而放好。我们来苏门大学的目的是为了调查邱凌的过去,但这一刻我突然改变了计划,我想要先查查这个署名为"鱼"的家伙。因为我隐隐地觉得,这个"鱼",似乎与我有着某些关系,甚至他能对我内心深处某段被隐藏与忽略的冰山底端的记忆,进行强有力的冲击。这一冲击所带来的不适感,又与在海滩那晚恶魔一面的邱凌注视着我那一刻的感觉非常相似。

我俩选择在学校食堂吃早餐,端着饭盒的我俩,在身边大学生中走过,感觉就像进入鹅群的鸭子。我一边啃着馒头,一边拨通了陈教授要我拨打的电话。教授说对方是他比较得意的学生之一,现在留校在医学分院那边当讲师。

电话通了,是一个听起来有点熟的女人声音:"你好,哪位?"

"嗯,你好,是乐老师吧?我是陈蓦然教授的学生,回苏门大学办点事。陈教授应该给你说过吧?"

对方没等我说完便开口了,语速还很快:"说过,说过,不过我这一会有课。你知不知道图书馆怎么走?你去图书馆等我,我下课后过去图书馆找你吧!"

"行!"

我挂了电话,可手机还没放下便再次响了,是这位乐老师又打了过来。

接通后她没出声,但我能听到她轻微地咳了两下。接着,在我

"喂"了几声后,她说话了,语速较之前放缓了不少,略带磁性的声音尝试性地问道:"你是姓胜吗?陈教授说你是胜医生。"

我微微一笑,教授的普通话还算标准,但毕竟年纪不小了,尤其对着手机时候,总是有点含糊。看来,他给这位乐老师介绍时把我的姓给说混乱了。

"嗯,我姓沈,你叫我沈医生吧?也是陈教授的学生,应该是你的师兄吧。"

对方的声音明显欢快了,语调甚至提高了:"你……你是沈非?"

我愣了一下,紧接着也终于猜出了对方的身份:"乐瑾瑜?"

我清楚地听到话筒另一边传来她深吸气的声音:"沈非,图书馆等我,我10点下课,最多10点半到图书馆。哦不,我下课后还要回一下宿舍,11点吧!11点以前到图书馆找你。"

我应了,挂线。记忆中乐瑾瑜的模样有点模糊,应该是一位比我低了一届的学妹,而且是医学院那边的。当年我与文戈身后总有一些学弟学妹簇拥着,让我与她时不时有着天造地设一对的错觉。

想到这儿,我再次苦笑了。不知道什么原因,我总是喜欢回味与文戈以前的点滴片段,就好像一位老者对已经失去的东西那种缅怀一般。

"有点意思。"古大力小声嘀咕道。

我这才留意到他那个大脑袋在我耳边,甚至差不多贴着我的手机。我正要说他,可这家伙眨巴了几下小眼睛:"我说沈医生,这姑娘有点问题。"

我耸了耸肩:"古神探请继续。"

古大力一本正经，"她刚才不假思索说 10 点半到，可紧接着又改到 11 点，这个变卦是临时决定的。而她的这个决定是因为确定了你是她的旧识沈非后才有的。嗯，沈医生，你不会是曾经做过对不起人家的事情，人家要回去叫些人一起过来修理你吧？"

我看着面前紧皱着眉头的他："为什么就不能是这位乐老师今天的课比较早，出门有点仓促，所以想要回去化个妆，再换条好看的裙子呢？"

古大力挠了挠后脑勺："换条好看的裙子干吗？"

他翻了翻白眼："难不成她以为我们要她帮忙是要搬什么东西，穿条裙子好找借口不动手？"

我觉得我还是少和他以正常方式聊天为好。

我们到图书馆时才 8:20，距离开馆还有 10 分钟。在门口来回走动着的保安已经不是当年那位了，我记得当年那位叫作安叔的老头，总是把一套保安制服穿得跟军装一样，我与文戈在等开馆的时间里，会拉着安叔听他说当年他参加自卫反击战的故事。安叔喜欢挂在嘴边的那句话就是："许世友将军暴跳如雷，要我们火线出击。"每每弄得好像许世友将军和他很熟似的，眉飞色舞之间，是军人的荣耀感与兴奋劲。

出神的思想伴随着大门打开而回到现实，我与古大力跟随着身旁的学生朝里面走去。这么早就来图书馆的，一般都是大三的学生，他们的课比较少。到大四后又要为实习开始忙碌，静不下心来泡图书馆的。

走进图书馆，古大力在我身后长长舒气的声音响起，好像回到了他的领土一般。我加快了步子，朝着我与文戈以前泡得最多的心理学书籍的区域走去。

一切，还和10年前差不多，不同的只是当年明亮的油漆，现在已经暗淡了。书架上大师的那些书，毛边仿佛就是它们的年轮，用来记载年岁。最前排的书架上，若干封面鲜艳的新书，摆得整整齐齐。这些与学术著作混迹在一起的伪心理学书籍，曾经让我很反感与厌恶。但文戈说的没错，它们存在就有它们存在的必然性，就有它们的受众。无论内容如何，对于心理学的全民普及，这类并不枯燥的商业书籍，也算是功不可没。

我在这几排书架前缓缓行走着，闻着只有陈书才有的独特味道。古大力似乎发现了什么，一个人自顾自朝着另一头走去。

紧接着，我的手机响了，一看屏幕，居然是古大力打过来的。我朝着他消失的方向探头过去，只见他正站在几米外对我招手，之所以没有开口叫我，应该是他在图书馆工作养成的噤声习惯吧？

我走到古大力身边，只见他表情有点严肃，并抬手指向他身旁书架的尽头："沈医生，有没有似曾相识的感觉。"

我愣了一下，只见那角落里面，摆着一张孤零零的窄沙发。窄沙发的旁边，是一扇敞开着的窗户。我意识到古大力想要表达的是什么了，莫名地紧张起来。

是的，我们都想起了海阳市图书馆里棒球帽先生——邱凌独自守着的那个角落。

我大步走了过去，尝试着坐上这个沙发。沙发外面的布应该是近一两年换上去的，下面的木板与弹簧所发出的声音却又暴露了它的年限。旁边窗户吹进来一丝丝风，这在初夏的上午，给人感觉是无比舒适的。但，呈90度的椅背与能够触碰到金属弹簧与木板的座椅，却又让我无法放松。我尝试着往后靠了靠，抬起头朝着天花板上方望去。

不出意外的话，我应该会看到……

是的，一个冷气口正对着这个角落，正对着这个沙发。刚开启不久的空调，正在徐徐送出冷气。

古大力在我身旁叹了口气："沈医生，我怎么感觉棒球帽先生曾经在这里待过很长一段时间呢。"

我点点头："应该是吧！"

我将手放到膝盖上，闭上了眼睛。我的毛孔因为凉风与冷气而开始收缩，手臂上甚至有了细粒的鸡皮疙瘩。邱凌那双没戴眼镜冷冷望着我的眼睛，再次在我脑海中真实地浮现上来。

我打了个冷战，猛地一下睁开眼睛。紧接着，我的视线被正前方的书架吸引。

不是因为书架上的书，而是书架上和我视线平行的位置正好有两排书宽的缝隙，透过这条缝隙，我看到另一边给学生们阅读用的一张长条桌子。

关于当年的很多记忆，我始终记得那么清晰。所以，我不可能忘记这张桌子的。

这是我与文戈每一次到图书馆来都会坐的位置。并且，让我觉得可怕的一点是，我现在视线正对着的，正是当年文戈喜欢坐的座位。

15

我再一次惶恐了,这种感觉昨晚有过,之前与邱凌在海滩时也有过。我暗暗地长舒了一口气,接着又深吸了一口气。我再次挺直腰杆,在这个并不舒服的窄沙发上坐稳。我在进行着一种大胆的尝试,尝试着若干年前,坐在这个位置上的人会是邱凌。

我在代入,代入一个身份还只是大学生的瘦高男子邱凌的世界。我阴了阴眼睛,目光穿过那条缝隙,遐想当年穿着红色格子衬衣坐在那里的文戈。那年的她,长发披肩,皮肤如同美玉般白皙。她低着头,一边翻阅着手里的心理学书籍,一边非常认真地做着笔记。我的视线平平移动着,那当年留着傻傻分头的我……不,我这会儿是躲在角落的观察者邱凌,因此,我所望向缝隙另一边那位完全不应该坐在文戈身边的沈非的目光,是蕴藏着怨恨的。这时,冷气口发出沉闷的"嗡嗡"声。寒意,从我脖子位置朝着我的衬衣领子里面钻去。

当年的邱凌是一个没有太多存在感的人,这是我渐渐得出的结论。他在翻阅手里的书,如同海绵般吸收着书里面关于心理学方面的知识。字里行间那些枯燥的词汇,让他会不时走神,但凉风又总是能够让他的注意力收拢。或许,他觉得眼睛有点发涩了,他觉得孤独了。于是,他抬起头,透过那条缝隙,睹见了如同女神般端坐着的文戈。

他深吸了一口气,仿佛闻到了文戈身上的味道。他笑了,有了一种错觉，觉得自己很幸福。他放任着自己无视文戈身边那个愣头小伙的存在。就好像是他——邱凌在陪着文戈，陪着他所关注的女人，一起在这个安静的图书馆里看着书，做着笔记。

我的心在持续着被揪紧……我阴着的眼睛，似乎还是能够看到穿着红色格子衬衣的文戈，尽管她低着头。

邱凌在微笑，感受着伴读者的荣耀。这时，冷气机又"嗡嗡"了，他打了个冷战，继而看清了坐在文戈身旁那位也低着头的沈非。

邱凌的心开始往下沉，酸酸的感觉，呼吸变得微微抖动，好像一条离开了水的鱼。他的心开始疼痛，那么切肤，又那么刻骨。如同有一柄锋利的刀，正在将他的胸腔划开……

> 我的内脏散落
> 有爱你的心
> 有恨你的肝
> 还有还有
> 还有纠缠不清的断肠

我从那张窄沙发上猛地站起，继而大口喘气。额头上的汗珠，似乎想要耻笑冷气机的无力进攻。一直站在我身旁没出声的古大力似乎也着急了："沈医生，这是什么疗法？怎么你的脸色白了。"

"古大力……"我的声音有点微弱，"是不是我们想多了，不可能这么巧吧？当年在苏门大学的邱凌，也喜欢在这个角落里面坐着，就如同他回到海阳市后，在海阳市图书馆里面的角落里坐着那样。"

古大力却闷哼了一声，说出一句很有哲理的话来："永远不要把巧合理解成为偶然，诸多的巧合，不过是真相的遮挡布。"

我没来得及理解他这话的意思，就睹见他跨前一步，也和我之前一样，朝着那把窄沙发坐了下去。

陈旧的沙发发出"吱吱"声，继而崩塌。古大力有些狼狈地差点坐到地上。

他笨拙地从被他坐塌的沙发中挣扎爬起，冲我眨了眨小眼睛："看到没？不要以为我把这沙发压塌是巧合是偶然。真相是我确实有点胖，不是巧合，也不是偶然来着。"

我双手环抱胸前，往后退了几步，冲他摇了摇头。我想起李昊时不时对我说出的那句——"定罪不需要推理，只需要证据"。那么，本来就工于心计的我，因为先入为主的缘故，不断将邱凌往我经历的种种里面套，会不会是有点太过主观呢？

或许，当年就是文戈埋下了半盒子属于她青春秘密的骨灰与别人给她的未开封的情信呢？

又或者，这把窄沙发不过是昨晚某位图书馆管理员刚移过来的呢？

我尝试着靠向墙壁，身体与牢固的墙壁接触，让我觉得踏实，也镇定了不少。这时，一位头发花白的图书馆管理员因为听到窄沙发垮掉的声音，匆匆忙忙地走了过来。他先是看了我和古大力一眼，接着又看了看那张已经不可能被修好的沙发。

古大力连忙说道："这位老师，是我压垮的，多少钱？我赔！"

白发的老管理员扭头对他笑了笑："不用了，这个沙发也到了退休的年龄了。再说，这是大学，你赔的这钱怎么入我们图书馆的账也没有流程，总不可能是我老头私人收了你的钱吧？"说到这里，他又冲我和古大力招了下手："实在觉得不好意思的话，帮个手，和我把这老古董抬到外面去，一会让校务那边的人拉去锅炉房得了。"

我和古大力忙上前，和他一起将这张已经烂了的沙发抬了起来。沙发并不重，其实一个人完全可以把它拖出去的。不过这是图书馆，任何制造噪音的行为，都被视为对于知识的亵渎。

我们三个很快就将沙发抬到了图书馆的后门。老管理员拿出一包烟，对我和古大力递过来。古大力连忙摇头，但我却伸手接了一根，尽管我并不抽烟，但我需要一个很随性的机会，和这位老管理员聊一会儿，听他说说这把终于退休的窄沙发，与窄沙发上可能有过的故事。

"老师，你在图书馆很多年了吧？"我尝试性地问道。

"嗯，恢复高考那年，我就到了这图书馆，不过之前是在图书馆的办公室里待着，这两年要退休了，才自己申请来外面走动走动，多看看这些我为之服务了三十几年的孩子。"老管理员微笑着。

"之前听你说，这把沙发也有些年月了，是老古董。难不成也有个一二十年了？"我吸了口烟，然后将烟雾吐出去。

"我想想，1995年省里拨钱建图书馆，1999年建二期。这个沙发应该是二期那年采购的。十四五年了吧？那一批的桌椅板凳前几年全部淘汰了，就这把沙发因为位置偏，坐的人不多，于是换了个沙发套留了下来，想不到……"老管理员笑了笑，"想不到它比我还要早了一个月退休。"

"老师，也就是说这把沙发从 1999 年开始就一直摆放在那个角落里没移开过？"我再次确认道。

"没移开过。"老管理员很肯定地点着头。

我还想多问上几句，手机却响了。一看号码，居然是乐瑾瑜打过来的。

"你在图书馆哪里？我已经过来了。"她的声音低沉悦耳，带着磁性。

"你不是说上午有课吗？"我一边说着一边看了看表。

"正好有同事想调下课，便答应了。师兄回母校莅临指导工作，怎么敢随便让你等呢？"

"我们在图书馆后门，现在开始往前门走。"我边说着，边对老管理员点头示意，然后朝前门走去。古大力在我身后快步跟上，那位老管理员也将烟在旁边的垃圾桶上掐灭，尾随着我们。

还没走到一楼大厅，就远远地看见穿着一件白色 T 恤与碎花长裙的乐瑾瑜歪着头冲我笑。记忆中的她，扎着马尾、背着一个硕大的背包，喜欢跟在我们心理学系的师兄师姐身后碎步奔跑，如同一个邻家小妹妹一般。

此去经年，邻家小妹终于出落得亭亭玉立。她本来就高，十年没见，较之前丰满了不少，像熟透了的蜜桃。长发齐肩，额头上还戴着一个精致的发卡。她的脖子很长，裸露出来的颈子，宛如出水的莲藕。

我礼貌地伸出手，乐瑾瑜愣了一下，连忙握上我手："师兄，我们没必要像社会人一样客套吧？"她这句话还没说完，手便从我手里抽了出来，探头对着我身后的老管理员望去："老馆长，又在楼上楼下遛弯儿啊？"

那位头发花白的老者笑了："还能遛一个月，下个月就要回家带孙子了。"

我和古大力也都愣了。老馆长冲我俩笑了笑："发什么呆呢？一看就知道你们俩是苏门大学走出去的孩子，今天回来看看。随便看吧！就像当年还在这校园里面待着时一样。"

说完这话，老者扭头，朝着楼上走去。

望着他的背影，心里面暖暖的。十年育树，百年育人。就是一群如他一般的老者，在各大学府里面微微笑着。如果说学校高大的建筑，是承载故事的精灵，那学府里将青春奉献的学者们，不正是积累沉淀着的人文灵魂吗？

"乐老师对吧？你好，我是古大力，古代的古，很大的大，力气的力。"身边的古大力伸出手对着乐瑾瑜伸了过去，"我是沈医生的朋友，海阳市图书馆的。嗯……"古大力莫名其妙地脸红了，"嗯，我31岁，未婚。"

第六章
咖啡收藏癖

了解一个人,从某种职业的角度来说,最好看看这个人的脑部 CT 片,或者直接切开他的脑子,看看里面大脑、小脑与脑干的结构。

16 /

我有过一个患者,她对咖啡有着一种如同宗教一般的信仰与膜拜。

每天两杯手冲,是她不可少的功课。寻访各国的咖啡豆,是她孜孜不倦的旅程。她收集各种手冲壶、滤器、滤壶、滤纸、渣渣的接取杯……将她那100多平方米的房子摆得像一个化学家的实验室。

她被她家人送到事务所来的原因是,她开始变得沉默了,眼神里没有了光泽,瞳孔像两颗深色的咖啡豆。

我第一时间就意识到,她对咖啡的痴迷,可能是因为她某个不愿意人触碰的心结。人这种生物有时候很奇怪,他会下意识地给自己一些无法释怀的情绪寻找一个出处,让精神不至于崩塌。或许,这位叫索菲的姑娘,释放那些压抑情绪的方式,便是对咖啡的迷恋。

索菲的诊断证明上,我写上了收藏癖三个字。

我开始和她说话,尝试和她交流,引导她去参与社交活动。但是,她固守着她坚固的城堡,不为所动。

于是……

我以前是不喝咖啡的，因为我有一位心理医生的自信，相信自己具备较好的心理素质与茁壮的神经，不需要咖啡与茶这些外因进行刺激。但，因为索菲，我开始学着品尝咖啡，体会黑色的液体在我舌尖上滑动的感觉。也因此，我进入到索菲的世界，知悉了一段关于咖啡师的爱情故事。尽管，在我看来，那段故事可笑且滑稽。但在索菲看来，那就是她的整个世界。

是的，我是一位心理医生，我有很多办法对付各种心理疾病。于是，让索菲神伤的"整个世界"，最终被我化解成为过去……成为过去的一段记忆而已。

只是，我因为索菲这个案例，有了一个心理医生不应该有的坏毛病。我开始喝咖啡了。

因此，这一刻我与乐瑾瑜、古大力端坐在学校咖啡馆内，手里端着一杯简单的美式咖啡，没加奶，却放了糖。因为我不知道这小咖啡厅里的奶精是哪一种。

"你还是叫我沈医生吧！"我很认真地对面前这位脖子很长的女士说道，我实在受不了师兄这个称谓了。

"那你也应该叫我乐医生才对。如果……"乐瑾瑜微笑着，"如果要较真的话，心理咨询师始终不是医生，我们精神科大夫才是医学领域针对心理疾病的权威。所以，我们干脆直接叫对方的名字吧！况且，你以前就叫我瑾瑜。"

"等一下，你的意思是你是一位精神科医生？"古大力瞪大了眼睛。

"目前还不是，不过，很快就会是了。"乐瑾瑜继续道，"沈非，我下个月就要离开学校，不做老师了。"

"不做老师？"我嘴里看似随意地问着，心里却在偷偷回忆面前这位小师妹当初的专业，好像还真是学精神医学的。那么，她说的没错，只有精神科医生才可以给病人开药，心理咨询师相比较而言，村夫野汉太多了。这，也是陈蓦然教授以前之所以那样看待心理咨询事务所的原因。

"是的，不做老师了。我要调去海阳市精神病医院做医生。不出意外的话，本月底就能办好手续，下个月就可以让师兄……不，让沈非你请我吃海阳市的大排档了。"乐瑾瑜看起来有点兴奋。

坐在一旁的古大力莫名地坐立不安起来，端着的咖啡杯举起，又放下，最终再次举起浅浅抿了一口："乐医生，精神病医院不是个好地方，尤其是海阳市精神病医院，蚊子特别多，空气也不好，里面的病人也很喜欢闹，我觉得你还是没必要去了。况且……"古大力扭头看了我一眼，声音变小了，"况且某个极其可怕的人，之后也可能会被送到那里去。相信我，一旦你在那里认识他，将会是你噩梦的开始。"

我一愣，脑海中紧接着浮现出一幅画面——因为成功逃避了法律制裁，而被送入精神病院后穿着条纹病服的邱凌，站在那一排安静病房最里间的窗户边，微笑地望着正走过他面前的穿着白色长袍的乐瑾瑜。

"已经决定了吗？"我不动声色地问道。我清楚自己不可能改变别人的想法，更不会像古大力一样，将未来有可能发生的事情，理解成威胁当前生活的障碍。

"嗯！怎么了？你俩好像都不很乐意我去海阳市。"乐瑾瑜迷惑地望着我与古大力。

古大力将手里的咖啡杯又放下了："乐医生，请你记着那个可怕的人比较喜欢吃的药物是马普替林（一种抗抑郁药物），而不是百忧解（同上）。原因是这位可怕的人总觉得百忧解这名字有点土，虽然他自己也知道两种药没有太大区别。"

我这才意识到古大力所说的和我之前所想到的那位可怕人物——邱凌，应该不是同一个。

我对他发问道："大力，是怎么一位可怕的病人？你为什么对他这么熟悉？"

古大力伸出手指了指自己那张大脸："你自己瞅瞅，不可怕吗？医生给我说了，如果我不能更好地融入社会，融入人群，就要随时回医院待着。"古大力说到这里笑了，这一笑，模样反倒显得正常了很多，"不过乐医生真要去了海阳市精神病医院，我回去待着倒也无所谓。"

乐瑾瑜没听明白古大力这些话的意思，再说她本来也不知道古大力曾经有过的黑历史。她客套地笑着，权当听到了一个很冷也很不好笑的笑话。

"对了，沈医生，你们过来是要查什么事情吧？陈教授也没说太清楚。"

我点头，之前一天我酝酿着的计划，在昨晚被我颠覆："乐瑾瑜，在你我还是学生的那会儿，学校有没有什么现代诗的社团啊？"

"怎么会没有呢？文戈姐……"乐瑾瑜说到文戈的时候脸色突然

变了,并迅速地瞟了我一眼。我权当无视,对身边人说起文戈时流露出来的反常,我早已习惯。我耸了耸肩:"继续。"

"文戈姐大二上学期也加入过诗歌社,那时候我还是大一新生。我第一次看到她,就是在诗歌社里面。她那好像是从画里面走出的模样,是每个人都无法忘记的。不过,她只参加了诗歌社几次活动,之后就退出了。"

"诗歌社里面有没有一个叫邱凌的男同学?"我很直接地问道。

乐瑾瑜愣了一下,继而点了点头:"有,是一个头发很长,还有点奇怪的男生。"

"他有没有笔名?"我的心开始被揪起,某些猜测被串联起来的可能性在变大。

我的反应让乐瑾瑜有点不知所措,她很认真地想了想,最终吐出这么几个字。

"有!他的笔名叫鱼!"

包括古大力也变了脸色,甚至有点慌张地朝我望了过来。我的心快速下沉,但又强行要求自己不能流露出什么,喜忧不形于色本来就是一位心理医生应该有的素质。我看了古大力一眼,接着对乐瑾瑜问道:"瑾瑜,能给我描绘一下当年这个邱凌的模样吗?"

"瘦高,皮肤很白,脸上长满了青春痘,所以,他留着长发,用来遮盖脸上的红肿与脓包……"

乐瑾瑜的声音继续着,一个在大学校园中很普通的内向男生的形象,在我脑海中定型。

渐渐地，我似乎可以感受到邱凌的世界了。原来，在若干年前，他的世界里就已经有我与文戈了。陈教授之前也说过，邱凌学的教育专业和我们心理学专业的学生，有很多课是在一起上的。也就是说，当年我也可能看到过他。只是，他混迹在我与文戈光鲜的背后。

当年在大学里面那些慷慨激昂的岁月，再次在我记忆中浮现……

我与文戈都是心理学专业的，并且都是海阳市考入苏门大学的同乡。入学不久，两人就开始时不时对视而笑。某些大课，我俩心照不宣地坐到一起，继而又一起抱着课本，在学校的林荫小道上肩并肩地走过。到大二上学期，我俩实际上只隔着一层尚未捅破的纸，谁也不愿意率先捅破，都很珍惜彼此这段朦胧的感情。

一直到那一年的一场关于"人本主义能否引导出人形的恶念"的辩论赛，我作为反方一辩，文戈作为反方二辩站到大礼堂台上。那天，台下是热忱于心理学的师兄师姐与学弟学妹们，对手是大三心理学专业几位优秀的师兄。

但是，我们赢了。

当正方的师兄们微笑着走过来与我们握手时，台下的师生集体站起来鼓掌。也就是从那一天开始，我与文戈如同被推上了神坛，成为这一专业内羡煞他人的金童玉女。这，也是为什么乐瑾瑜这种学妹会对我与文戈印象那么深刻的原因。

也是那个晚上，我俩在学校有野鸭子不时游过的湖边，紧紧地拥抱在一起……那天，文戈穿着红色的格子衬衣，腰肢柔软得好像是随风飘荡的杨柳。

湖边的野草很长，皎洁的月也幽然，还有，她的舌尖很滑……

那一刻，我感觉自己拥有了整个世界，认为这就是真正的人生帷幕正被缓缓拉开。而也是在那一刻，我似乎又有某种惶恐，害怕自己不能够给予文戈幸福与美满的人生。

就在这时，没有任何预兆地，文戈猛地一把推开了我。我不知所措，望着表情有点奇怪的她。而当时的她，却绕过我，望向我身后的树林，继而整理着她被我拨乱的衣服对我摇头："沈非，等毕业吧！"

我微笑着冲她点头。有过青春的人都应该记得，当日的少年站在雷池前不会去逾越，因为要捍卫真正的爱情。于是，我欣然同意了，并将她搂入怀中。这时，文戈却再次朝着我身后的树林望了一眼，仿佛那边有某个生灵正在窥探着我们。

我也过去扭头，微风拂面，睹见的只是幽静。

"瑾瑜，你能给我找出邱凌当年在学校里面的档案吗？"我尝试性地问道。

"问题不大，档案馆有个男老师一直对我挺好的。只是，随便调取学生的档案，是违规行为。"乐瑾瑜一本正经地说道。

"是吗？"我点着头。实际上陈教授在我出发前就跟我说了，调取学生在校期间的档案很容易，因为留下的都是些鸡毛蒜皮的记录而已。真正有意义的那厚厚一沓，早就跟着学生离开学校了。

乐瑾瑜的笑看起来有点点顽皮："不过，沈医生开口，自然是要帮忙的。但档案不能拿出来，你俩跟我一起过去看看吧！"

我连忙喊服务员买单,与古大力跟着乐瑾瑜往档案馆走去。一路上古大力没说话,他始终像个孩子,注意力总是被身边来回走着的学生老师吸引,并自个小声嘀咕着什么。

乐瑾瑜便开始询问我海阳市的一些情况,欣喜浮于颜面,一看就知道她对下月即将开始的,离开学院后的生活充满期待。我心事重重,有些敷衍地搭着话。

档案馆就在图书馆后面,我们很快就到了。远远地看到那四层小楼的某个窗户的外墙,颜色要比其他部位白了不少。古大力最先发现这个情况,抢先几步对乐瑾瑜问道:"乐医生,你们学校的档案馆是不是发生过火灾?"

乐瑾瑜一愣:"你怎么知道的。"

古大力憨笑着:"那外墙翻新过,而且为了省钱,所以只是让粉刷匠刷了刷被熏黑的部位。你自己仔细瞅瞅,那个窗户外往上的部分是新的白粉,而且……嗯,还不是一般的抠门,粉刷的形状完全就是当时往上燃烧的火焰的形状。"

乐瑾瑜歪着头看了看:"苏门大学以诸葛亮《诫子书》的'静以修身,俭以养德'为治学名言,在这些方面的抠门是出了名的。所以,我们苏门大学的老师,也长期以这句训导来律己律人。穷教书的,就是说的我们苏门大学的老师。"

我在一旁听着,没有当回事,继续回忆着当年自己与文戈的点点滴滴。某些碎片拼凑后,越发感觉曾经有一双眼睛,始终在我与文戈身后偷偷窥探。

"烧毁了学生的档案没有?"古大力又问道。

"烧了一些,不多。好像听人说烧掉的是 02、03 届的一些学生档案。"乐瑾瑜说到这里突然站住了,继而扭头过来对我说道,"沈非,你要找的那个邱凌好像是和我一届的,什么专业来着?"

"教育学。"

"坏了,恐怕你这趟白来了。"乐瑾瑜脸色一变,加快了步伐。

17

那位在如此年代还任性地留着一个整齐中分的档案馆管理员向老师摊开了手:"瑾瑜,很遗憾,你们要找的那个学生的资料,就在去年那场火灾中烧没了。"

"你再查一下吧!弄不好他的正好在那些抢救出来的里面呢?"乐瑾瑜并不甘心。

向老师微笑着:"当时负责清点的就是我和另外两个老师,你要查的 2002 届教育学专业的学生资料,全部没了,2003 届的倒是还有一点。再说,那些也都不叫什么档案来着,就是记载了学生在学院里的一些社团活动,参加过的竞赛奖项这些,翻出来也没啥用。你真要了解这个叫邱凌的女同学的资料的话,还是去她现在户籍所在地的派出所调档案好些。"

"邱凌是个男的。"古大力一本正经地纠正道。

向老师再次摊开了手:"男的也烧没了,找不到了。"

"老师,冒昧地问一句,火灾具体是在去年几月份?"我抢在古大力开始啰嗦之前问道。

"去年6月底，28号晚上。"中分头很认真地说道。

"哦！那火灾原因呢？"

向老师想了想："怀疑是老鼠咬坏了电线，当时保卫科的也来查了，但始终只是烧掉了一些没啥作用的资料而已，也没深究。不过你这一问我倒是想起了，当时还有件事有点奇怪。"

"什么事？"古大力忙问道。

向老师又想了想："那天晚上的监控探头出了点小故障，所以那天晚上的所有监控资料都没有。"

"没调查是什么原因吗？"

"查了，可能是监控的软件中毒吧？弄个杀毒软件就好了。"

古大力皱着眉继续问了一些看起来有点混乱的问题，我却转过身走到走廊掏出手机，给李昊打了过去。

"沈非，有什么突破吗？"李昊径直问道。

"有一点吧！目前还不能说是突破。想问问你，去年第一起梯田人魔的凶案发生在什么时候？我记得你上次说过是在7月2日。"

"7月2日尸体被发现，那王八蛋作案的时间应该是7月1日晚上。"

见我没出声，李昊在电话那头问道："沈非，你是不是发现了什么？有什么好消息第一时间告诉我。"

"目前还没有，只是……"我顿了顿："李昊，邱凌有车的吧？"

"他有车，不过他很少开车，经常骑自行车，据说是因为身体不好，医生要他多骑。实际上……"李昊又开始愤愤了，就算是和我通电话，他那火爆的脾气依然显露无余，"实际上这家伙就是用骑自行车让自己在这个城市中遁形的。我这几天查了好多东西,他不管是开车还是骑自行车,都很少出现在我们覆盖全市的天眼网络监控探头里。"

"那也就是说查不到他去年是否来过苏门大学咯?"我随口说着。

"沈非,你等下。"李昊的声音听起来好像有什么发现。

我清晰地听到电话那边有敲击键盘的声音,紧接着,李昊的声音不再像之前那么激动了。这家伙与很多急性子不一样,发牢骚的时候可以很火爆,真正有什么发现的时候,却又很镇定。

"沈非,我正在查黛西的一些资料。你刚才这么一说,我就随意调了一下黛西的车的违章记录。嗯!去年6月26日,她的车在苏门市因为违章被拍过。"

我莫名欣喜起来:"能不能调取当时的监控资料,查查当时的驾驶人是男的还是女的。"

"你的意思是想知道当时开车的是陈黛西还是邱凌?"李昊的声音越发镇定了,"沈非,你找到了什么线索,赶紧给我说说。"

"真的没什么,只是苏门大学图书馆去年6月28日发生过一起火灾。邱凌在学校的档案……嗯,只是记载着他在学校活动情况的资料全部被烧了。"我尽可能简单地对李昊说了说目前我们所收集到的情况。至于邱凌与我、文戈之间有什么怀疑,我却没声张。

"行,沈非,我已经明白你的意思了。我一小时内打给你,尽管目前还不能确定是否捕捉得到当时驾车人的容貌细节,但是男是女,问题不大。"李昊说完这话就挂线了。

我正要转身,却发现古大力和乐瑾瑜已经走出了向老师的办公室。古大力一副若有所思的模样,对我使眼色。但我没明白他要暗示什么,跟在他身后往下走。

走到楼下,古大力压低声音对我说道:"沈医生,关于火灾与邱凌,想听听我的看法吗?"

我这次摇了摇头,因为他即将推理分析出来的结果,在我与李昊通完电话后,实际上已经能够初步确定了。乐瑾瑜在我们身后快步跟上。她终于隐隐意识到了什么,小声问道:"这个邱凌是你们的朋友吗?他是不是出了什么事?"

我看了她一眼:"听说过梯田人魔吗?"

"海阳市那个变态杀人犯?将受害者尸体折断的那位?"乐瑾瑜睁大了眼睛。

"是的,他,就是邱凌。"我一字一顿地说道。

乐瑾瑜愣住了。她接下来的反应让我开始对她另眼相看,只听她自言自语一般说了句:"挺想看看这个梯田人魔的脑部 CT 片,或者直接切开他的脑子,看看里面大脑、小脑与脑干的结构。"

古大力吞了一口唾沫,在我身边小声嘀咕道:"我怎么听乐小姐这么一说,感觉今天又认识了一个新的梯田人魔啊。"

乐瑾瑜没有听到古大力的嘀咕声,她似乎因为知悉了邱凌真实的身份而激动起来。她抢先几步:"沈非,我想,我们可以去文学社那边找出当年的校刊看看。假如我没记错的话,邱凌以'鱼'这个笔名,发过不少诗在上面。"

"行!"我点了点头。

犹记得那个清晨

有个她

因为爱情横卧在铁轨上

最终支离破碎

我们牵着手

看铁轨上整齐的躯干切片

你说

那堆被蚊蝇欢喜的内脏里

有爱吗？

我觉得是有的

或许

被压碎的爱

正是蚊蝇最欢喜的那片

这首名叫《爱的碎片》的诗，署名就是"鱼"。字里行间，是在讲述爱，但是，又那么残酷与血腥。

乐瑾瑜所说的邱凌发表过很多诗歌，最终只有这一首被我们找到。但也就这一首，已经足够诠释当年的"鱼"——邱凌所具备的内心世界，有着与常人不一样的阴冷基调了。那么，一个脑子里满是残肢的人，数年后变成一位恐怖的杀人魔，似乎并不让人觉得意外吧？

当我们走出文学社时，已经12点了。身边那些笑着的大学生终于密集起来，我们三个在其中格格不入地穿行着，显得多余与突兀。

我看了下表，李昊所说的一个小时内给我回电话，目前看来，寻找到当时摄像头的照片并没有那么容易。

我正这么想着，电话就响起了。不过不是李昊，而是邵波。

"沈非，你什么时候回海阳？"邵波的话干脆又冷静，没有他一贯的油嘴滑舌。这让我意识到，他与八戒有收获了，而且这收获还很让人振奋惊讶。

"应该是明天出发吧！你们发现了什么？"我记得他们昨天下午就到了邱凌的老家，邱凌从出生到初中都是在一个叫作回龙镇的地方生活。

"沈非，可能……可能邱凌要比我们想象的可怕很多。回去再说吧，电话里说不清楚。我和八戒今晚就会返程，半夜就可以回到海阳。你那边如果没啥突破的话，早点回来，我们尽量明天碰一下。"邵波目前这状态，完全符合他曾经沈阳刑警学院高才生的味道，果断而又智慧。

"行！我们也尽量明天赶回海阳。邵波，可以很负责任地告诉你，我们也有不小收获。对邱凌这个家伙，我们确实需要重新看待了。"我被他面对严峻对手时体现出来的斗志感染了。

"得！回去说吧！明天见。"邵波没多说就直接收了线。

古大力连忙探头问我："是邵波和八戒发现了什么吧？"

我点点头，电话再次响了。

是李昊……

"沈非，你准备开车回来。"李昊这次的语气也异常冷静。我再次意识到，他那边也有了大的突破，否则，习惯了在我面前显现火爆脾气的李昊，不会这么镇定的。

"你在苏门市去年的监控视频里发现了什么？"我连忙问道。

"我发现开车的是一个男性，应该是邱凌，只是目前还不能百分百确定。我还在安排人手翻看监控录像。不过……"李昊顿了顿，"不过，黛西真如你说的崩溃了。她提出要和你谈谈。"

"行！我们马上出发。"

"沈非，不用太着急。"李昊一反常态地说出了这么一句，完全不像他的风格，接着，他似乎在犹豫，几秒后，他继续道，"沈非，时间上完全够，因为……"

"因为黛西要求今晚两点去你家里面和你单独聊，也就是说，你还有 14 个小时可以支配。"

挂线后我深吸了一口气："瑾瑜，请我们去食堂吃个饭吧！吃完饭我们就要回海阳市了。"

"行！"乐瑾瑜点了点头，在知悉邱凌就是梯田人魔后，她的表情一直很严肃，似乎在思考着什么，"沈非，我想，我可能能够帮上你什么。"

就在她说出这句话的同时，我脑子里猛然间"嗡"的一声轰鸣，甚至身体往后不由自主地倒退了一步。一个声音在脑海中响起，说着乐瑾瑜这会儿说的同样的话语——"沈非，我想，我可能能够帮上你什么。"

古大力一把抓紧了我的胳膊："沈医生，你怎么了？不会和我一样也是脑干被压住了吧？"

我在深呼吸，并再次站直……

脑海里那个声音是……

是文戈的声音。

每个人都有过去，只是，有些人记得，有些人不记得而已。再说，还有些人，他本来是记得的，之后，他学会了遗忘。

18

午饭的时候，乐瑾瑜出去打了几个电话，接着她快步走回食堂，在我与古大力耳边小声问了我们在学校招待所的房号，接着说她要回一趟宿舍，一个小时内会赶去招待所送我们。

我正要开口说不用送，但她已经转身朝着门口走去。

我与古大力也没多想什么，吃完饭便往招待所走。可还没走出几步，古大力突然扭头对我问了一句："沈非，你昨天那个盒子里是不是有满满的一盒骨灰啊？"

我看了他一眼："差不多，大半盒吧？"

"哦！"古大力点了点头，"沈非，昨晚到现在，我始终感觉，你有些东西在瞒着我。当然，你是心理医生，我是一个心智有点不健全的病患，你选择对我保留什么，我没有意见。但是，我有个不祥的预感，不知道应不应该对你说出来。"

"说吧！"我知道古大力这家伙脑子好使，关于鱼与邱凌是同一个人的事，他心里肯定早就有了分寸。

"沈非，我觉得……我觉得我们有必要去把你洒落的骨灰全部找回来。因为……沈非，我不能肯定，因为目前所掌握的一些线索太碎片化了，无法拼凑成整片。但是，那骨灰曾经的主人，一定是你，或者邱凌生命中非常关键的人。"说到这里古大力停住了，他扭过头来，眼神中第一次闪耀出了睿智的光芒，"尽管，你到现在也不想任何人知道你与邱凌之间到底有什么关系。"

"大力，你想多了。我与邱凌确实没有关系。所以，那些骨灰到底是谁的，我就不在乎了。"我顿了顿，寻思着将一切都对古大力隐瞒，似乎也显得我自己太过小肚鸡肠。于是，我继续道，"但是，我不能保证在邱凌看来，他与我之间是没有任何关系的。甚至，在他的认知里，我还可能是他世界里一个有着一定分量的家伙。"

说完这话，我大步朝前走去，将闪现出睿智光芒的古大力落在身后。

紧接着，我听到沉闷的摔倒声，与古大力的哎呦声。

我和古大力收拾好东西办好退房手续时，乐瑾瑜正好急匆匆地走到了招待所大堂。她换了一身衣服，浅色的 T 恤与牛仔裤旅游鞋，显得她的双腿修长挺拔。她背着一个双肩包，手里还拉着一个拉杆箱。

古大力瞪大了一双门缝般的小眼："乐医生，你这是要干吗？送送就行了，没必要给我们买这么多东西吧？"

乐瑾瑜冲他笑了笑，接着对我说道："沈非，不介意我蹭你的车吧！下月就要去海阳城了，今天先拉点东西过去，免得之后坐火车过去时，一个人搬着费劲。"

我愣了。半晌,我勉强挤出一丝笑来:"不介意。不过……嗯,你不用上课吗?"

乐瑾瑜耸了耸肩:"明天我本来就没课,后天便是周六了。跟你们去海阳市先待上一两天适应一下,师兄你不会不欢迎吧?"

我点了点头,也不好多说什么。可古大力却嘀咕了一句:"乐医生今天去海阳市应该不是这么简单地出发吧?"

"还是大力哥贼,确实,我是有些其他想法。"乐瑾瑜表情严肃起来,"沈非,我是一个精神科医生,况且,在心理学方面,我也有一点点自己的看法与见解。今天上午我已经感觉到,你们是因为梯田人魔邱凌的案件而过来的,同时,邱凌又是多年前你我身边曾经安静沉默地用'鱼'做笔名的学生。"

"所以吧……"乐瑾瑜望向我的眼睛,眼神中是一名成熟心理咨询师才有的那种自信以及具备穿透洞悉的锐利,"所以,今晚你将要面对的诊疗——这个叫作什么西的女人,我想陪你一起过去看看。我想,我是可以帮到你的。"

"如果我反对呢?"我歪着头。

"嗯!沈非,虽然陈教授现在是你的员工,但我相信,他在你心中,永远都是你我所敬佩的师长。"乐瑾瑜笑了,"如果你需要的话,我现在打给他,让他给你说吧。要我过去帮助你,也是他的意思。"

我没吭声,朝着外面走去。走出几步后回过头来:"瑾瑜,那个叫黛西的女人就是邱凌的妻子,不过她要求在我的家里和我聊聊。你我都只是医生,并不是公检法系统的侦查人员。那么,按我的理解,这就是我的一位叫作陈黛西的病患,选择了我家里作为这次治疗的诊疗室。诊疗室对于心理医生来说，除了自己与病患，是不可以有第三个人的，这点相信不用我给你提醒吧？对了，还有一点就是，患者是有权利要求我们不得进行录音的。不管外力如何介入，我自己也知道今晚与她的谈话，保留下音频有巨大作用。但，心理医生的职业操守，是绝对不可逾越的鸿沟。"

我吸了口气，继续着："那么，你想跟我一起出诊，在今晚和黛西聊聊的夙愿，现在就可以肯定，是不可能实现的。"

乐瑾瑜又笑了，这次露出的笑容，散发着一种让人觉得很诡异的自信："沈医生，她是病患没错，但你和古大力刚才聊天的时候也说了，她还是在押的犯罪嫌疑人。那么，你和她的诊疗室门外，应该有几位优秀的刑警看门吧？让我也站在门口看门就是了。这要求不过分吧？"

"随便你！不过你要知道，现代建筑，隔音效果都非常好，希望你不会失望。"说完这话，我对她做了一个请的手势，指向了门外我那台白色的大切诺基。

回去的路上有些堵车，因此，我们在晚上将近1点才回到观察者。对面的邵波事务所里亮着灯，他和八戒比我们早回。半小时前和他通了电话，他想今晚就和我碰碰，但被我拒绝了。因为今天我所接受的关于邱凌的信息已经太多了，我害怕自己无法将之一一琢磨明白。

并且，黛西提出的今晚午夜两点的约会，势必会有一些让人更加震惊的东西继续灌入我的思想。

"我需要梳理。"我是这么给邵波说的,"明天早上我们再碰头吧。"

邵波在电话那头应着:"行!那我今晚就在所里面待着吧。对于这个人魔,我也越发有兴趣了。"

古大力打着哈欠跳上了他自己的车回家了。我不是很喜欢太多人去我家,古大力自己也没啥兴趣去。因为就算他对今晚我与黛西的较量很感兴趣,但只能被隔离在门外,对于他来说,不具备任何意义。

接到陈教授抵达我家楼下时,已将近1:30。李昊也给我打了电话,他们大概十几分钟后就会到。停好车走进电梯间时,我拿出电话,给文戈打了过去。她的电话又关机了。我冲陈教授与乐瑾瑜笑了笑:"文戈带学生,这段时间都住在学校里。"

陈教授应了一声,但乐瑾瑜却叹了口气:"沈非,难道你这么多年在心理学领域积累的经验,就是让自己能够筑造起一堵坚固的围墙,用来禁锢过去吗?"

我没理睬她,也不想去咀嚼她说出的这段话是什么意思。我自顾自地掏出钥匙,将房门打开。扭身按房间里灯的开关时,眼睛的余光扫到了陈教授正冲乐瑾瑜摇着头,表情很奇怪。而乐瑾瑜似乎有点情绪,噘着嘴很不情愿地点头。

"进来吧!不知道这个周末文戈会不会回来,到时候让她做几个菜,也算是比较正式地给教授接风。对了,也给瑾瑜即将来到海阳市提前庆祝一下。"我脸上挂着作为一个专业心理医生应该具备的有亲和力与感染力的笑容,但不知道为什么,我心底深处的某个角落,或者应该说是我潜意识的冰山深处，位于海底的幽暗地带，却又有着一种隐痛。这隐痛如同两根有力的手指，紧紧地揪着我的心脏，揪得很疼。

陈教授连忙说道："行了！沈非，我和瑾瑜都知道文戈比较忙，本周不行的话，就下周吧。或者下下周都可以。"

乐瑾瑜却还是噘着嘴，跟在陈教授身后走进了我与文戈的家。

"有点乱。文戈在家的话，会整洁很多。"我冲她俩耸了耸肩。

"不乱，一点都不乱。收拾得很干净。关于文戈的一切，也都收拾得非常非常干净。"乐瑾瑜淡淡地说出了这么一句奇怪的话。

"瑾瑜，我可以命令你出去吗？如果你继续违反你与我的约定的话。"陈教授的脸终于阴沉下来，转身对乐瑾瑜很严厉地说道。

这时，房门旁边的门铃响了，我按下按钮，对方是已经到楼下门禁处的李昊："沈非，开门，我们到了。"

我看了乐瑾瑜一眼，她没敢迎上我的目光。

"上来吧！"我按下了打开楼下铁门的按钮。

第七章
嗜血因子

一起被拉上来的,还有个女人尸体。她的致命伤从胯下开始,一直延伸到胸腔,被血淋淋开了膛。

19

门外电梯间的灯很自觉地亮了,电梯开门的声音,与镣铐被拖动的声音同时响起。

黛西并没有换上市看守所的衣裤。她是个孕妇,所以这几天应该在市局招待所四楼被监视居住。她较前几天看到时显得憔悴了很多,眼神黯淡,嘴唇发青。她的妆容已经被清洗干净了。这时,她最害怕出现的事终于来了——她很普通,混入人群中不会给人留下任何多余的记忆。尽管,她还穿着那双颜色鲜艳的皮鞋。

"为什么给她上脚镣?"我站在敞开的门前,冲李昊问道,"她只是个嫌犯,并且,她有多大的罪,你自己心里有数。"

"沈非,我是一个执法者。我们有我们的纪律与原则,为了真相我们可以破例,但不代表我们就会因此而玩忽职守。"李昊很认真地说道,"陈黛西现在仍然是梯田人魔连环杀人案的犯罪嫌疑人,重案犯。让她离开有国徽的地方,就必须上镣铐。这是底限。"

我知道我无法说服他,伸出手帮黛西将手铐与脚铐中间那条铁链往上提着。

"我来吧!"从李昊身后走出一个娇小的穿着警服的女人。

"赵珂,你也过来了?"我冲她点头示意。

"嗯!黛西是孕妇,局里都是些粗枝大叶的男人,小雪年纪也不大。我好歹也是个医生,所以就跟着李昊一起过来了。"说话的这位女警就是市局女法医赵珂——李昊的未婚妻。她在海阳市很多起大案侦破过程中,都有非常出色的表现,是汪局时不时挂在嘴边的"市局之花"。

黛西好像并没有因为我对她流露出来的关切有所触动。相反,她的视线早早地越过我与我身旁的陈教授和乐瑾瑜,朝着我身后的客厅望去。

镣铐在地上拉动的声音继续着,在赵珂的搀扶下,黛西迈着因为脚镣而局限的碎步走入房间。她来回审视房间里的一切,仿佛身旁的所有人在她眼里都是透明的。最终,她想抬手,但因为镣铐,变成只能勉强地做一个抬手的姿势,继而指着我的卧室问道:"这应该是客房吧?"

我愣了一下,点了点头,却不知道怎么回答,思维中似乎有一条鱼刺扎在那里,让我不能应对。

黛西叹了口气:"他做的一切其实与你一样,你们的主卧都是被封锁着的库房,而自己休息的房间只是客房。"

我不太明白她这话的意思,指了指我的书房:"黛西,不介意的话,我们就在这里开始我们的闲聊吧?"

"只是闲聊吗?"黛西淡淡地笑了笑,"沈医生,其实你没有必要说得这么轻松,我们的谈话不可能只是闲聊而已,这是我们都知道的。或者,在你看来只是闲聊,对于我……"

她再次费劲地抬手:"我想在你的卧室和你单独说话。"

我迟疑了一下,甚至变得有点愚笨,像个不知道如何面对的少年,扭头望向李昊他们几个。可我所要做出的决定,本也不可能在他们身上找到答案。最终,我点了点头,打开了卧室的门:"黛西,你想喝点什么?咖啡还是茶?或者给你来一杯白开水怎么样?"

黛西的目光却被我卧室里面的布置吸引了,站在她身边的我清晰地听到她抽泣了一声。我忙扭头去看她的脸,却正好看到黛西身后站着的乐瑾瑜。乐瑾瑜头微微低着,正在观察黛西被铐着的手。

黛西的手在颤抖,而她那张平凡普通的脸上依然没有表情,也就是说她的手正在出卖她波动的情绪。镣铐声在继续,她走入我的房间,身后的李昊与赵珂也尝试着跨前,被我拦住了。

"陈黛西小姐是我的病人。"我冲他们耸了耸肩。

我关上卧室的门,门外是包括李昊带过来的两个大块头刑警在内的六个人,而门内是一个继续在莫名其妙发出轻微抽泣的犯罪嫌疑人。

我靠墙站着,双手环抱胸前,看着黛西在我的卧室里缓缓地走动,并不时伸出手,触摸房间里的某些物品。

那一刻,我有种奇怪的感觉,觉得她似乎来过这里,或者说她见过我房间的照片。这一怀疑,在几天前看来是完全不符合逻辑也不可能发生的事情。但是在捕捉到邱凌过去的种种碎片后,我对于这个怀疑,变得有点相信了。

我换了个姿势,因为我意识到自己这环抱胸前的姿势,实际上是缺乏安全感的一个下意识动作。这一动作，在很多病患走入我的诊疗室之初，都会不自觉地做出来。

　　黛西走到我的床头坐下，接着，她脱下了那双颜色鲜艳的皮鞋，努力地尝试将挂着那十几斤铁镣的脚往上抬。我连忙上前，帮她完成了这一动作。

　　黛西很自然地对我做出了一个点头示好的动作，尽管她自知悉我身份后，就一直在我面前竖立起尖锐的锋芒，但她曾经受过的良好教育与所处的正常的社会环境，让她具备文明人应该有的礼节，并不自觉地表现出来。

　　"这几天挺辛苦的吧？"我拉了一条凳子，在她面前坐下，或者说在我自己的床边坐下，"身体与精神上，都挺大压力的吧？"

　　"沈医生，不止是压力吧？一个女人本来所拥有的世界，在某个夜晚某个消息到来的时候，瞬间崩塌，最终支离破碎。那种感觉，你是不会明白的。"黛西面无表情，但话语却较之前少了些对我的抗拒。

　　"其实你没必要为他背负太多的，不值得。"我径直说道。因为我明白在今晚的诊疗过程中，一味回避与遮掩，反而会让对方反感，继而变得不愿意将心声——吐出来。

　　"沈医生，不是每个人都可以像你一样，具备强大的精神力量。你可以随意地抹杀，肆意地忘却，但大部分人……"黛西一边说一边摇着头，"最起码，我是无法做到的。"

　　她这句话中，似乎蕴含着某种暗示，但是这暗示，在我，却再次很自然地选择避开，并将话题拉回我们现在应该谈论的主题上面：

"邱凌阴暗的一面,你知道吗?"

"我知道。"黛西抬起头望向我,眼神在这一瞬间变得闪亮起来。看来,这也是她今晚专程过来,想要和我说的话题。

"知道多少?包括他私底下是梯田人魔的一切吗?"我声音低沉,语速缓慢,就好像和一个要好的朋友说起她与丈夫的私事。

"我是一个女人,很多东西我没去细究,自然也不想去深挖。不过,我所知道的是,他想成为一个人,一个像你一样的人。沈医生……"黛西的语调急促起来,"沈医生,他想变成一个像你这样的人。因此,他拥有一个和你一模一样的私人世界。"

黛西的话让我心底那种被邱凌犀利眼光审视着的感觉再次油然而生,我坐直了一点,脚很无意地朝着房门的方向伸去。我知道,这一动作是我们的祖先还在荒野中奔跑时就养成的习惯——在危险与不适面前很自然地想要离开。是的,我在抗拒着与黛西的这一次诊疗,甚至,我想要离开这个房间。

"沈医生,你能开一扇窗吗?这些天我在市局招待所里面被监视居住的房间很闷。"黛西淡淡地说了句。

我没多想,站起身将旁边的窗帘拉开,并打开了一扇窗。初夏的凉风,从窗外吹拂进来。黛西扬着脸,让那微风将她的发丝吹乱。

"挺舒服的。"黛西轻声说道

"陈黛西小姐,你爱这个世界吗?"

"算爱吧!"黛西应着。

"你不应该承受这一切的,你完全可以选择避开这一切。要知道,邱凌世界里的一切,对于一个普通如你的女人来说,是多么狰狞与可怕。这些，你应该都知道，也不需要我来给你说吧？"我在尝试诱导她的思想，或者应该说我在引导本该是社会常规一员的她的真实思想。

"沈医生，你爱过一个人吗？"黛西又一次岔开了话题。

我愣了一下，接着毫不犹豫地说道："是的，我很爱我的妻子。我们是大学同学，毕业后就结婚了，到现在已经七年了。"

"那她现在还在这个世界上吗？"黛西声音缓慢无力，说出的这句话在我看来，是典型的人在恍惚状态下的胡言乱语。

"陈黛西小姐，你可能有点累了。"我又一次想转换话题。

"沈医生，你的妻子还在人世间吗？"黛西再次追问道。

"我想，我们今天的诊疗到此结束吧！"我站了起来，想中断这次对话。

"沈医生，你妻子是不是已经死了？"黛西在我身后第三次大声说道。

我感觉自己的喉头开始发干，压抑的空间让我想要怒吼。我转过身望向窗外，想要大口吸进微凉的空气。但，似乎远远不够。

我朝着房间的门走去，边走边说道："陈黛西小姐，我不知道你今晚找我到底想说些什么，你的状态很不好，不适合进行心理咨询。"

"沈医生，邱凌在郊区还有一套房，是用他妈妈的名字买的。"黛西在我身后说出这么一句莫名其妙的话。

我拉开门，门口站着的是乐瑾瑜与李昊、赵珂。

我大声说道："她很抗拒与我沟通，我们的谈话一度陷入……"

我的话还没说完，就看见赵珂与乐瑾瑜的脸色变了。而李昊更是一把推开我，朝我身后的房间冲去。

我不明就里，但意识到身后的黛西正在做一件让人出乎意料的事情。

我转过身，只见陈黛西站到了之前我拉到床边的凳子上，并朝那扇被我打开的窗跃起。

李昊那魁梧的身体从我床上踩过，大手朝前一挥，但并没有抓住黛西。

她消失在那扇敞开的窗户外，漆黑的天幕中，有着铁镣铐"哗啦啦"的声响。

我面前的赵珂说了句："李昊，完了。"话音一落，她便与另外两个刑警朝着我家门外冲去。而还在我房间里的李昊大半个身子都伸出那扇窗户，紧接着缩回来朝着门口跑过来，继而追着赵珂她们，朝楼下跑去。他一边跑着一边大声对着赵珂她们三个喊道："挂住了，陈黛西没摔到楼下。"

20

不幸中的万幸，黛西被我们楼下那一棵茂盛的歪脖子树给挂住了。之前小区里面有人认为那棵树长得比较另类，要求管理处锯掉它长歪的那一截，目前看来，管理处的坚持，在关键时刻还救了一条人命。

黛西被紧接着开进来的120急救车带走了，李昊他们也开着警车尾随而去。临走前,李昊板着脸对我很不客气地说了句:"差点被你害死。"

我没有反驳。事实上,犯罪嫌疑人如果真的在这种情况下有个三长两短,李昊与今晚出这次外勤的刑警们,要背的处分都不会小,甚至汪局也可能被记过降职。

赵珂在李昊身后对我低声说了几句:"沈非,我刚才看了下,黛西只是多处骨折。"说到这里,她又看了一眼那台120急救车,"肚子里的孩子恐怕已经没了,但我还不能肯定。李昊的脾气你也知道,他和你不是外人,所以才对你大声嚷嚷,别见外。"

我点了点头,在楼下目送他们的车跟着急救车远去。

"乐瑾瑜,小区对面就有个商务酒店,你去前台报我们观察者事务所的名字可以直接入住,我们和他们有协议的,之后账单会给到我们事务所。"我扭头对站在我身后的乐瑾瑜说道,"我想一个人静一下。"

陈教授可能察觉到我情绪有些波动,连忙说道:"我送瑾瑜过去就是了,你上楼吧。"

乐瑾瑜却没有动弹,她拦在我身前,歪着头盯着我的眼睛。

彼此都是心理咨询师,明白躲避别人的直视,实际上是心虚的一种体现。但我不明白自己在乐瑾瑜面前到底心虚什么……

我避开了她直视的目光,绕过了她的身体,朝着电梯间走去。身后,我听到陈教授对乐瑾瑜再次说道:"瑾瑜,你答应过我的。"

我加快了步子,电梯还在5楼,可是我不愿意继续站在乐瑾瑜能够看到的世界里。

我朝楼梯间走去，最终朝着楼上快步奔跑起来。

我很平静地刷牙，冲澡。我的手机放在客厅的茶几上，但今晚我并没有给文戈打电话。

我走进自己的卧室，将床上李昊踩过的痕迹抚平。我又合拢了那扇被打开的窗户，拉上窗帘，让我的世界封闭起来，这样，我觉得自己很安全。

我关掉了灯。

黑暗，如同一位披着巨大斗篷的幽灵，将我拥入怀中。我在黑暗中站起，走向客厅，在熟悉的位置摸出那片钥匙，接着打开了我这套房里本应该是主卧室的房间门。

文戈最喜欢用的香水味道，在房间里荡漾着。

她穿过的衣服，穿过的鞋……

她用过的唇膏，喝过水的杯……

她最喜欢的小说，最喜欢用的那本字典……

她在每一面墙上的照片中微笑着。

我没开灯，如同一个黑暗中的精灵，缓步走到这宽大房间中间的大床前。我跪了上去，伸出手搂住了承载了文戈身体的黑色木盒，文戈微笑着，幻化成木盒上一张黑白照片。她依旧乐观地望着这个世界。

她来过，经历过，欢笑过，又哭泣过……

最终，她走了，走得那么洒脱与随意，走得那么不经意。留下的未亡人，又应该如何面对没有了她的世界呢？

没有人能告诉我应该如何面对，不管是哪一位师长，抑或同行医生。心理学领域的那些大师，也没有能诠释与指引的著作，因为他们都没有过同样的经历。

我的人生太顺利了。一个知识分子的小康家庭，求学路一帆风顺，在同学们的目光焦点中长大。我与文戈的相识与相恋，再到我们一起走入社会，拥有自己的事业，都太过顺利了。于是乎，我以为我是内心极其强大与乐观的。

事实证明了，我并不是。生命中有很多很多的坎，都是需要过的。有些人是跨过去的，他们是生命的强者。而有些人，却是选择避开，选择绕过去的。

我，属于后者。

我一直睡到 9:30 才醒来，头有点疼，又做了那个奇怪的梦，梦里文戈离开了我的世界。

我冲了个冷水澡，自嘲地笑着，走向客厅。邱凌的档案袋还在茶几上放着，我依然没有打开。

事实也证明了我这么做是对的，我自己所捕捉与判断出来的邱凌，越发清晰起来，包括他的过去，也包括他的内心世界。而档案袋里，应该是很官方的一套。一个如邱凌般城府的人想要伪装的话，他一定能让其中的白纸上，都是很积极正常的语句。

手机上有 4 个未接来电，都是邵波打过来的。我坐到阳台的靠背椅上回拨了过去。

"沈医生你还真能睡哦！"邵波愤愤地说道。

"不休息好怎么能够陪你剖析梯田人魔呢？"我想让彼此紧绷的

神经放松一点。

"你们昨晚的事情我听说了,李昊估计这会儿日子不太好过。你直接来我的办公室吧!我让前台给你叫份早餐过来。"邵波的语气也缓和了一点。

"行!我大概会在 20 分钟内到。"

放下电话,我穿戴整齐。临出门前,我朝着最里面那个房间望了一眼。黛西说的没错,那是这个套房的主卧……

邵波的办公室比我的办公室大了四倍,旁边还铺着一条模拟的高尔夫草坪。之前我和李昊都笑话过他,说他这办公室的摆设是肥皂电视剧里面那种霸道总裁流的布置。邵波自己也讪笑,说他这职业所要塑造给外人心目中的人设,本也是一个没有太多生活情趣与品位的市井小人。

邵波叼着烟一本正经地看着我吃完了他给我叫来的早餐,那严肃的模样,变得有点不像他。我喝了口水,对他说道:"行了,现在就开始说说你们在回龙镇的发现吧。"

"沈非,在说邱凌以前,我可能要提一个你不太喜欢说起的人。"邵波沉声说道。

"有什么人是我不喜欢说起的呢?"我微笑着反问。

"文戈的外婆就住在邱凌家老房子的隔壁,这个你可能不知道吧?"邵波说这话时身子往前倾了倾,好像害怕我会因为这句话而突然有所触动一般。

"她外婆?她外公外婆在她高中时就已经走了。再说,文戈打小也不是在回龙镇读书生活。"我语速变快了不少,"邵波,文戈怎么从你嘴里说出来,就变成了一个我不太喜欢说起的人呢?我们还正想这个周末或者下个周末在家做饭叫你过去吃。"

邵波眼神中闪过一丝什么,紧接着从旁边一个黑色皮夹中拿出一张巴掌大的泛黄相片,对我递了过来:"你自己看看吧!八戒花了200块钱从邱凌的舅姥爷手里买的。"

我抬手,发现自己的手又在轻微地颤抖。接过泛黄相片的瞬间,我不由自主地深吸了一口气。是的,邵波没说错,我抗拒别人和我聊起文戈的点滴,只愿意一个人想着念着她的一切。

相片上是两个10岁左右孩子的合影——男孩很黑很瘦,手脚很长,个子并不高,眉目间似曾相识。而女孩……

是文戈,是10岁左右的她,我看过她那时候的相片。她穿着浅蓝色的T恤和一条那个年代比较流行的健美裤。

"是邱凌与文戈的合影?"我声音不大,但是情绪反而较之前稳定。

"是的。"邵波点着头,"沈非,文戈和邱凌认识。我和八戒打听了一下,文戈小时候每年寒暑假,都会被她妈妈送到回龙镇,也就是说,每年都有几个月,她的玩伴就是邱凌。邱凌在回龙镇也只待到了初二,接着,他就被他在海阳市工作的父母接回了市里。"

邵波说到这里顿了顿:"沈非,顺着这条线,我们昨晚也往下摸了摸,一个更加让人意料不到的情况是——邱凌和文戈是高中同学,而且关系不错。"

我脑子里"嗡"的一声,如同断片。邱凌用鱼做笔名写的另外一首诗，在我脑海中回荡起来……

> 犹记得那个清晨
>
> 有个她
>
> 因为爱情横卧在铁轨上
>
> 最终支离破碎
>
> 我们牵着手
>
> 看铁轨上整齐的躯干切片
>
> 你说
>
> 那堆被蚊蝇欢喜的内脏里
>
> 有爱吗？
>
> 我觉得是有的
>
> 或许
>
> 被压碎的爱
>
> 正是蚊蝇最欢喜的那片

"邵波，文戈高中是在第三中学上的，三中附近有没有铁路？"越发被放大的惶恐反倒让我冷静下来，"你这里能不能查到2000年前后，那附近有没有发生过自杀事件。"

邵波应了一声，走到了他那张暴发户才用的硕大办公台前，按了几下键盘："三中附近是没有铁路的……等等，三中有个旧校区，2002年前旧校区有使用，那旧校区旁边有铁路经过。"

说完这几句后，他又快速按了几下键盘。半响，他抬起头来：

"沈非,你脸色不太好。"

我深吸了一口气,接着缓缓吐了出来。我明白自己目前的状态并不好,应该说这几天的状态都不太好。在我内心深处,有某个不想被触碰的角落,正因为李昊牵引着介入邱凌案件后,被强行拉扯着一次又一次被拨弄、提起。

但,整个事件逐步展开后,却又让我本应该缩回去的步子,被邱凌的过去拉扯着继续深入。

"你发现了什么,直接说吧。"我很肯定地对邵波说道。

"2001年12月23日,三中老校区外面的铁轨上,一位少女卧轨自杀。因为当时是晚上,火车高速行驶,所以,她的尸体基本上被碾成了肉泥。"

"那堆被蚊蝇欢喜的内脏里,有爱吗?"我如同梦吟般念叨出了邱凌当日的诗句。

我往后靠去,闭上了眼睛,邱凌的脸与文戈的脸在我脑海里来回闪现。

就在这时,门外传来了皮鞋敲打地面的声音,紧接着,门被人推开了。

走进来的是穿着警服戴着宽檐帽的李昊,他昨天就知道我今天上午会来邵波这里。他的眉头还是皱得紧紧的,看了邵波一眼,接着又看了我一眼:"你俩跟我走一趟吧!正好在路上把你们前一天搜集到的东西给我说说。"

"去哪里?"邵波问道。

"昨晚黛西跳楼前透露了个不算秘密的秘密,今天上午我们就去查了。邱凌确实还有一套房子,不过不是用他的名字买的,在海阳市市郊。去年收楼,装修好了,不过他们一直没有入住,也没对外人提起过。黛西昨晚跳楼前唯一留下的线索就是这套房子,那么,这套房子里面肯定藏有邱凌某些不为人知的秘密。鉴证科的同事已经过去了,而我专程绕道过来,想问问你俩要不要一起过去。"李昊说完后没看邵波,反倒看着我,因为我之前很抗拒跟他一起去所谓的现场,我对自己的身份有着清醒的认知。但这一次……这一次我的对手,是一个叫作邱凌的家伙。

我站了起来,头往上微微抬起。这一次我甚至张大嘴吸了一口气,继而大口吐出。

"李昊、邵波!你俩都是我最好的朋友,我的一切,你们也都知道得最多最清楚。"我说到这里淡淡地笑了,"尽管,你们都害怕我突然彻底垮掉,但是请你们相信,我就算垮塌后,也能够快速站起来的。"

说完这话,我耸了耸肩:"再说,我还有文戈始终如一地支持着我。"

他俩又一次露出了那个我所熟悉、却又蕴含着无奈的表情,摇着头率先走出了房间。

21

人的大脑由三个部分组成:脑干、边缘系统以及新皮层。

脑干又被称为爬虫类脑,因为有它,我们才会具备足够的动物性，产生生理需求。也是它，驱使着我们完成着人类的繁衍。

边缘系统也就是哺乳动物类脑，它是唯一一个负责我们生存的大脑部位，从不休息。它也是我们的情感中心，并且还非常诚实。对于心理学的很多研究，其实就是对边缘系统的研究。边缘系统对于外界的反应是条件式的，是不假思索的。于是，它对身体发出的指令，便可以直接折射出个体在当时最真实的思想与感官体验。

而人类大脑——新皮层，便是我们所说的爱说谎的大脑。

相对来说，其实黛西是属于比较容易洞悉的女人，我没能从她身上挖掘出她所熟悉的邱凌，是因为我与她真正相处的时间太短了。而且某些我内心深处不想被触碰的东西，被她尝试着提起。客观地说，黛西就是属于新皮层并不是足够强大的典型，那么，她的边缘系统驱使着她的身体，将她各种内心折射，投影到外界，进而让人能够知悉她真实的心中所想。

朝李昊的车走去的短短时间里，我快速思考着。我甚至在想，昨晚如果真的由着乐瑾瑜的构想，给予多的时间，让这位优秀的精神科医生与黛西多接触的话，可能我们收获到的，要比我单独与她聊的要多。

只是，黛西指定要与我单独沟通……

李昊发动了汽车，这辆他经常开的警车也和他的人一样，有着粗重的鼻息与宽大的身材。李昊端起了车上的半杯咖啡，一口喝下，继而将咖啡杯对着不远处的垃圾桶掷去。咖啡杯没能入桶，李昊只得跳下车将之捡起再放入垃圾桶。坐在副驾驶位置的我，望着李昊魁梧的背影，莫名其妙有着某种感怀——当年高中校队的篮球主力，若干年后在警队中，正将光芒一点点地收拢，也在一点点地磨灭。

"李昊，组织打场球吧！否则你真会退化到嘘嘘都尿不中马桶了。"邵波在后排建议。

"忙完这个案子吧，把邱凌送到检察院再说。"李昊说到这儿扭过头来苦笑着，"如果能将他送到检察院去的话。"

"就算不能起诉他，他这辈子也不可能离开精神病医院了，这点，李大队尽管放心。"邵波想用玩笑话将李昊紧皱着的眉头舒展开来。

"不能让他受到应有的制裁，死去的那几个姑娘，九泉下能甘心吗？"李昊一边说着一边将头上的宽檐帽端正了一下，上面那银色的国徽，似乎响应着李昊的话语。他再次苦笑了一下，"邵波，说说你在回龙镇的收获吧。"

邵波应了一声，继而看了我一眼。我明白，他不会将文戈在回龙镇的故事说出来，但实际上，我已经决定之后会对他俩说起，说起邱凌可能与我，与文戈所有的一切。

"我们是前天中午抵达回龙镇的，回龙镇并不大，就几条街。我们很快就按照李昊提供的地址找到了邱凌家的老房子。我刚点上一支烟，寻思着怎么进去搭讪，八戒就拿出电话在那'喂喂喂'地嚷个不停。接着，一个40多岁的中年人便从远处朝我们跑了过来。"

邵波说到这里停了一下，似乎想给时间让我和李昊提问，见没人吭声，便自嘲地笑着继续道："所以说八戒憨，但心思还是挺多的，他到回龙镇之前就上网雇了个住在邱凌家附近的人，给我们做向导。当然，这向导也只是说说而已，实际上就是给他两百块钱，从他嘴里套出点东西。"

"你们这一行本来就是这么一套，花钱买话，不稀罕。"李昊没扭头，随意嘀咕了一句。

邵波讪笑："雇来的这中年人姓卜，应该是个吸白粉的，站我们旁边不断地抽烟吐痰。八戒虎着脸，对这个老卜胡乱掰扯了几句，无非就是要求对方知无不言，也注意保密。老卜连忙点头，领着我们就往邱凌小时候住过的那个大院子进，并大声喊邱老倌。"

"等下，回龙镇是邱凌母亲的老家，现在住那里的是邱凌的舅舅。可现在照你这么一说，他舅舅家也有姓邱的老人？"李昊插嘴问道。

"邱凌是随他母亲姓，并且他现在的爸爸不是他亲爸。这一点之前你给我看的邱凌的档案里是没有记载的。这次过去我们了解清楚了，嗯，也就是我这次要给你们说的重点——邱凌他亲生父亲的事。"邵波答道。

"不可能啊？邱凌父母结婚，然后当年就生下邱凌，这部分档案我记得当时还认真看了的。"李昊继续嘀咕道。

"行了，你就别打岔了，反正邱凌不是他现在的父亲亲生的，你听我慢慢说吧。"邵波将手里的打火机按亮，点燃两支烟，并将其中一支塞到了李昊嘴里，"邱凌的生父叫王钢仁，在回龙镇还有个小名，叫'西霸天'。打小就有些奇怪的举动，让镇子里的人不寒而栗。据说他9岁的时候，镇上的疯狗追着他咬，把他惹毛了，扭过头去龇牙把那疯狗的脖子给咬了个窟窿，狗血哗哗地流。那疯狗怕了，扭头想跑，被他抓着尾巴甩起来砸到地上，最后被他一脚一脚地踩成了肉泥。15岁时，他一个人上山抓了只猴回来，在镇中央那棵大树上，把一只活猴给现剥了皮，说这样宰的猴子肉吃起来味好。当时镇子里的老人都说，这是造孽，老王家这小子迟早会遭报应的。"

"也就是说如果邱凌真是这西霸天的儿子，那他本身的遗传基因里面，就有嗜血的性格因子了。"我松开了安全带，侧身对邵波说道。

"差不多吧，我记得上次在沈非的办公室看过一本书，是说犯罪基因是有遗传的，所以才多问了问这西霸天的事。而邱凌的母亲，很早就出去念书了，回来得不多。并且在海阳市谈了对象，准备结婚。"邵波继续着，"就在她结婚前两三个月吧，她和她对象……嗯，那个时候叫对象，现在应该叫男朋友。他俩回了趟回龙镇，两人大晚上的溜到后山去玩，谁知道就碰到了上后山逮野物的王刚仁。邱凌的母亲那时候长得不差，我们看了相片来着。这西霸天就起了歹心，把邱凌现在的父亲——当年的毛头小子给打昏了，强行要了邱凌他妈妈的身子。"

"当地派出所第二天去抓西霸天的时候，这家伙不在自家院里。民警正要走，突然听见他家院子里那口井下似乎有声音，用手电往下一照是口枯井。也是因为这手电的光射到了井底，下面便传来了女人撕心裂肺的叫声，喊着'政府救命！'。民警当时就意识到出了连环案，调了人手过来，发现西霸天竟然也在井底，还在大声对着上面骂娘。那女人的声音却再也没有响起。

"没有人敢下去，因为西霸天的凶悍是路人皆知的。到最后没办法，直接打电话到市局，派了神枪手过来，在井上面对着下面开了十几枪。那口井我和八戒也去看了，说是神枪手开枪打中的我可不信，因为里面太黑了，井底也太多射击盲区。应该是跳弹吧。最终，西霸天的尸体被拉了上来，一起被拉上来的，还有个赤身裸体的女人尸体。有眼尖的认出来,女人是附近村里嫁到镇里来的小媳妇,之前都以为她骗了彩礼跑了,想不到是被西霸天给囚禁在地下。她的致命伤从胯下开始,一直延伸到胸腔,被血淋淋开了膛。"

"所以,邱凌出生后就一直被放在回龙镇,没有被他父母带回海阳市。"我做着总结。

"是的,不过听邱凌的舅舅说,邱凌现在这个父亲没有生育能力,两口子折腾了十多年,始终生不出孩子。那些年也时不时回来看邱凌,觉得这孩子似乎也挺机灵,所以到他13岁时,就接回了海阳市。"

"你这所谓的发现不过如此,只能说是发现了他亲生父亲有问题而已。"李昊边说边将烟头掐灭,再把车窗按上。

"但邱凌小时候的一些事,却是他舅舅没有让邱凌父母知道的,因为害怕他父母知道了,不要这孩子。"

"什么事呢?"李昊连忙追问道。

"邱凌3岁时,就把一只他舅舅抓来给他玩的青蛙活生生撕成了两片,还咧着嘴笑。他7岁刚上学时,班上一个丫头因为骂了他一句什么,被他用铅笔在大腿上扎了个窟窿,对穿的一个窟窿。也是因为他的这些举动,他舅舅对他从小打骂都是下重手,害怕他重蹈他亲爸的覆辙。也是他7岁戳伤女同学那次,他舅舅差点把他打死,据说打得休克了,那以后才算长了点记性,没有表现出什么异常,从此斯文起来。"

"也应该是那时起,他就认识了每年寒暑假到回龙镇的文戈,并与文戈成了玩伴。"我小声补充道。

"沈非，我可没说哦！"邵波听我提到了这些，连忙冲我嚷道。

"邱凌与文戈认识？"李昊扭头过来，"什么个情况，怎么扯到了文戈身上。"

"是的，而且不止扯到了文戈身上，还扯到了我的身上。"我如实说道，"李昊！邵波！我这次苏门大学也收获不少，最大的收获就是——邱凌，这些年始终是冲着我来的，我甚至有种感觉，觉得他在海阳市犯下的这么多孽，也是因为我与他，以及文戈之间的一些缘由。"

李昊和邵波都瞪大了眼睛。

我再次将安全带扣上，将自己在苏门大学经历的一切说了一遍，甚至包括我与文戈那一个不为人知的小木盒。

我的话落音后，车厢里安静了很久。汽车驶出了城市，往市郊那个新开盘不久的校区驶去。终于，李昊浑厚的声音打破了沉寂："沈非，你能像个没事人一样说起你与文戈之间的小秘密，让我放心了很多。"

邵波也莫名其妙地补上了一句："是的，你始终是会走出那一切的，我们一直以来，也相信你一定能再次站起来。"

"什么？"我并没有明白他们话里的意思，但也没有追问太多，反倒望向了车窗外。

窗外是一片种着稻田的丘陵，那些不高的小山，被分隔成若干个台阶。而这整齐的台阶，便是农民们苦心经营的梯田。

不得不承认——梯田，远眺起来，确实很好看，很美。

第八章
弗洛伊德解剖刀

  心理学家最主要的理论来源，始终还是来自一位曾经的精神科医生，甚至来源于那把沾着些许红色血液与白色脑部组织的解剖刀。

22

汽车很快就驶入了这个崭新的小区，小区外的围墙上，是各个装饰公司的广告，进出小区的车辆，也有不少装修公司的小货车。

我们把车停在了另外两辆警车旁边，来接我们的刑警小雪领着我们大步朝其中一个单元走去。她边走边说道："鉴证科的同事没有什么发现，确实只是刚装修好，并没有入住。可能邱凌是想多放几个月吧？毕竟，陈黛西怀着孩子。"

我们三个都没吱声。对于我，是因为这几天持续的低谷。对于他俩，自然是因为知悉了邱凌与我、文戈的错乱关系后，用各自不同的思维方式进行理解与思考。

我们很快就跨进了其中一个单元的电梯间，熟悉的布置让我终于开口了："小雪，这也是万石地产的楼盘吧？"

小雪冲我点头："是的，他们的楼盘样式都差不多，包括户型与外观，甚至包括楼里面的细节。"说到这里她好像想起什么，"沈医生，你住的也是万石地产的房子吧？我听李大队说过你是住四楼，很巧，邱凌的房子也在四楼，而且他的这个新房，跟你的户型很可能一样。"

我愣了一下，紧接着发现走入电梯的李昊，正朝我望过来。我与他认识十多年了，彼此的一个简单眼神，就能猜出对方想要表达的是什么。

我冲他点了点头。是的，如果照目前的节奏看来，邱凌的新房，有很大的可能与我的户型一样，甚至房间里的布置，也会大同小异才对。

我们都不敢往下想，因为这个想法一旦被坐实，那么，邱凌那深不可测的强大内心世界里，我——沈非，便会是作为一个图腾存在着的，尽管我们不能理解他为什么要这么做。

走出电梯，看到的是一扇与我家一模一样的敞开着的房门……

门后是一模一样的户型，一模一样的木地板，一模一样的家具、沙发，一模一样的电器、吊灯……

我听得到自己呼吸的声音，似乎蕴含着湿气，湿气进出瞬间，发出如同蜂虫飞舞时翅膀的颤抖声。这时，身旁走动着的每一个人，都好像不再鲜活，只是我这一个个体以外的摆件。

我伸出手，在房间的墙壁上摩挲着。接着，我感受到了邱凌在这一空间里的心境。他是压抑与痛苦的，这一空间是他释放自己的海洋。于是，他和我一样，在房间里来回走着，坐到沙发上看看电视，走进厨房倒杯温水。他会去阳台上的跑步机上奔跑，奔跑的时候戴着耳机听喜多郎的电子音乐；他会去书房的榻榻米上盘腿坐下，打开电脑玩一会儿游戏。

我有点晕眩，只得闭上眼睛，思想也因为闭眼而被放飞，进而与所处的这个世界融为一体……

邱凌,你到底想要做什么?难道,你真的想成为另一个我?成为一个你不可能替代的沈非?

我猛地睁开眼睛,大步朝着卧室的方向走去。这里所说的卧室,并不是套房的主卧室,而是邱凌与我一样选择的那间客房。

不出所料,里面的一切都是一模一样的,包括那扇洞开的窗户与窗户前摆着的椅子,都似乎在刻意模拟昨晚我房间里发生的一切。

"沈非,你脸色很差。"邵波一边说着一边对我伸出手,想要搀扶我。但我冲他摇了摇头。

李昊递了一瓶水给我。他与邵波都经常上我家,面前这一切对于他俩来说,自然也是无比震惊的。但是他俩也知道,相比较而言,这一切对于我来说……

我拧开瓶盖,喝了一大口水,接着走出了卧室。

我转向主卧室的方向,那扇门是合拢的。我有犹豫,但最终还是咬了咬牙,朝着那扇门走去。这时,小雪在李昊耳边说了什么,李昊连忙跨步过来,伸手拦住我,不让我去推开那扇门。

"李昊,里面有什么是我不能看到的吗?"我对他发问道。

"沈非,你自己应该可以猜到里面是什么。很多东西,你并不是真的遗忘了,你只是不愿意想起,不愿意去触碰而已。沈非,我不想看到你崩溃,再说,你现在状态不太好,要不,你和邵波先下去吧!毕竟,出现场这种活儿是我们刑警才应该做的,而你,只是个医生而已。"

我伸出手去尝试着推他,但发现自己力气似乎在变小。最终,我淡淡地笑了笑:"李昊,我明白我在做什么,也知道我即将面对的可能是什么。"

说到这里,我扭头看了看身后的邵波,也看了看包括小雪在内的另外几个刑警。我挺起了胸膛,将声音尽可能地放大,也尽可能显得镇定与冷静:"每个人都是一个不可测的火山,潜意识沸腾着,在人们看不到的深处。于是那火山里,住着天使,抑或恶魔,没有人知道的。但是我们都能够肯定的是,里面住着记忆——我们不愿意随时翻阅的记忆。有些记忆,我们将之放入,是因为我们不需要记得。还有些记忆,我们将之放入,却是因为我们不愿意记得。"

我顿了顿:"有个词叫作心理防御,你们应该都知道的。是的,我是一个缩在龟壳里面的懦夫,但是,我只是想多缩一会儿而已。实际上我自己也知道,生命中的坎儿,始终是要跨过去的。"

23

当一个人受到超我、本我和外部世界三方面的压力,难以承受时便会产生焦虑。焦虑的产生,会促使身体发展出一种奇妙的机能——对自我进行保护,抵御压力对精神以及身体的伤害。这种机能就是心理防御机制。防御机制有101种,其中有一种就叫作"否定"。

是的,我在否定一部分事实的存在,为了让自己不至于崩塌。我的世界曾经完整,最终毁灭于那个下着小雨的夜晚……

我再次望向李昊,他脸上的表情是意外与欣喜。我明白,其实我身边的每一个人，一直以来都小心翼翼地保护着我，害怕触碰到我那一块娇嫩的保护膜。新的人进入我的世界，他们又会一本正经地去提醒与要求，要求对方也和他们一样，不去尝试将我唤醒。正如陈教授对乐瑾瑜那样。

我伸出了手，又一次去推李昊。他犹豫着，最终移动了脚步。邵波也跨前几步，靠着那个主卧室的门旁边站着，歪着头看着我，似乎害怕我随时会倒下一般。

我反倒没有之前的晕眩了，其实，我知道这个房间里面可能会有什么，正如我一直以来都知道自己家那扇长期紧闭着的房间里面有什么。关于文戈的一切，被我封闭在其中……

我推开了门，一股子文戈身上独有的香味扑面而至。只是，我看到的却不是我自己家里那个主卧室里的布置，而是一个灰色的暗色调空间。家具所摆放的格局大致相同，几近当年文戈还在的时候，我与她的房间布置。

我按开了灯，缓步走了进去。墙上零星地贴着十几张黑白相片，大小不一，个别还有点泛黄，一看就知道是翻拍的。相片上的主角是文戈，不过这个文戈年岁还小，眸子里闪着的是孩子青涩的光芒，透明而又纯粹。桌子上摆着干花，我记得文戈说过，这种花叫作映山红，是只有她们老家才有的植物，春天会将整个山谷染红。

很可惜的是，我一直没有去深究，以为她说的老家，是她父亲祖籍的外省。而目前看来，那里就是她外婆家——当日有邱凌的回龙镇。

接着，我看到了一把精致的用铁丝做成的弹弓，旁边还放着一把小石子。我想起文戈说过她打弹弓很准,曾经一度让她有去当兵的冲动。

我的视线在这房间里游走着,渐渐地,我明白了这是一个和我自己家里那个被封闭的房间一模一样的世界,不同的是,这里埋葬的是曾经年少的文戈。这个文戈,可能还是邱凌的好友,甚至可能是与邱凌有着稚嫩情愫的懵懂少女。

我的视线平移着,望向了床中央摆放着的黑色木盒。文戈的骨灰在我家里放着,那这个木盒里面放着什么呢?

"沈非,没事吧?"李昊在房间门口关切地问了句。

我冲他笑笑,这笑并不是努力挤出来的,反倒带着一丝丝舒展开来的释怀,尽管这释怀中,有压抑得让我几近崩溃的情愫:"李昊,我想,今天下午就安排我和邱凌见一次面吧。"

"好的,没问题。你之前叮嘱我要反复地提审他,我们一直没消停过,估计这会儿他还在审讯室里待着。"李昊冲我点了点头,拿出手机往外走去。

邵波却还歪着头,冲我笑着:"没事就好。"

我冲他点了点头,单膝跪到床上,将那个黑色木盒拿了过来。隐隐约约间,感觉木盒似曾相识,那上面的花纹让我想起了什么。紧接着,我猛然将木盒翻了过来,朝盒底望去。因为在这一瞬间,我记起当日我与文戈埋在树下的木盒盒底有一道浅浅的裂缝,也因为那道裂缝,才让我们用相对比较便宜的价格买下了它。

手里的这个木盒盒底,一道浅浅的裂缝出现在我视线中……这,也就意味着,我在苏门大学所挖出的木盒,压根就不是我们最初放下去的木盒了。

邱凌，你到底想做什么？这些年你又到底在做些什么？

我越发迫切地想要与邱凌见面。我想要大声质问他，将他的一切一切都翻开，呈现在阳光下，让丑陋与阴暗的他变得无处遁形。

我深呼吸着，让自己镇定。

我打开了木盒的盖子。

里面是若干封信，都是没有开封的。信封上写着文戈启，下面的落款又都是那个简单的鱼字。

我拆开其中一封，那纤细却又企图张扬的字迹出现了……

文戈：

　　我不知道你会不会拆开这封信，或者我给你的所有信，你都只是封存在你的抽屉里。而我，被封存在你过去的记忆里。

　　我真的不知道自己哪里做错了，让你开始对我变得害怕。我们当日手牵手在蓝天白云下快乐地行走，在小桥流水间欢快地歌唱，一幕一幕，成为烙印在我心坎上的永恒，不可能被抹杀。而你，怎么能够忘记了呢？难道，就因为我晚了这一年吗？还是，就因为你在这一年里遇到了他吗？

　　我躲在暗处，偷偷地看你，也看他。我们都是学心理学的，不可能感性地看待世界上的人与事。那么，我必须承认，他是优秀的，站在人群中，如同钻石在煤炭中那般夺目。但是文戈，你有没有想过，他能不能给予你永恒。他的光芒在之后年月里会更加耀眼的，而你呢？你是一个普通的小女人，尽管你现在这么美丽与妩媚。但终究有一天，你所吸引他的一切会逝去，你会有鱼尾，会有赘肉。到那天，他身后的拥护者扬起灿烂的笑脸，每一个都比你更具吸引力。到那时……我亲爱的文戈，你怎么办呢？为什么你就没想过呢？

　　写着写着，心里越发伤感起来。文戈，你了解我，了解之深，多于我自己对自己的掌握。我能给你永恒，给你真正的同年同月携手离去。

　　你是懂我的。

爱你的鱼

2004年11月2日

　　一切的一切，越来越清晰与透明。在我还没有认识文戈的岁月里，邱凌与文戈相识相知过。紧接着，文戈考入了大学，认识了我，从此疏远了一厢情愿的邱凌……

　　"邵波，你看过邱凌的档案吧？"我没有扭头，目光还是停在木盒里。

　　"看过。"

　　"他是不是复读过一年？"

　　邵波停顿了一下，应该是在回忆。这时，小雪的声音在那边响起："沈医生，邱凌是复读过一年，他第一次高考没考上苏门大学心理学专业，不过第二志愿报考的学校也不差，他没选择就读而已。我们也走访了他的亲戚，听说他当时为了能让父母同意复读，才答应选择父母要他读的教育专业。也就是说，他是为了复读考上苏门大学，才选择的教育学。"

我终于明白他为什么会与文戈是高中同学，却又在苏门大学是我们的学弟了。

我将那沓信整理了一下，放到了旁边。里面记载了什么，我之后要慢慢地、一封一封地看完。

信的下面是几张泛黄的相片，与墙上贴着的不同的是，这几张都是合影。每一张合影里面，都有文戈，也都有邱凌。于是乎，稚嫩容貌的他俩，成了这个房间里的主角，甚至让我产生了一种错觉，仿佛他俩本身就是天造地设的一对，而我，便是在之后年月里横空而出的路人。

"沈非，我已经给你安排了，下午2点提审邱凌。"李昊的声音在我身后响起，"只是……只是你现在这状态，让我有点担心。"

"有什么需要担心的呢？"我将那木盒合拢抱上，转身朝门口走去，"我还是你们所认识的沈非，并不会倒下。"

说到这里，我反倒笑了，迎着李昊与邵波那两张爬着担心的表情："其实，我觉得我应该感谢邱凌才对。可能，不止你们俩，所有认识我的人都会害怕，害怕我在最终面对文戈的事的时候，会疯癫或者崩溃。甚至我自己也小心翼翼地，不愿意去触碰，也不愿意让自己痊愈。可实际情况是，已经过去两年了。这几个月里，我习惯性地拨打文戈电话的时候，我拖着疲惫的步子走回家的时候，我已经明白要面对的是什么。"

我继续苦笑着:"所以,我知道我只是在等着一个台阶,一个让我接受这一切的台阶而已。邱凌给了我这个台阶,他让我看到了一个文戈不为我所知的世界,在那个世界里,主角却不是我,而是他——邱凌。接着,我因为邱凌而被激起的好奇心驱使着我重新开始面对,面对过去,面对文戈,也面对他——邱凌。"

面前的他俩张大了嘴,似乎不敢相信我能一下说出这些话来。我耸了耸肩:"李昊,这几天咱三个都挺辛苦的,找个地方去按下背吧。你欠我的那顿饭,我看就今天中午请了得了,请完饭后,我算是正式作为刑警队邀请的心理咨询师介入梯田人魔案,所以说你请的这顿饭不亏吧?给汪局说说,应该还能够报销才对。"

邵波也笑了,扭头对他身边的李昊说道:"肯定不亏了,沈非对决邱凌,一定能帮你们市局刑警队把邱凌打出原形,最终送检察院上法院的。况且,还有我呢!"

李昊还是板着脸,他也没看我,反倒朝着邵波一本正经地望过去。邵波被他看得有点发瘆:"李大队,又怎么了?"

李昊严肃地冲他说道:"吃完饭你就回家,毕竟你的身份是群众,职业在我们市局看来是闲杂人等,提审邱凌时不被允许在场。"

邵波一愣,继而骂道:"你就一过河拆桥的白眼狼。"

最终,李昊还是点头答应了让邵波跟着去看守所,但不能进审讯室。邵波也没勉强,警队的纪律他是知道的,尚未被定罪的犯罪嫌疑人是不得随便接触的。

到吃饭时，我感觉自己的状态始终不可能达到最佳，毕竟内心世界正在抹杀一段经营很久的防御机制。于是，我拿出电话来，翻到了陈教授的号码，要打过去。

可手指却停住了。我突然想到，教授已经是一位差不多70岁的老者了，他所积累的始终只是丰富的专业知识与书本里面有过的案例。这些知识与案例应对一般心理问题的病患问题不大，但对于我与邱凌的对抗，能否派上用场还真不能确定。因为教授自己的人生观与世界观与我们这一代人早已是隔山隔海了。那么，让心理学泰斗与一位具备高智商，又有着较高心理学造诣的狡黠罪犯对抗，似乎不会有什么碰撞后火花般的突破。

我犹豫了一下，最终翻出了乐瑾瑜的号码。

乐瑾瑜是一位精神科医生……

很多精神科医生，对心理咨询师都是有一定看法的。她们会肯定心理学的作用，但又会最小化地贬低。甚至她们会觉得，压根就没有意识与潜意识这两个名词所释义的东西存在，不过是弗洛伊德那位精神科医生用来骗人而捏造出来的词汇。

乐瑾瑜却不同，她本身就对心理学有浓厚的兴趣，并具备精神科医生的身份。更为重要的一点是，她是邱凌在大学时期就见过并打过交道的人，那么，她的出现，便可以少了很多废话，直接让邱凌意识到，他那躲在暗处窥探别人的阴暗大学时光，已经被我们翻出来，放在阳光下曝晒了。

我拨通了乐瑾瑜的电话。

13:30，我们在观察者心理咨询事务所门口接到了乐瑾瑜，而她，跳上车来的第一句话竟然是："如果可以的话，其实我想带点仪器去看看邱凌。我很想看到他被高压电击时的脑电波数据。"

李昊和邵波都愣住了，接着，李昊对我说了句："你确定她是个医生吗？"

24

1882年，弗洛伊德开始在维也纳综合医院担任医师，从事脑解剖和病理学研究。当时的他还不是精神分析学派的创始人，26岁的他想要成就的理想不过是一位收入颇丰的精神病医生。

对于他在维也纳综合医院工作的三年经历，目前很少有记载。因此，我时不时在揣测，这位有着足够学者倔劲的白人老头，在他还青涩的岁月紧握着锋利的长柄解剖刀，站在被开颅的脑组织前思考与出神的场景。或者，若干之后影响世人的伟大理论，就是在那些时间中被提炼总结出来的。

但，真正去勾画那幅画面，想象着他那把沾着些许红色血液与白色脑部组织的解剖刀，还是感觉有点毛骨悚然。

所以，我们必须承认，我们当下这些心理学家最主要的理论来源，始终来自一位曾经的精神科医生，甚至来源于他对于脑部解剖上的研究。相比精神科医生那些已经能够得到肯定的治疗手段与处方药物来说，我们心理咨询师不过是一群很可能在下个世纪被当成笑话来调侃的愚蠢人类。

因为我们所纠结的根本——意识与潜意识，是不可能真实呈现的东西，甚至可以说只是一个大家需要用诸多论据来证明其存在的虚无而已。

那么，乐瑾瑜的权威性，实际上是胜过我们这些心理医生的。这会儿和我一起坐在车后排的她，脸颊有点微微发红，嘴唇张开。她放在腿上的双手手指贴在一起，没有交叉，手掌也没有进一步的接触。这个手势我们俗称"尖塔"。说明一个人对于自己的想法与地位具备足够的自信，这自信作用到乐瑾瑜身上，可以诠释为她期待着与邱凌的接触，并有信心将邱凌看透击破。同时，尖塔式手势也能让我洞悉到，乐瑾瑜对于她所从事的行业——精神科医生，有着高度的专注。这一专注，也会让她在这一领域一旦被打败会变得崩溃与消极。

我将自己即将贴合到一起的手指放下，收住了自己下意识想要做出的和她一样的手势。

李昊边开车边冲乐瑾瑜问道："乐医生要不要先看看邱凌的资料，我车上有。"

乐瑾瑜冲他摇头："不用了，太早看到他的档案，会影响我对真实的他的判断。"

"这点你和沈非倒是有点像。"坐在副驾驶位置的邵波说道。

"像吗？"乐瑾瑜扭头看了看我，"不可能像的，专业本来就不同。"

汽车很快就驶到了海阳市第一看守所，车刚停好，就有两三个年轻刑警迎了上来。李昊跳下车，开口问道："几点把邱凌放回去的？"

一个皮肤黝黑的刑警愤愤地回答道:"12:40,还被所里的同志批评了几句,说犯罪嫌疑人也是人,也要吃饭,不能审得耽误了他们的饭点,整得好像邱凌那种人比我们更矜贵似的。"

李昊闷哼了一下:"本来就应该放人家回去吃饭,所里的同志批评得很对。"

那皮肤黝黑的刑警便笑了:"李队,你自己要我们疲劳轰炸来着,我们寻思着一会儿你要亲自上正戏,所以抓紧给多炸一下而已,怎么说也是贯彻你的指示来着。"

李昊瞪了他一眼:"你们几个吃饭没?"

"没!"黑刑警老实地回答,"等着你过来拿提审单给你。"说完这话他从包里面拿出薄薄的一沓纸,抽了一张递给李昊。

李昊接过这张提审单,冲我说道:"这就是你的安排来着,为了不让他有太多时间消停,所以开了一沓单子,所里的看守干部瞅着都笑了。"

我点点头,问那黑刑警:"这两天他有没有什么异常?"

"你就是沈医生吧?老听李队说起你。"这黑刑警话还挺多,"你说的异常是不是说那个什么第二人格?好像出现过一次,但是我们不能肯定。"

"能不能详细说说,具体是什么症状?"乐瑾瑜连忙问道。来的路上她从李昊和邵波口里又多收集了邱凌被捕后的表演与表现,参与度一下就高了很多。

那黑刑警想了想:"昨天晚上吧,我们吃完晚饭又提审了一次。在将近12点的时候,这家伙突然间脑袋就往下面耷拉。我听小雪说过之前他在沙滩犯病时的模样，好像开始时也是脑袋晃了一下。于是我们几个精神头就来了，以为这货要开始变身了。"

"好好说话，什么叫变身？"李昊骂道。

"是！"黑刑警继续道，"我以为他要出现那个什么人格，连忙站了起来，谁知道他脑袋下垂后，接着重重地磕到了他自己放在审讯椅上的手铐上面。"

"接着呢？"乐瑾瑜追问着。

"接着我们就连忙上前，发现他只是眼眶位置给磕了个红印而已，也没出血，没啥大碍。"

"我们想知道的是他当时的状态。"我终于忍不住了。

"精神状态吗？就是很糟糕，鼻涕都出来了，眼皮瞅着就要睁不开了。嘴里还在念叨着'拦不住啊！我始终都拦不住他啊'！"黑刑警一本正经地继续道，"我当时以为这就是什么第二人格，小刘他们看法却不一样，说这应该只是被我们给折腾得太累了，想睡觉了。我一寻思，我们每天上午 8 点多开始提审他，晚上 12 点前都让他回监室了，不算什么疲劳轰炸啊，最多只能算审得勤快了一点。但瞅着他那副死鱼一般的模样，便还是让他回了监室。"

"确实不是出现了第二人格，上次我也看到过邱凌另一个人格出现时的症状，跟没有理智的禽兽一样，凶悍得很。你们说的确实应该只是犯困吃不消了。"李昊点着头说道。

乐瑾瑜却扭过头来看我，似乎猜到了我有什么话要说。其他几个人见她望向我，也都扭过头来。

我朝着监区方向远眺了一眼，心境反倒出奇地镇定，仿佛一位即将进行一台高难度手术的理智医生。

"我们首先假设邱凌是一个有着多重人格的病患，那么，他昨晚的状态确实是一个多重人格患者应该表现出来的。当然，我们也可以认为邱凌是将自己伪装成一个多重人格患者，那么，他在昨晚这么个时间段，更要呈现出一个新的人格分身出来。"

邵波便迷糊了："新的人格分身？什么意思？难不成除了我们所看到的邱凌，与沙滩上那个自称是天使的凶手邱凌，还有第三个人格在他身体里面吗？"

"是的，在心理学的理论里，分离性身份识别障碍……"说话的是乐瑾瑜，可她说到这里时，突然发现面前包括邵波与李昊在内的几个人，都用一种漠然的表情看着她，便顿了顿，"我说的是学名，分离性身份识别障碍，也就是你们刚才说的多重人格障碍，简称为DID。对于这类型病患的存在与否，业内一直有争议，认为它的症状很可能只是某些癔病患者臆想出来的而已。再说，现实生活中碰到这类型案例的概率也确实很低。"

见面前这几个高大的汉子总算听明白了，乐瑾瑜微微笑了笑："多重人格障碍有一个特别明显的特点，那就是它不会只有一个分裂出来的灵魂。我们可以在这类病患身体里面，很轻松地发现三个以上的不同人格，甚至最多的可以达到30多个。"

"你的意思是说，邱凌身体里可能有30多个不同的梯田人魔？"李昊又皱紧了眉头。

"不会是30多个不同的梯田人魔，可能，某个人格只是个旁观者，某个人格只是一个路人，甚至还有某个人格是一个女人，是一条狗，都有可能。"乐瑾瑜继续解释道。

"有点乱。"李昊望向了我。

我点着头："乐瑾瑜说得没错，多重人格障碍患者身体内不止一个分身。心理学领域具备一定造诣的邱凌自然是知道这个明显症状的，那么，他流露出新的不同人格来，在我看来，是计划内可预见的。"

"你怎么知道他这次流露出来的是一个新的人格呢？"李昊又问道。

"之前我们所看到的邱凌的核心人格，自称并不知道其他人格存在的。而你们所说的昨晚邱凌很迷糊状态下说出了'拦不住他'这样的话，所要拦的应该是那个作恶的'天使'邱凌。那么，这个企图拦住'天使'邱凌的新出现的人格，我们给他暂时命名为阻拦者。阻拦者应该是和'天使'邱凌有过沟通的一个人格，甚至，它尝试说服'天使'邱凌不要去行凶，但它的阻拦，在强大潜意识怂恿着作恶的'天使'邱凌看来，不过是个挡车的螳螂而已。"

我一口气说完这些话后，叹了口气："以上推断，都是假设邱凌确实是多重人格障碍患者的前提下。反之，他如果伪装成为病患的话，更会展现出这些来麻痹与诱导我们。"

邵波与李昊他们几个人一脸迷惘地点着头，那黑刑警更是挠了挠后脑勺："李队，这些东西，我们几个一时半会儿理解不了，还是先去吃饭吧！反正小雪应该马上过来和你会合。"

李昊冲他们点着头，接着领我们几个大步朝看守所的审讯登记处走去。很快，慕容小雪也赶到了，提审犯人必须两人以上，我和乐瑾瑜、邵波都不是公安系统的，自然不能算。看守所的管教干部虽然也是系统内的，但不被允许参与。所以，小雪不到的话，李昊一个人还真不能提审邱凌。

登记完毕，所里的看守干部便要求我与邵波、乐瑾瑜将身上的金属物件都放在保管处，毕竟纪律在那儿放着，不能违背。而也是在这时，我第一次看到了乐瑾瑜的那把小刀。

是的，只是一把小刀，一把她从牛仔裤口袋里掏出的有着结实皮套的锋利解剖刀。

第九章
天生罪犯

从尸袋鼓起的轮廓可以揣摩到,里面是支离破碎的。法医在现场不断地搜集着零星的残肢碎片,都只是很小很小的红色肉块与骨头。

25

　　我和乐瑾瑜坐在审讯室的角落里，从我们这个角度看即将受审的邱凌，能够看到审讯椅上他的全身。他的细微动作，都将很容易被我与乐瑾瑜捕捉到。小雪又打开了那本厚厚的本子，握住了笔。

　　镣铐的声音再次响起，哗啦啦……哗啦啦……

　　与之前听到这声响时的平静比较起来，现在的我情绪上有不小的波动。值得欣慰的一点是，我比自己所想象的强大了很多，真正要面对真相时，并没有显露出太多异常。当然，我不能保证今晚夜深人静时的自己会不会崩溃。但最起码，现在的我，是镇定与冷静的。因为……因为我很想将邱凌完完全全地剖析开来，了解透彻。这一被激发起来的强大斗志，让某些小肚鸡肠的情愫消失殆尽。

　　他终于又一次出现在我面前。只是短短的两天不见，邱凌明显憔悴了不少。青褐色的胡楂儿，爬满了他的下颌与嘴唇周围，显得他的颌骨有点宽大。他已经不能像最初我看到他时有力气抬起手铐了。他的胳膊垂下后显得手臂很长，阴着的眼睛里依然是听天由命的消极眼神，但其间曾经闪烁过的锐利，却在我记忆中那般深刻。

我突然觉得，从最初第一眼看到他时，我就对他有了错误的判断。他之前所呈现出来的形象，确实是一个表面斯文的普通男人。而经过几天的提审后，他的原形一点点地显露出来——长长的手臂、锐利如猛禽的眼光、宽大的颌骨以及浓密的毛发。

这是一种在龙勃罗梭理论中最典型的天生犯罪人。再结合他的亲生父亲西霸天所遗传给他的嗜血基因，与他幼年时期做出的残忍举动……

邱凌，我必须把你绳之以法，尽管，我并不是刑警、检察官，也不是法官。但，我必须让你受到应有的惩罚，尽管我只是个普通的心理医生。

邱凌接过小雪递过去的眼镜，他放在审讯台上的手已经没有之前那样快速地抖动了。不管这是他真实心理的投射，抑或伪装出来的状态，经历了这么多天的牢狱生活与频繁提审后，他情绪上的波动导致肢体上的失常，在他，确实应该是成为常态，达到了最小化。现在的他，相对来说处在一个消沉的谷底，一种近乎于麻木的状态。

诚然，这一刻我所看到的他，给人的感觉也是麻木的。他将眼镜架上，冲李昊和小雪看了看，接着视线平移，望向了坐在角落的我和乐瑾瑜。

"邱凌同学，你好。"乐瑾瑜率先开口，轻声和他打着招呼。

邱凌愣了一下："你是……你是……我们认识吗？"

"苏门大学医学分院的乐瑾瑜，和你一届的。那时候在很多心理学的大课上，都和你在同一个教室里待过，不过你可能不记得。"乐瑾瑜冲他微笑着说道。

"是吗？"邱凌淡淡地应着，将目光转向了我，"沈医生，你今天气色不太好看，这几天经历了些什么吗？"

我耸了耸肩："确实经历了一些事情，去了趟母校缅怀了一下过去，收获到一个孤僻者的过去。"

"孤僻者？嗯，我挺喜欢这个名字的。"邱凌说这句话的时候，双脚往前稍微伸长了些，"那沈医生觉得这孤僻者是可爱抑或可悲的呢？"

他这松弛尤胜于我的语气与姿态让我感到不适，但我并没有让自己的这一感觉显现于颜面。于是，我往椅背上靠了靠："应该算可悲的吧！在那几年时间里，始终躲在暗处窥探着世界，滋味应该不太好受吧？"

"看来，你现在应该也调查到了不少东西，这几天您没有闲着，来回奔波挺辛苦的吧？"邱凌笑了笑，他那双细长的眼睛里，依然是消极与悲观的眼神。这，让我们并不能通过他的眼睛洞悉他内心世界的真实想法。但话又说回来，我们还可以把他的这种眼神解析为慵懒与傲慢——半眯着眼睛，俯视着面前这群在他看来压根不够格成为对手的对手。

他转而望向了李昊与小雪："李队，两天没见了，今天亲自过来，应该有什么新的发现吧？"他的语调与最初所表现的礼貌与客套大相径庭，看来这几天频繁的提审，确实让他意识到没必要继续伪装成谦谦君子的模样了。

"是有不少新的发现。邱凌，之前低估了你，你在某些领域的成就与造诣，就算你不愿意承认，但对于我们，都是已经能够肯定的了。"李昊说话的声音沉着又威严。

"李队，就算一个身在囹圄的犯罪嫌疑人，他也是有一定人权的。可能，你们这几天剥丝抽茧，将我与沈医生之间有着的某些关系给梳理出来了。但，那重要吗？"

邱凌瞟了我一眼，接着继续对李昊平淡地说道："并不重要，这与我身体里另一个我所不知晓的邱凌所犯下的罪恶，并没有任何关系。"

他的语调在升高，显示着这场谈话中，他作为主导者的身份被进一步加强："是的，我是暗恋过一个叫作文戈的女人。在没有他——沈非的岁月里，这个叫作文戈的女人，也为我而绽放过，欢颜过。但我并不怪文戈，也没埋怨过沈非，我只是恨我自己，为什么那年高考没发挥正常，让文戈孤身一人走入了大学校园。"

"不得不承认，沈非是一个有魅力的男人。嗯……"邱凌再次瞟了我一眼，"那时候应该叫男孩吧！所以有时候我甚至在想，如果我是个情窦初开的少女，也会被他吸引。他那口若悬河的激昂模样，那风华正茂的笑貌音容，比当年那个内向腼腆的我，强了太多太多。文戈的选择自然是正确的，她怎么可能不痴迷于沈非呢？她又有什么理由不痴迷呢？"

邱凌的语调再一次升高，坐在我身旁的乐瑾瑜用脚轻轻碰了我一下，我没有扭头，但做了个轻微的点头动作。

是的，邱凌的情绪在进一步变化，亢奋在持续升高。他在失态,而且这一状态在继续……也就是说,在下一秒,或者下一分钟,他……另一个他,即将呈现出来。

26

我曾经接待过一个叫衣千颜的病人,她和所有有着心理疾病的患者都不一样。她不会低垂着头,在自己那个狭窄的世界里困惑。相反,她,拥有着非常自信的迷人微笑。

但是,她的世界被我一层一层剥开后,我发现,在衣千颜作为一个影视圈耀眼明星的华丽光环背后,骨子里真实的她,却是一个无比自卑,也无比胆怯的叫作张娟的普通女人。张娟会双手抱膝蜷缩在诊疗室的费洛伊德椅上,流着眼泪小声地说话,诉说内心深处那些已无法继续承载的心结。

当她最后一次走出我的诊疗室时,衣千颜——这位万众瞩目的明星彻底消失了。她脸上那放出诱人光芒的微笑,再也没有了。

因为,她终于摆脱了那个并不存在的身份——千衣颜,蜕化成真实的自己——一位始终并不入流的小演员,甚至连名字也普通得如同尘世中沙粒般的——张娟。

那么,她曾经的自信,只是属于她自己幻想出来,也让自己完全相信了的那个虚构人物——衣千颜。

意识到面前的邱凌即将展现出某些我们想要接触的状态后,我和乐瑾瑜都有一丝激动与期盼。这时,我感觉到自己手心有了点微微的湿润,这是属于神经系统掌管的汗腺感觉到了压力。

我因为这个叫作邱凌的对手,感觉到压力。

我将手在裤子上随意地蹭了蹭,尽量不让邱凌注意到我这个细微的动作。我知道,在我观察他的同时,其实他也在窥探我,包括我的每一个细微动作,他都会留意到。

而就在这时,他很突然地将视线转移到了我这边,眼神在瞬间犀利尖锐起来。乐瑾瑜身子往前一倾,嘴里小声嘀咕了一句:"来了。"

"沈非,你还是这么一副让人恶心的模样。"

这是邱凌越发高调的声音变得沙哑后的第一句话语。紧接着,他有点粗暴地低了下头,将眼镜摘下,他那如同鹰隼般的眼神,将房间里每一个人都扫视了一遍:"很欣慰,你们并没有怠慢我,来了这么多人,就为了看到天使张开的羽翼吗?"

"是的,就是想看看你绽放的羽翼。"乐瑾瑜站了起来,并朝着邱凌走了过去,"我可以称呼你为'天使先生'吗?"

被卡在审讯椅里的邱凌像一头被囚禁的野兽,用贪婪的眼神恶狠狠地盯着乐瑾瑜:"你也可以叫我猛禽先生,因为像你这样的姑娘,迟早会成为我的猎物,并在我的利爪下,变成赤裸裸的羔羊。"

乐瑾瑜反倒笑了。她再次往前走了几步,径直站到了邱凌的跟前。这时,李昊沉声说出一句:"乐医生,邱凌是个极度危险分子。"

我冲李昊摆了摆手,示意他住嘴。接着自己也站起来。面前的邱凌看起来极其亢奋,似乎注意力都集中在了他面前的乐瑾瑜身上,于是,我朝旁边走出几步的动作,好像并没有惊动他。我静静地站到了邱凌的侧面,这样,邱凌脸部肌肉的细微变化,在这个位置可以明显看到。如果他是在伪装的话,那他呈现出的假象,必定集中在脸部的正面。他眼角的细微颤抖,才是目前我能看到的最真实的表情细节。

乐瑾瑜嘴角依然往上扬着。我不明白一个像她这样一直站在讲台上的女性,为什么在面对邱凌这个极度危险的变态杀人犯时,能够呈现出如此镇定的模样。邱凌似乎也感觉到了乐瑾瑜的强势气场,他开始变得有点不安,身子往上尝试着挺了一下,但又被镣铐与椅子阻止了。

乐瑾瑜摇了摇头:"真可怜,想不到当日那个玩弄着忧郁,书写着情怀的诗人邱凌,变成了这么一副让人觉得如同一条疯狗般的模样。"

乐瑾瑜的话语让我的心为之一怔。我意识到,乐瑾瑜是在刺激这个所谓的"天使"邱凌。

邱凌变得更加狂躁了,他再次想要站起,但镣铐让他无法伸展身体。这时,我注意到他那想要站起的身体,在尝试未果后坐下的瞬间,做出了一个不易被人察觉的小动作——他的上半身朝着乐瑾瑜所站的方向微微倾了倾。而这一身体语言想要诠释的答案是——他在赞同与迎合着乐瑾瑜的刺激。

一个可怕的想法在我脑海中"嗡"地一下跳出——乐瑾瑜在那四年的大学时光里,与邱凌有过多少交集我并不知道。我当前所了解到的她与邱凌的关系,只是听她自己诠释的。那么,实际情况呢?

我暗暗将乐瑾瑜在学院里陪同我与古大力调查邱凌的整个过程,

在心里快速回放了一遍。一个非常可怕的疑点突然间蹦了出来——在知悉了我们要调查的人是梯田人魔，而这梯田人魔就是邱凌后，乐瑾瑜便开始呈现出一种让人觉得有点奇怪的亢奋，仿佛对人魔邱凌的进一步剖析，会让她得到一种压抑很久最终得以释放出来的快感一般。

我不露声色，继续静静地看着面前的乐瑾瑜与邱凌。

"很好，你竟然敢辱骂神灵派来的使者，你这样做，所要付出的代价会是什么你意料不到吧！夜色来临的时候，你将害怕昂起头仰望天空。因为当你仰望天空的时候，拍打着翅膀的天使伸出的利爪，会将你撕成碎片，撕成碎片……"

邱凌第二次重复最后四个字的时候，声音好像被放气的轮胎，明显小了。但是他那咆哮着的嘴并没有合拢，嘴角反倒流出了一串发亮的唾液，落到了他被平平固定在椅子上的手臂上。

我往前跨出几步，因为我清晰地看到了他眼角开始抖动，这一细微动作时常出现在癫痫病人身上，正常人想要伪装是很难的。紧接着，他的眼睛竟然湿润了，也就是说在极短的瞬间，他由一个如同凶悍野兽的人魔，变成了一个流着口水挂着泪花的沮丧的家伙。

他的声音也带上了哭腔，不大，但是却很清晰，可能是因为这一声音尖细的缘故吧。

"我拦不住他，我也想拦住他，但是他太强壮太高大了。"他带着哭腔说道。

乐瑾瑜第一时间朝我望过来，但我并没有迎合她的注视，扭头冲审讯台前猛然站起的李昊与小雪做了个镇定的手势。

"我为他所做的已经够多了，但是他觉得一切不过是因为我害怕他，所以我才会忍让……"这个看起来企图阻拦天使邱凌行凶的阻拦者身体开始缩成一团，说话的声音里，也已经多了鼻涕充斥鼻腔的液体声响。

乐瑾瑜冷哼了一下，往前再次跨出一步。她的表情依然傲慢，将邱凌上上下下审视了一遍。很明显，她要用自己的方法，再次挥舞起尖锐的利刃，进一步刺激邱凌这个如同谜一样的对手。

我跨前两步，伸出手阻止了乐瑾瑜。乐瑾瑜愣了一下，看到的是我坚定与冷静的眼神。她嘴角抖动了一下，似乎要对我说什么，但最后硬生生将话咽了回去。她往后退了两步，站到李昊与小雪所坐的审讯台一旁，眼神中放出的光在消散，如同被收入剑鞘的利刃。

我转过身，面向邱凌。他并没有看我，表情痛苦地低着头，脸上的眼泪与鼻涕、口水同时朝下滴着，那模样让人觉得恶心反胃。

"邱凌，我想我会再申请一次带你走出看守所的机会。上次我是想带你去我的诊疗室聊聊的，可路上我改变主意去了沙滩。那么，今晚你我好好休息一下吧。明天，让我们在我的心理咨询事务所的弗洛伊德椅上，好好地进行一次具备一定深度的沟通。"

邱凌似乎并没有听我说话。他开始了碎碎念，隐隐约约地，我能听到"拦不住他"这么几个字。但是，我有一个心理医生才有的直觉，我能感觉到他并没有真的沉浸在自己的世界里，相反，他的碎碎念，只不过是麻痹我们的一个手段而已。

我笑了，就像乐瑾瑜嘴角上扬的那种笑："邱凌，知不知道我因为要了解你的过去,这几天来回奔走时最大的感受是什么吗?"

邱凌的身体很不明显地顿了一下,但他的碎碎念与脸上液体的滴落并没有停下。

是的,他在听,他在认真地听我说出的每一句话。

"我在想,如果十年前你刚走入苏门大学时咱俩就认识的话,很可能,我们能成为不错的朋友,甚至成为好兄弟。校园里,两个好兄弟同时爱着同一个女生的故事太多太多了,或许不会差你我这一对。"我说出的这段话是自己由衷的感想,毕竟对他了解得越多,越容易被他痴迷于某些东西的执着所感染,尽管,他痴迷的是我深爱着的女人与我从事的心理学研究。

"拦不住的,真的拦不住的。"他碎碎念的声音渐渐变大了,接着,他那满是体液的脸庞微微抬起,却又没有完全仰起。于是,他用翻白眼一般的眼神呈四十五度角望向我。

这种注视,让我感觉有点发瘆。

"沈非,拦不住的。就像你永远拦不住你的命运,拦不住那列飞驰的火车一样。"这位阻拦者邱凌小声说道。

我的身体开始颤抖起来……

"支离破碎吧,她对你的爱,又是其中的哪一片呢?"阻拦者邱凌那并未完全抬起的脸上,展现出一个无比诡异的笑容。

我往后直挺挺地倒了下去。

27

　　我再次来到那个有海风吹过的公路边，头顶是一轮圆满的皎月，但星子却尽数不见，因为它们被云彩拦住了，于是乎，唯一没被拦住的月亮，形单影孤，显得那么无力。

　　我没有开车，从公路边出发，朝着远处高架桥下走去，那是一座有火车不时驶过的桥，那一道道的铁轨如同钢筋铸就的手臂，整齐地码在铁架上，延伸往海另一边的海阳市市区。

　　终于，我看到了文戈，她站在10多米高的桥上，孤单的身影好似即将铸入铁轨的一颗长钉。她穿着那条白色的长裙，买这条长裙时她说，到怀上我们的沈小墨时可以穿，生完后还是可以穿。

　　这时，海风来了。长裙飞舞起来，与长裙一起舞动的是她那满头长发。我仰起头，尽管距离那么远，但是却能够看清她的脸。

　　她已经不是那个穿着红色格子衬衣的短发少女了。今晚的她化了淡淡的妆，甚至还有腮红。这让她的脸不至于那么苍白。自从沈小墨化为残肢离开她的身体后，她就很少笑了。抑郁症好像一团纠缠不清的麻绳，将她的世界缠绕。接着，她开始整晚整晚地不睡觉，持续地听同一首歌，却又哼唱另一个调子。

　　很可笑的一个现实情况是，在我们心理医生这个职业群体中，却有很多无法将自己治愈的心理疾病患者。人最可怕的一点就是，知道的多了，却做不到每一个所知都能融会贯通，而这些所知，反而会成为崩溃的原因。

是的，文戈知道一个人在什么情况下会患上抑郁症。因此，当她的人生中有了流产这种能够让人患上抑郁症的经历后，她顺理成章地抑郁了。

她想治愈自己，但是每一种治疗方法，对她来说都是了如指掌的。于是，这些方法都变得徒劳，无法说服潜意识里已经消极无比的她。

她不止一次地对我说："这是一个过程，低谷后的悲痛与惶恐，是人生的一种历练。"她还说，"涅槃重生，需要的是经历火焰。"而她，就是在火焰中寻找着蜕变。

我相信了，并且，当时我以为她真的会慢慢变好，因为我已经看到她嘴角偶尔上扬的笑容了。

直到那个下午，李昊将那起离奇的命案中最关键的那盘录像带拿给了我。我将录像带放入了播放机，文戈走到我身边。

她对我说了句："沈非，我想，我可能能够帮上你什么。"

当日的我对文戈的这一要求甚觉欣喜，因为她能够主动介入某些个案，就意味着她不再沉迷在受损的思维中无法自拔。

我们看完了那段录像带，只有1分23秒。画面中，是空无一人的酒吧吧台，唯一动弹着的，只有吧台上方挂着的那面电量已经不足，但还在尝试跳动的挂钟。钟摆已经不动了，只有指针还在努力。

1分23秒，没有任何收获。我正要将这段视频重新看一次，抬头却看到了文戈那张不知何时开始变得苍白的脸。

我连忙站起，她却淡淡地笑了，说要吃药了。

她转过身，倒水，吃药，接着又坐回沙发上看书。

那晚,她一个人出去了,说想回学校看看,毕竟假也休得差不多了,需要准备回去上班了。

她换上了那条孩子没了后也可以穿的白色长裙,拿着她自己的车钥匙走了。

她一宿未归,我打了她电话无数次,都是关机。我开车去了她的学校,学校的人说文戈压根就没有回来过。然后,我在这座城市里她可能去的每一个地方寻找她,都没找到。

凌晨3:00,我打给了李昊,打给了邵波。我那发颤的声音,让他俩意识到这不是玩笑。邵波赶过来和我会合,李昊当时还在局里值班,放下电话二话不说便领着两个同事,直接到监控着这座城市的天网系统中寻找。

邵波陪着我继续在大街上盲目地开着车。天微微亮了,车上的收音机里播放出一条新闻:市区外跨海的高架铁轨上,有人卧轨,被碾轧成了碎片。死者的尸体残肢从高架桥上掉落,在沙滩上被晨练的老人发现。

这时,我的手机响了,是李昊。

他告诉我,他马上要去跨海大桥一趟,有命案发生。他还告诉我,他已经在天网中找到了文戈的车,那台红色的汽车,开上了去往海边的公路。

我的心莫名地下沉。李昊接着说:"你和邵波自己来市局吧,我安排一下,小雪陪你们盯着文戈的车,你在旁边守着就行了。"

我在电话里问道:"你们现在要去的发生命案的位置,是不是跨海大桥铁路经过的高架路段。"说出这话时,我的声音开始颤抖起来。

李昊"咦"了一声:"你怎么知道的?"

"是不是有人卧轨了?"

李昊回答:"是的,应该是个年轻女性。"他说完这句后沉默了一下,也意识到了什么,"沈……沈非,你别紧张,应该不是的。"

"告诉我位置,我和邵波现在就过去。"

李昊犹豫了一下,最终将位置告诉了我。放下手机,我将车直接往旁边开去,最终停下。

"沈非,你脸色很差。"邵波在副驾位置上对我说道。

"邵波,我想……我想我可能开不了车了。"我拉开了车门,要和他换下位置。可接触到地面的腿一软,整个身子往下倒去。

邵波连忙绕过来将我扶起,放到了副驾位上。汽车被他发动,朝着海边开去。

一个小时后,我看到了文戈……

不过她在一个深蓝色的尸袋中蜷缩着,我无法看到没有了生命的她的模样,但是从尸袋鼓起的轮廓可以揣摩到,里面的她并不是人形。她是支离破碎的……

法医在现场不断地搜集着零星的残肢碎片,都只是很小很小的红色肉块与骨头。而我,并没有像闻讯赶来的文戈的父母那样大声哭泣,甚至企图冲进警戒线。

我如同失去了灵魂的行尸走肉,瘫坐在文戈停在路边的车旁……

穿着警服的李昊将一瓶水递了过来:"沈非,还不能最终确定,你别急。"

我冲他笑了笑。

不远处停着文戈的车，车门甚至都没关，那高高的铁架上有她那条长裙的碎片，随风在飘。甚至，我能在空气中捕捉到她身上熟悉的味道，尽管那味道与血腥味混杂在一起。

我拧开了水瓶，喝了一口水。

紧接着，我朝着空中如同喷射般吐出了泛着酸味的浑浊液体，继而大口地呕吐起来……

她，支离破碎……

我的世界，在那个夜晚后也支离破碎……

我醒来的时候，是在李昊的警车上。邵波与李昊正说着话，似乎在说哪个医院最近，要把我送过去。接着，我闻到了一股淡淡的香味，是依兰依兰花精油的味道。这种神奇的花具备镇定与催情的作用，让我感觉很亲切。

接着，我才意识到自己蜷缩在警车后排的椅子上，身体弯曲着，枕在乐瑾瑜裙下裸露出来的腿上。她那饱满圆润的肌肉，让我能够感受到成熟女性的健康与性感。

我连忙坐起，但头还是有点疼。

邵波与李昊也发现我醒来了，邵波探过头来："马上就到医院了，沈非你这身体啊……我正在抱怨李昊以后不能再让你介入这些案件了……"

"我没事，不用去医院了。"我打断了他的话，并冲着用关切目光望着我的乐瑾瑜点了点头，表示某种感谢。

我用力咬了咬嘴唇，疼痛感真实而又真切："李昊，送我回诊所吧！"

"沈非，我们几个今天都陪着你吧。"李昊用不容拒绝的语气对我说道，"我已经给同事们说了，今晚就算有人被杀，也不要打电话给我。我们兄弟三个好好聊会儿天，听你说说话。就算我们不是心理医生也都知道，很多东西，在心里憋着憋着，久了就会憋成变态。"

"我们找个地方喝点酒吧？"我望着窗外淡淡地笑了笑。我们正在经过海阳市体育场，去年7月，梯田人魔案的第一个受害者，在这里的看台上被人发现。那赤裸的身体被折断成三节，如同铺在地上的兽皮地毯。

"你确定你的状态能喝酒吗？我记得你已经好久没喝酒了。"邵波问道。

我没有回头，继续望着窗外："是好久没喝酒了，从文戈那年离开后，就再也没喝过酒。"

"不过今晚……"我顿了顿，"今晚我想醉一次。"

第十章
依兰依兰花精油

我始终无法抵抗的是自己作为成年男人的动物本性。面前这熟睡的女人,是已经怒放的花,而我,是一个没有伴侣的正常男人。

28

我醒来的时候，是在一个有点湿的凌晨。我仰卧在客厅的沙发上，衬衣敞开着，有一双纤细的手，搭在我裸露的皮肤上。

接着，我看到了乐瑾瑜，她双腿弯曲着坐在地板上，头枕着我的胳膊，正睡得酣畅。她身上穿的还是昨天下午那件粉紫色的衬衣，张开的衣领里，能窥探到浅色的有着绣花的胸罩。她的大腿圆润，短短的一步裙如同被胀开的花瓣，想要呈现的是花蕊的美艳，让我不由自主地多看了一眼。

是的，无论我如何痴情于过往的爱人，但我始终无法抵抗的是自己作为成年男人的动物本性。面前这熟睡的女人，是已经怒放的花，而我，是一个没有伴侣的正常男人。

我不可能不乱想的。于是，我伸出手，将她的手拿开，接着从沙发上坐了起来。

很奇怪，这个宿醉后的早晨，我并没有头疼。空气中，还有一股依兰依兰花的香味，我知道，这是乐瑾瑜身上散发出来的精油味道。

我又扭头去看她，她蜷缩着的姿势，如同一个在生活中经常看到的东西，但我又想不起是什么。我觉得自己有必要把这种东西的名字想出来，思绪不由自主地继续浮想联翩……

我猛地站了起来，因为我想到了她这一让我感觉美好的姿势像什么了……

她像是台阶上铺着的用人体扭曲而成的地毯……手放在沙发上，身子靠着沙发，臀部坐在地上，腿弯曲着……

这一发现让我瞬间清醒了不少，包括空气中混着催情的香水味道，似乎一下从我嗅觉中被抽离。我迈步走向窗边，将窗户推开。

这是一个有着露水的凌晨，整个世界如同被洗过一般。我深呼吸，感觉自己似乎是再次走入社会，身后是我与文戈所有的故事。

我笑着，嘲笑着自己傻得可以的过去。两年了，有什么伤口，需要用两年才能最终愈合呢？

我转过身，走入卧室拿出一条毯子，搭在乐瑾瑜身上，也遮盖住了她对成年男性具有足够诱惑力的身体。尽管依兰依兰花的香味，依然让人向往着。

猛然间，我想起一个细节来——我记得昨天中午乐瑾瑜跟我们一起去看守所的时候，她身上的香味似乎是茉莉花香。之所以我会把这个细节记得那么清晰，是因为当时我还在暗暗想着这位精神科医生，懂得用茉莉花精油的味道来刺激自己的自信心，进而呈现出最为饱满的工作状态。

这，也就意味着，昨天我在审讯室昏迷后，直到我醒来的时间段里面，她悄悄地在身上喷了依兰依兰花的香水或者精油。而依兰依兰花的作用，她不可能不懂，镇静只是它其中的一个而已。

是的，依兰依兰花香是最具催情作用的，甚至有人把它称为情欲之花。

我觉得面前的乐瑾瑜越发神秘起来，为什么，她要在我身边使用这种奇特的精油呢？

我又看了她一眼，觉得自己可能多虑了。毕竟，对方是个已经28岁的女人。很明显的一点是，她单身。虽然她身边不会没有追求者，但对于人性了解得足够透彻的女人，往往更难以被人感动与轻易心动。除非，对方是在她情窦初开时的某些情愫，才会是她变得不理性的缘由。

我不想再往下想。我从没有觉得自己有多优秀，但是一直以来，还是有一定的女人缘。不过，我身边有文戈，以前有，现在……现在是在我心里有，将来……将来，我心里也永远只会有她。

我走入洗手间洗了个澡，换了干净的衣裤，接着拿起邱凌那沓被我一直放在客厅茶几上的档案。7:00已过，或许，这个时间，就是某一页被翻过的日子的开始。尽管，我心里还是只有文戈。

我静静地翻阅着邱凌的档案，与我这几天逐步了解到的差不多——他在回龙镇读完初中后，才被父母接到海阳市，进入海阳市三中。他高三确实也有复读，最终考入苏门大学教育专业读完了本科。毕业后，他进入他父母工作的学校，教了一年书，之后才考上公务员，进入了国土局。

在单位，他很普通。家庭关系似乎也很简单，独子，早早离开家在单位宿舍住着一个单人套房。他没有得过任何嘉奖,但是也没有犯过任何错误,整个档案如同平淡的流水账,显得那么敷衍——对于一个有过抱负的年轻生命的敷衍。

我望向档案上方他刚毕业进入学校上班时的相片。相片里,他留着整齐但不长的分头,眉目间寄居着某种忧郁,而这种忧郁,让我有某种想要窥探深入的冲动。于是,我死死地盯着他的眼睛,黑框眼镜后面的眼睛。

我看到了压抑,看到了憋屈,我还看到了在其间闪啊闪的某些东西。这时,我想起了邱凌为了进入苏门大学,选择复读时而答应父母的要求——报考教育专业,原因自然是毕业后可以接父母的班,成为一名平凡的老师。

他不可能做到的。

他是一个桀骜不驯的血腥屠夫的儿子,注定了他身体里有着张扬跋扈的基因。他一定渴望过辉煌,放肆地想要任性与猖狂。当然,我们不能断言他承载了父亲的遗传因子,就注定是残忍的。但是最起码,他不可能平庸,不可能平庸得如同这档案里的薄薄几页纸。

事实最终也证明了:他确实不平庸。他所犯下的血案,势必将成为刑事犯罪案例中极有代表性的一例。况且,他当下所呈现出来的一切,如果最终被定性为多重人格,那么,逃脱了法律制裁后进入精神病院的他,也同样会成为心理学领域最为典型的个案。

我将邱凌的档案资料重新放回档案袋里,再次望向窗外,此刻晨曦正好。看守所里的邱凌这会儿肯定也起来了,他可能也在仰望铁窗外的天空。我想:他应该在等待,等待着与我的命运的碰撞。

因为我的世界里,似乎有他所热爱的一切。

"沈非,你什么时候起来的?"身后传来了乐瑾瑜的声音。

我扭过头,冲她微微一笑:"比你早半个小时吧,昨晚我喝得很醉吧?辛苦你了。"

"没什么,我自己也醉得很厉害,李昊和邵波把我俩送回来扔在客厅,便笑得贼眉鼠眼地走了,我费了很大劲才把你拉上沙发,可自己头也很晕,也不知道怎么就坐在地上睡着了⋯⋯"乐瑾瑜边说边把散开的头发收拢,扎了个松松的把子。

"我给你拿个牙刷和毛巾吧!"我一边说着一边往客房里走去。

"嗯!"乐瑾瑜似乎还有什么话想说,可是又硬生生吞了回去。

"你还需要什么吗?"我扭头问道。

"我⋯⋯我的衣服上都是酒味,你⋯⋯你能拿件干净的衣服给我吗?"乐瑾瑜问道。

"我拿个 T 恤给你吧!"我边说边朝着自己房间走去。

"可是,沈非师兄⋯⋯可是我的裙子也脏了,昨晚在楼下你吐了,我裙子上有酸酸的气味。"乐瑾瑜边说边扭过了头,似乎害怕我看到她脸红。

"那我拿条沙滩裤给你。"我扭开了自己的房门。

"你可以拿一套文戈姐的旧衣服给我吗?"乐瑾瑜的声音在我身后响起,紧接着,她似乎鼓起了很大的勇气,大声说道,"我不介意穿文戈姐的旧衣服,而你,更加不应该介意,因为你昨晚上说了很多很多次,你完全放下了,也完全能够走出两年前的阴影了。"

我怔在原地。

是吗？我放下了吗？

我不可能放下，也永远不能放下，只是，我开始直面这一切。

"沈非师兄，你是一位优秀的心理医生，你明白真正强大的灵魂，能够打败一切来自内因的恶魔。并且我也相信，你肯定能够将这个恶魔打败的，就像你肯定能够将邱凌这个变态凶手绳之以法一样。"

乐瑾瑜是在激励我，用最简单的心理治疗方法——激励。诚然，我与文戈一样，我们懂的东西太多了，所以，对自己的心病反而很难释怀，太妙的方法反而会让我们反感与厌恶。

我转过身，但并没有看乐瑾瑜的眼睛。我走出房间，转身，向前。

我在客厅拿起了那片钥匙，打开最里面那间房间的门。这里，是我与文戈以前的卧室，而现在，这里是囚禁我与她所有回忆的堡垒。

我按开了灯，深吸了一口有着文戈气味的空气。

"瑾瑜，我知道你故意这样做是为了什么。你是在强行让我面对。"我扭头看着她那双明亮的眼睛说道，"瑾瑜，我能做到的也只是面对了。至于如何释怀……可能永远无法做到了。"

乐瑾瑜听到这里，眼神中闪过一丝什么。似乎有欣喜，但是更多的像是失望。

她淡淡地笑了笑，却没有走上前来。她扭头望了望窗外，耸了耸肩："沈非，我其实挺笨的，我的酒店就在你们小区对面，直接过去换一身就可以了,没必要真的用文戈姐的东西。"

"不过……"她回过头来,"不过那个酒店的洗手间挺小的,你不会介意我在你这里先洗个澡再穿着你的沙滩裤和 T 恤回酒店换衣服吧?"

我笑着,笑得很努力,努力让自己好像有足够的勇气坦然于她玩笑般说起与文戈有关联的一切。

我点着头:"不介意。再说,我的 T 恤和沙滩裤,你穿着也应该很好看。"

29

走出浴室的乐瑾瑜,身上还有着依兰依兰花的香味,让我不由自主地偷吸了几口。她湿漉漉的头发梳往脑后,显得脖子很长。同样修长的,还有她裸露出来的圆润双腿。

我们一前一后走出了我家的房门,对面的阿姨正好也从家里出来。她瞅见我身旁的乐瑾瑜后愣了一下,但瞬间换上了微笑:"沈医生,这是女朋友吗?"

我连忙摇头,但还没开口说话,乐瑾瑜便冲阿姨笑着说道:"阿姨你好,我姓乐,你叫我瑾瑜就可以了。"

我只得搪塞一句:"是师妹。"

"嗯!表妹挺漂亮的。"阿姨耳朵有点背,也不知道她到底听明白没有,她笑着点头,"挺好的,挺好的,有个表妹挺好的。"

我开车出小区,停在对面酒店楼下等了她半个小时,其间给李昊打了个电话,要他给我安排与邱凌在我诊疗室里谈话的事。李昊说还在打报告,不过问题应该不大,毕竟汪局支持。

换了一套浅蓝色运动装的乐瑾瑜终于走出了酒店。她似乎心情很不错,望着车窗外对我问道:"你每天都这个点去上班吗?"

我点着头:"诊所上午10:00开门,但是我习惯每天8:00出门,吃点东西,然后到处转转。"

"去哪里转?沈医生每天早上还要游个车河吗?"

我苦笑着:"也算游车河吧!习惯而已。吃完早餐,我会开车到文戈的学校,在学校里面转个圈再回来,就好像以前的每天一样,送她上班。"

说完这话,车里的空气似乎凝固了。尽管我想让这话题显得坦然,因为我终于能够将它说出来,而不是憋在心里。但,它是伤感的,并且伤感得那么彻底。

"沈非,真希望你能够真正站起来。"乐瑾瑜叹了口气。

"一定能的。"我点着头。

遇到八戒和古大力是在我们吃完早餐回诊所的路上。人民公园门口有一排上百年的大树,很多老头在树下打拳或者下棋。我与乐瑾瑜将车开得很慢,因为眼前的这些画面会让人心境变得安详。

就在这时,我们看到某棵树下的石台前,居然坐着两个胖子,两人面对面低着头,正在下棋。而这两个胖子,居然是古大力和八戒。

"那不是跟你一起去苏门大学的古大力吗？"乐瑾瑜最先发现他俩。我也被震撼到了，因为我记得，他俩之前并不认识才对，况且唯一的一次交集，应该只是几天前在我诊所里的那次会面。这一刻，两人却像多年的好友一般，在清晨的人民公园下着棋。

"过去看看他们在干吗。"我将车停到路边的停车位，对乐瑾瑜介绍着另外那位胖子，"你昨天应该听他们说起过八戒吧？邵波的搭档，嗯，也就是现在和古大力下棋的那位。"

"哦！"乐瑾瑜点着头，跳下了车，"他应该情商挺高的。"

"为什么这么说？"我饶有兴趣地问道，因为身旁的这位散发着依兰依兰花香的女人，并没有和八戒有过接触，单从外表进行这种判断，自然应该有她的理由。

"感觉吧！"乐瑾瑜笑着说道，"你看他肥头大耳的样子，穿的也算是商务男装，可偏偏咬着一颗棒棒糖，让人觉得很亲切，从而愿意和他打交道，觉得是一个顽皮的大孩子。"

"确实算吧！"我点着头。

让人觉得奇怪的是，同样是在下象棋，他俩身旁另外几个石台的旁边都有人围观，只有他们那一桌没有。看来，就算是情商高的八戒，也并不具备磁场的吸引力。

走近后我才发现他俩没有围观者的原因——他们在下儿童象棋。

所谓的儿童象棋，就是把所有的棋子都反扣着，将半个棋盘的格子摆满，一人翻一个如同下军旗般的弱智玩法。

我和乐瑾瑜都笑了。乐瑾瑜率先冲古大力大声喊道："大力哥，你不是说自己智商不低吗，怎么下这种规则的象棋啊？"

古大力被乐瑾瑜的喊声吓了一跳，差点从石凳上摔倒在地。扭头看到我俩后，便咧嘴笑："正常规则八戒下不过我，让他两个车都不行。"

"得！你牛×总可以吧？我就算下不过你，也不会像你一样，坐着下两个小时棋，从石凳上摔倒三次。"八戒也看到了我们，冲我们笑着，叼着的那根棒棒糖让他显得很欢乐。

"你俩怎么聚到一起的？"我问道。

古大力抓了一把石台上撕开了封口的鱿鱼丝塞进嘴里："昨天上午八戒这胖子不知道从哪里找到了我的电话号码，打电话给我，说你和邵波、李昊几个人，上看守所会邱凌去了，剩下我和他两个，啥情况都只是了解个片面，憋着难受，所以找我吃饭。"

"接着就一起吃了晚饭，把我们调查到的东西互相之间交个底。不知道怎么就说到下棋上面来了，约了今天早上来下棋。"八戒抢着说道。

"为什么不打给我们呢？昨晚我们几个一起吃饭喝酒，早知道就叫上你们俩了。"乐瑾瑜说道。

古大力瘪嘴："我倒是想打电话给你的，可八戒说你们火线出击，金牌团队在看守所和那变态邱凌针锋相对，打给你们怕影响你们收服那变态。对了，昨天怎么样了？搜集回来的东西，把邱凌这家伙直接给震到投降了吗？"

"你说呢？实际上我们所有人对他过去的碎片捕捉，并没有能够证明邱凌伪装成病患的实质性证据。"我看着他俩说道，"总不可能说就因为他生父曾经犯下过血案，就定论他必然嗜血。也不可能因为他暗恋过文戈，就必须是个凶徒。这些之间，压根就没有因果关系。"

两个风格迥异的胖子都若有所思地点了点头。八戒偷偷瞄了一眼乐瑾瑜："你就是沈非从苏门大学带回来的乐老师吧？"

"你可以叫我乐医生，因为下个月我就要调到海阳市精神病医院做大夫了。"乐瑾瑜冲八戒客套地微笑，"昨天听他们说起过你，目前看起来确实人如其名……不！我的意思是说人如其名的可爱。"

八戒讪讪地笑："说我胖也没事，我不介意来着。"说完这话，八戒冲乐瑾瑜伸出了手，"得！我就是八戒，很高兴认识你这么位美女医生。对了，我31岁，和你一样未婚来着。"

"你怎么知道我未婚？"乐瑾瑜伸出了手。

八戒冲坐在旁边瞪着绿豆眼的古大力努了努嘴："大力说的啊！大力还说，逮个机会他又犯病半年，回医院和你好生亲近一下，弄不好出院时，他下半生就从此被改写了。"

"我哪有说这种话？"古大力脸红了，结巴起来，"我……我的意思只是……我是说我……我……我那个啥。"

他的语无伦次说明了八戒说的话八九不离十。可就在这时，我的手机和八戒的手机差不多同时响起，我俩掏出手机看了一下屏幕，接着对视了一眼。

"是邵波！"八戒对我说道。

"打给我的是李昊。"我冲他点头，接着按下了接听键。

"沈非，汪局那边点头了，不过可能不能等到下午，必须现在就带他过去。"李昊说电话总是单刀直入直奔主题。

"为什么要现在？下午比较好，午饭后两三点人的精神防御能力是最弱的。"我建议道。

"他下午要被带去省厅，省厅有个什么专家组要用专业仪器对他进行测试，据说没有人能够骗得过那些机器的。"李昊说这话的语气酸酸的，似乎对省厅的人始终有一股情绪。

"那……那需要我诊所怎么配合吗？"我点头。

"邵波会带着八戒提前过去安排，这家伙虽然不是我们公检法系统的，但是对程序还是了如指掌。看守所那边在准备车，我们大概10:00到，中午1:00左右走。沈非，我给你3小时够不够？"李昊问道。

"够了！"

挂线后八戒对我嚷嚷："邵波要我去你诊所，就现在。"

"我知道。"我冲他点头，接着望向古大力，"大力，你没见过邱凌吧？"

"看到过照片。"古大力是个实诚人，一本正经地说道。

"走吧！跟我去我的诊所，一会儿李昊会带邱凌过来。"

古大力愣了一下，接着连忙站起："成，我看能不能帮上些什么。"

乐瑾瑜插嘴问道："沈非，邱凌现在就要过来吗？"

"是的。"我点头。

"哦！"乐瑾瑜皱眉了，"你准备与他来一次什么样的对话？"

我抬起头望了望刚升起的那轮红色骄阳，手掌用力搓了几下，手掌很干燥。

"瑾瑜，你觉得我能够把邱凌催眠吗？"

乐瑾瑜一愣，紧接着摇着头："沈非，我不是不相信你的能力，但我更加相信的是——邱凌早就能料到你会对他催眠。如果他要对你的精神世界进行攻击，催眠，似乎也是他能用上的最好的武器。"

"是吗？那我似乎也可以被他催眠一次。"我将十个手指的指尖贴到一起用力按了按。这是尖塔式手势，强大自信的表现，乐瑾瑜应该懂的。

她笑了笑："看来，你是有一定把握了。"

9:10，我们回到观察者心理咨询事务所，邵波已经坐在门口的沙发上等我们了。茉莉花香的空气清新剂，让人觉得这是美好一天的开始。前台的佩怡冲我和我身后一起走进来的三个人点头："沈医生，邵波哥要我给其他医生打电话，他们都会吃完午饭再过来。约在上午的那几个病患我也都通知了，改成下午或者明天。"

"嗯！"我点了点头，"陈教授呢？"

"他马上就到。"

"已经到了。"声音是从我们身后响起的，只见陈蓦然教授提着一个黑色的皮包走了进来，"沈非，你要的药物我已经给你带过来了。三唑仑的用量，相信不用我教你吧？"

"就算我们真的把握不好，也有乐瑾瑜在，她可是有资格开处方药的。"我接过了教授递过来的皮包。

20分钟后，一杯融入了催眠镇定药物的牛奶与一杯同样放了药物的咖啡摆在了我的桌面上。

9:45，李昊的电话打了过来："我们10分钟后就到，现在还差两个红绿灯。"

9:50，我将修剪指甲的锉刀放进了抽屉，接着拿出一本崭新的笔记本，这本笔记本将会记载一个叫作邱凌的病人的所有病史。

我拿起桌子上文戈的相片，朝着诊疗用的弗洛伊德椅走去。我把文戈的相片放到我与邱凌即将坐的座位前的小茶几上。文戈在相框里微笑着，看着她热爱过的世界。

9:53，铁链在地上拉动的声音响起，很远，但是很清晰。我知道，这是邱凌到了，他应该正抬头望着我的观察者事务所的大门。我相信，在之前的年月里，他一定无数次在街角或者对面盯着这扇大门看，至于他每一次远眺的眼神里蕴含着什么，却是我无法揣测出来的。

9:57，被两个武警架着的邱凌，出现在我的诊疗室门口。武警想要架着他走进房间，但是被李昊制止了。

我伸出手指了指我面前的沙发："邱凌，不介意和师兄一起聊聊吧？"

邱凌站在门口没有动，因为手铐与脚镣之间那条细长的铁链，让个子不矮的他，弯曲得像是一只可悲的虾。他看了我一眼："沈非，我想要站直一点，最起码不用仰视你，这要求应该不算过分吧？"

我冲他身后的李昊说道："能去掉他镣铐上那条细长铁链吗？"

李昊摇头。

"如果我坚持呢？"李昊是知道我的性格的。于是他回过头，小声和那两个武警说着话。

这时，我那半开着的窗户外，开始有人影闪动。那军色的制服让我明白，诊疗室已经成为一个被封闭的世界。

最终，李昊有点粗暴地将邱凌拉得转过了身，用钥匙将铁链取下。

"这是底限。"李昊再次检查了一下邱凌的手铐与脚踝上的脚镣，对我沉声说道。

30

房门被李昊带拢了。转过身来的邱凌，腰杆挺得很直，他的眼睛透过那副依然闪亮的眼镜，四处打量着。诊疗室里的每一个细节，似乎他都想洞悉透彻。

"你应该进来过吧？我家里的布置你都一清二楚，不可能这里的一切，你反而是第一次看到。"我端起了牛奶和咖啡，放到了与他即将开始对阵的沙发前。接着，我率先坐下，很放松地靠在靠背上，用绝对优势的目光望着他。

"我没去过你家，不过，每周给你做清洁的阿姨，只需要200块，就给我拍回了上百张相片，甚至包括你床头抽屉里面放的那半盒两年没用过的避孕套。"邱凌转过头来望向我，表情很放松地说道。

"你挺有心的。"我指了指面前的沙发，"坐吧！我刚才移了一下，你与我会是平等的。"

"有录音吧？"邱凌缓缓地移动着步子。看得出，他在努力让自己看起来不那么狼狈，尽管他被脚镣禁锢得好像一个小脚的老太太。

"你能接受我录音吗？就算你接受，我的录音能录到一些我们真正想要的内容吗？"我反问道。

"嗯！你们想要什么我并不知道。我这么一个罪孽深重的人，是需要得到法律的严惩的。尽管，我并不知道我身体里的另外一个自己，到底为什么要犯下这些罪孽。"说这话的他已经走到了我面前，他的嘴角是往上扬起的。我能够明白他这滴水不漏的话语与得意表情要表达的是什么——他在悠闲地向我发起挑战，并且，他很期待这场对战。

我点头。

邱凌坐下。

"这里有两杯热的饮料。"我指了指面前的茶几。

"牛奶与咖啡，牛奶能缓和情绪，辅助入眠。咖啡提神，让人亢奋。"邱凌往后靠了靠，摆出了一个很松弛的表情来。我这才意识到，他在门口对房间每一个角落的窥探，是在寻找监控探头。最终他没有看到那圆形的小机器，才开始肆无忌惮地在身体语言上，对我叫嚣与冲撞。

我微笑着望着他的高姿态，听到的却是他用那谦逊的语调继续着："说说今天的主题吧？首先，你并不是刑警，只是一位心理医生。那么我想，我不应该把与你的这次谈话看待成审讯，而应该看成你对于我这么个有着多重人格障碍的患者的一次治疗吧？"

"算是吧，"我再次伸出手做了个请的手势，"选择一杯喝的吧。"

"饮料里面放着具备催眠镇静作用的药物吧？"邱凌双腿想要完全伸展，但是因为脚镣的原因，只能算是伸直而已。

"是的，今天我想尝试的是催眠疗法，相信你不会觉得陌生吧？当你走进这个房间的时候，你的鼻子就微微抽动了几下，苦橙花精油的味道，应该第一时间就告诉了你我想要做什么。"我望着他的眼睛。邱凌并没有回避，并且他将他的微笑收拢了，眸子里闪出决绝的斗志。很明显，他和我一样，尝试在气势上占据主导——对于这一次谈话。

"沈非，你很幽默。你觉得我会喝下你已经让我知晓放了药物的饮料吗？"

"两杯都放了。"我照实说道。

"哦！"邱凌看了看那两个杯子，"那沈医生这样做想要怎么样？可以说说吗？"

我点头："邱凌，如果你我都将注意力集中，来进行这次谈话，那结果肯定会是索然无味的。所以，我们都喝下这杯有催眠作用的饮料，那么今天上午，我们可能会聊出一些火花。"

"有点意思。不过沈非，这对我还是不公平的。"邱凌伸出手拿起了那杯咖啡："你毕业七年了，从事的一直都是心理咨询临床治疗。而我，只是一位教育学专业毕业曾经的老师，懂一些心理学而已。"邱凌笑了笑，将咖啡放下，接着把那杯牛奶端了起来，"不过，沈医生，你今天肯定是想要我好，我明白的。你这样做是想把我身体里的那个恶魔呼唤出来聊聊。那么，我就满足你吧。"

他举起了那杯牛奶，戴着手铐的他这一动作无法优雅，但还是具备某种气度:"我摸了摸杯子,都不烫了,可以直接喝下去。那,我们一起吧!你昨天不是说过吗?如果我俩当年就认识,可能会是好朋友。"

我举起了那杯咖啡,对着他手里的玻璃杯碰去:"干杯。"

邱凌却将杯子往后一收,躲开了我的这一示好:"嗯!沈医生,昨天我忘记告诉你了。如果当年我们就认识,也绝不可能成为朋友的。那么,现在更加不会,以后……"他摇了摇头,"如果有以后的话,到时候再说吧。"

说完这话,他将牛奶一口喝下。

玻璃杯被他扔向身后,碎裂的声音,在这隔音效果很好的房间里,显得那么清脆。

他的眼神变得越发犀利起来,近乎于挑衅般的眼神注视着我,说话的语气却还是那平淡温和的音调。

我将咖啡一饮而尽。他的傲慢实际上是对自己强大内心世界的自信的体现。他接受了我的建议,并且选择本来就有舒缓心神作用的牛奶。当然,我也可以理解为,他选择牛奶的原因,是因为他小肚鸡肠地认为我会将牛奶里面的剂量放少一点。

10:18,邱凌进入我的诊疗室已经快 20 分钟了,他已经喝下了催眠药物,比我最初计划的提前了两分钟完成这一步骤。

"靠着休息一会儿,我们一起感受下药物的强大作用吧!"我建议道。

"可以。"邱凌说完这话后,将双手放到了膝盖上,目光望向茶几上文戈的相片:"不介意我多看看她吧。"

我耸了耸肩。

7分钟后，具备弱化他构建的强大堡垒的因素即将出现。

10:25，诊疗室的门被人猛地一下拉开了，正低头的他似乎被吓了一跳，如同一只警惕的刺猬般站起，对着身后望去。

门口出现的是陈蓦然教授，他的出现让邱凌明显有点措手不及。

教授瞪大着眼睛，望着戴着手铐脚镣的邱凌喃喃地说道："真的是你，想不到恶名昭彰的梯田人魔真的是你。"

邱凌疯狂地摇头："不，陈教授……"

紧接着他转过身来，音调提高了："沈非，为什么老师会出现？这不是你我的私密时间吗？难道你与你的病人谈话的时候，外人能够随时冲进来吗？"

"教授是外人吗？"我反问道，"你曾经是他的骄傲，是他始终挂在嘴边的学生，这点你不会不知道吧？况且，毕业后，你还与教授通过几年电子邮件，聊过人生。那么，你现在这个模样，教授看到了感觉心疼，不对吗？"

"沈非，我小看了你。"邱凌冲我摇着头，紧接着他朝着教授身后敞开的房门喊道："李队，我只是犯罪嫌疑人，并不是你们拉出来随意给人参观的猴子，不相关的人，不应该出现在这里吧。"

"是的，我并不相关。"教授叹了口气，"邱凌，这不该是你的人生。"

教授的身影很快消失在被合拢的房门后，依然站着的邱凌，似乎还是不放心，继续盯着那扇门看了几秒。最终，他回过头来，重重地坐下:"沈非,以前我暗地里揣测过你的人性,揣测过你的卑劣,最终我告诉自己,那可能只是我无法客观地看待你而已。现在,你安排陈教授在这个时间段出现,利用我对他的尊敬来冲击我的情绪,就确实很无耻与过分了。"

"请说说有什么过分。"我很平静地说道,"房间里没有监控,也没有录音,其实你大可不必这么遮遮掩掩,有什么直接开诚布公地说出来,无所谓。"

邱凌低头看了看文戈的相片,接着他做出了一个很细微的动作,而这一细微动作让我在那一瞬间一下捕捉到了——他瞟了我一眼,而且不是透过镜片,也就是说,他在这一低头动作时很随意地偷偷看了我一眼,这一眼他是用他的高度近视的眼睛裸眼直接看我的。

我假装没注意到这一细节,低头在笔记本上随意地画了几下。

"沈医生,你不用一而再再而三地解释监控与录音的问题了,我不关心。而且这些对你我之间的一些私人问题而言,也无关紧要,我不觉得与你这么个人物一起爱过某位女性是可耻的。是的,你现在站在一个明显的优势高度,用俯视的目光望着我,但是我也可以很明确地告诉你。在我眼里,你是个卑劣的小丑,以前,现在,以后。"

邱凌的语调开始升高了。

我继续在笔记本上随意地涂画着,并写下四个字:恶魔来袭。

但我本以为即将持续激动,并切换出第二个邱凌的他,语调突然下降了:"对了,你读过我的诗吗?应该没有,你这种在学校里威风过的大人物,不可能注意我这种没有光彩的学弟在校刊上的文字的。"

"你是说你署名为鱼的诗吗？"我故意问道。

"你看到过吗？"邱凌抬起头来，眉目间竟然是欣喜，"你是在哪里看到的？"

"在你留下过那些诗歌的每一个地方。"我也抬起了头，说着自以为将他一步步逼到了墙角的回答。

"那么，你也读到了那首叫作鱼的诗吧？"邱凌眼神越发变得单纯，似乎很期待我肯定的回答，就好像一个顽皮的儿童对刚走进他家门的大人显摆他的玩具时一般。

我耸了耸肩，读出那首《鱼》的最后两句："还有还有，还有纠缠不清的断肠。"

"看来，你确实已经读过。那么……"邱凌那欣喜的表情转瞬即逝，他的头开始再次低下，用眼睛往上翻的方式继续注视着我，眼白如同死鱼的肚皮。

他吸了一下鼻子，鼻腔里似乎湿润了："那么，你应该到了那棵大树下，也找到了与这首诗一起盛在木盒子中的文戈的骨灰。

第十一章
偷窥者的夜晚

隐隐约约地,一个蹲着的人影,在那位置慢慢显现出来,跟着他一起出现的,还有一排低矮的灌木。

31

我脑袋一片空白，猛然站起，大步跨上茶几，接着身体如同崩塌的雪山般扑向面前的邱凌。我感觉得到自己的声音在变调，近乎癫狂，脑海里全都是那个夜晚被我倒在地上的灰白色粉末。尽管当时古大力提醒过我，但我怎么都不可能想到那盒骨灰，会是文戈的。

"你骗我的！你说谎骗我的！"我咆哮着，狠狠地揪着他的衣领将他提了起来，"文戈的骨灰只是被你藏了起来，说，你把她藏到了哪里？说！"

邱凌的眼镜掉到了地上，接着失态的我并非有意地踩到，眼镜变得支离破碎。但邱凌似乎并不在乎，他脸上所呈现出来的表情，是对这个世界上任何东西都已不在乎的那种坦然，但是眼角又似乎有点湿润。

"沈非，我拦不住他的，就像我拦不住肆无忌惮冲撞向文戈的列车一样。"邱凌的声音变了，变得低沉与碎碎念，"我也拦不住你，拦不住你陷入过往种种之中的痛苦与无法自拔……"

说完这话，这位眼泪已经溢出眼眶，鼻涕与口水也从口鼻滑出的邱凌抬起了头，那分不清是犀利还是安静的眼神中，呈现出如同湖水般的深邃："沈非，你还记得七年前吗？那一晚你对文戈说过，会永远永远和她在一起。"

他猛然将我往后一推，让我重重地坐到了两个沙发中间的茶几上："现在，让我们一起回到那一晚吧……"

我又一次来到了那个海风吹过的公路边，有圆满的皎月，星子依然尽数不见。乌云没能拦住的月亮，形单影孤，显得那么无力。

我走出了汽车，习惯性地朝着高架桥的方向望去，可看到的却不是熟悉的钢铁巨人……

那里有一棵树，孤孤单单地伫立在荒野中。这时，风吹过来，树叶"哗哗"作响。

我认出了这里，这是我与文戈埋下她少女时期记忆木盒的树下。于是，我大步奔跑过去，但是不管我怎么用力迈动步子，那棵大树总是那么遥远，无法靠近。

我站住了，也突然明白。眼前这一切其实是我记忆中的一个片段，它独立存在着，如同我过去时光中的一个里程碑。在它之前，是我与文戈的大学时光，之后，是我与文戈走入社会后的携手岁月。

我安静下来，感觉眼前这如同烙印在心坎上的一切的出现，或者说那个夜晚我与文戈的私密故事，将在这里重新上映。

我朝大树周围空旷的荒野望去，很快就捕捉到两个牵手走来的人影。留着看起来傻傻的分头的是当日的我，穿着蓝色的牛仔裤与白色的旅游鞋，浅色的T恤上是尤文图斯队的徽章。我环抱着那装着秘密的木盒，另一只手紧紧地握着文戈。

文戈脸上荡漾着幸福的微笑，这微笑是那么熟悉，让当日与现在的我涌出千般爱怜，想要万般疼惜。那年的她，短发让她的脖子显得好长，红色的格子衬衣纽扣敞开了两颗。微风放肆地吹入，想要触碰她丝般的肌肤。

我再一次朝前奔跑起来，想要冲到他们跟前。

可依然徒劳无功，依然望尘莫及。于是，我开始大声呐喊，但是张大嘴后，发现声带如被切割般，压根无法发出音符。是的，我在徒劳地注视着过往的记忆，我并不是时间中穿行的行者，不可能改变，也无力触摸。

远处的我与文戈，重复着我记忆中的动作。他们交谈着，但是我却听不清楚他们交谈的内容。我知道，其实记忆存储的内容，画面多过言语。接着，他们用那一柄小铲子挖了个小小的坑，将那个盒子埋下。

他俩再次开始说话。这时，皎月依旧，繁星钻出了乌云，那点点星，在夜空中如同钻石般闪亮。穿着浅色T恤的我搂抱着文戈，开始说那些激情飞扬的话语，誓言要给予文戈美好的未来。可这时的文戈，表情似乎有了一丝变化，眼神开始游离，不时朝正在抑扬顿挫的我身后瞟去。

我开始意识到什么，朝着那个方向望去，隐隐约约地，一个蹲着的人影，在那位置慢慢显现出来，跟着他一起出现的，还有一排低矮的灌木。他个子不矮，因此，他必须蹲成一个很吃力的姿势，才能让自己不至于暴露。

是邱凌吗？我开始怀疑，但是我又不能确定。因为这个他，单薄得好像被风吹得随着灌木摇摆。

我开始听到一种声响，来自他的鼻孔。沉重，急促，宛如被激怒的牛犊在尝试压抑怒火。

文戈又朝着这丛灌木看了一眼，但她面前那眉飞色舞的少年，压根没有注意到面前少女的细小心思。终于，文戈似乎咬了咬牙，做出了什么决定。

她跨前了一步，一把抱住了少年的我。接着，她吻上了那个我的嘴唇……

我的脸颊上多了两行热热的液体，因为我太熟悉她香甜的吻了。曾经，这香甜让我着迷，但终究是永远的失去，如同撕裂般的失去，不可能再次得到。

我想要呐喊，但发现自己不止是声带不在，口腔里也是空荡荡的，舌头似乎被拔走了。

热吻中的文戈眼睛却突然睁开了，并再次望向躲藏在灌木丛后的那个单薄身影。接着，她被少年的我缓缓放到地上，红色格子衬衣的纽扣，被一一解开……

那低沉急促的鼻息声越发重了，到最后，似乎带上了湿漉漉的味儿……

终于，他站起了，因为这个世界只剩下他一个人。他的头发有点狼狈地耷在头上，风开始袭向没有灌木拦着的他的颜面，一张布满粉刺与青春痘的坑坑洼洼的脸呈现了出来。是邱凌，是少年时代的邱凌，只是，他的眸子里是消极与悲观的眼神，就像一个永远不敢大声说出所想的窝囊废。

他跨过了灌木丛,朝着树下一步步走去。他在那捧刚盖上的泥土前蹲下,用腰上挂着的钥匙笨拙地尝试挖向地面。在一再受挫后,他的鼻息声里带着的湿气更加重了,最终变成了持续的抽泣与"呜呜"声。

他嘶吼起来,钥匙被他朝远处扔去。接着,他用双手去抠那些泥土,动作很大,好像一只癫狂的野兽。我感觉得到他的指甲在裂开,手指上的皮肤被撕破,但是他似乎一点都不在乎。

他终于捧起了那个木盒,接着靠着树坐下,将木盒放在膝盖上。他没有打开,缺乏打开的勇气。或许,在他默默注视着我与文戈的那些年月里,他有很多次机会打开那木盒,最终缺少的也就是那份勇气吧。

他脸上的液体往下流淌着,但他并没有尝试擦抹,任由木盒被打湿。终于,他站起了,用脚把泥土踩了踩,然后抱着那个木盒,好像一个行窃的小贼,飞快地逃离了这片荒野。尽管木盒中放着的,不过是本就属于他的,那些年寄给文戈的一段段纠缠不清的断肠。

我继续站在那里,望着冷清的荒野与荒野中的大树。我开始明白,这里不止是我记忆中的一个里程碑,似乎也是邱凌记忆中的一个沉痛节点。于是,我开始等待,因为我明白,他终究是会回来的。

果然,那荒野中再次出现了一个瘦高的身影,是邱凌。

他戴着金丝边眼镜,脸上也不再坑坑洼洼,显得清秀与斯文。他脖子很长,气质优雅。得体的服装与微亮的皮鞋,证明了黛西为他痴狂并不是愚蠢与盲目。

但是他的表情很沉痛，步履也很缓慢。

终于，他走到了树下，将身上背着的背包打开。

他先是从包里拿出一个黑色的塑料瓶，有点像装汽车润滑油的那种。他把塑料瓶放到了旁边，接着从背包底部，抱出了一个木盒和一把折叠铲。

我第三次朝着前面冲去，尽管我明白我不可能冲到他跟前，但是我无法控制地开始愤怒。因为我知道，这个木盒里面放着的，已经不是最初文戈埋下的那些邱凌写的情信与情诗，而是被灰白色粉末掩埋着的一首《鱼》。

木盒被邱凌埋好了。他站起，驻足于旁边，如同雕像，很久很久。最终，他呼出一口长长的气，将铲子收拢，与那塑料瓶一并放入背包。

我突然意识到，塑料瓶里应该是能被点燃的液体。而这一天，应该就是去年6月苏门大学发生火灾的日子。几天后，一位残忍血腥的变态杀人者——梯田人魔，即将在这个世界出现。

"知道我最恨谁吗？"邱凌的声音在我耳边响起。

"恨我，还是文戈？"我抬起沉重的头望向他。他依旧戴着手铐与脚镣，坐在我诊疗室的沙发上，用那种似乎很安静的眼神望着我。

"我恨我自己，恨自己的胆怯与懦弱，恨自己的渺小与自卑。"邱凌的声音越来越清晰，而我的意识也慢慢回到这熟悉的诊疗室里。

"你恨自己当初没有站出来与我竞争文戈？"我在努力睁着眼睛，尽管我感觉得到自己的眼帘那么沉重，"所以你才会在文戈离开后，做出那么那么多事情。"

"是的，文戈跟你离开学校后，我的世界空荡下来，我做了太多太多事情。甚至尝试代入，想让自己成为你。于是，在没有你的那年里，我努力站在人前，像曾经的你那样抑扬顿挫地说话。而且，我对你的模仿开始近似于疯癫，甚至时不时以为自己就是你。但毕业时……"邱凌眼神黯淡了，"毕业的时候，我知悉你成为心理咨询师，开始了频繁的临床。但我的人生，却被我的父母强行勾画。"

"沈非，我不愿意成为一个老师。当然，我对于心理学、哲学、教育这些都有深入的了解，所以，我会客观看待，不会因为自己厌倦教师这个职业而污蔑它的神圣。我尝试说服我的父母，告诉他们我想成为一位心理医生，想沿着你沈非走过的路子一步步往前走。可是……"

邱凌摇了摇头："我不是你，我又一次选择了妥协。我走上了讲台，成为一名初中历史老师。"

"你只做了一年老师而已。"我插话道。

"沈非，你知道那一年里我是怎么过的吗？"邱凌看了我一眼，接着把目光转向我身后墙壁上的大幅油画——仿墨西哥画家鲁斐诺塔马约的《戴红面具的女人》。

"沈非，一个有着满腔抱负的少年，被强压进入他不喜欢的职业时的那种沮丧与失落，你不会明白的。就像你永远都不会知道那一年我是怎么过的一样。"

32

相较起寒冷与饥渴,人类还有着一个比较原始的需求,那就是安全感。

一只初生的小鹿,生来就具有蜷缩到母亲怀抱的行动,因为在母亲身边,它会得到安全感。一头受伤的狮子,会在狮群中央静静地趴着,伸出巨大的舌头舔自己的伤口。因为这样子,它会觉得自己得到了治疗,得到了保护。而我们人类,对于安全的需求,就高级了很多,不只是因为惧怕突如其来的危险,更多的反倒是精神世界对于安全的需求。

于是,在精神世界里这一安全需求没有得到满足时,我们就会在夜深人静时、卸下假面后,变得脆弱与柔软。我们会蜷缩着身体侧卧在床上,或者隐藏在浴缸的泡沫里。这样,我们会觉得安全,实际上,这就是我们潜意识深处对于母体子宫的企盼,因为那时,才是我们作为一个生命所能感觉到的安全的最大化时刻。

邱凌将目光从那幅《戴红面具的女人》画框上移了回来。他淡然的表情与满脸的液体搭配着,显得很诡异。接着,他碎碎念道:"我拦不住,很多事情我都拦不住。我也拦不住他疯狂地想要改变。"

"你想要改变什么?"我的意识开始越来越清晰,之前那如同幻境般的场景,很明显是我的心神因为邱凌突然说出骨灰的事,陷入了一次极其短时间的催眠。但这一刻渐渐苏醒过来的我,反倒觉得之前的环境,与其说是邱凌的催眠,还不如说是我自己将那一串连贯的碎片交织了一遍,并在脑海中放映一次而已。

于是,面前有点失态的邱凌,他所呈现出来的这个所谓的阻拦者的一面,似乎也只是在他那段当老师的回忆中痛苦万分而已。

我再次追问道:"那一年里,你想要改变什么呢?"

"想要改变人生,想要离开那所可怕的学校。"他的声音小了点,变得有点含糊,但周遭安静的环境,让我不会也不可能遗漏他说出的每一个字。

我的笔记本上写上了这么几个字:"阻拦者来访。"

"他太好强了。"满脸泪花的他说道,"他从一个对于土地与建筑一窍不通的人,到考上国土局公务员,只用了短短的一年时间。七百多个人参加考试,只录取两位,他却通过了,并如愿以偿地离开了学校。于是,从那一天开始,他明白了很多东西,只需要努力争取,再不可能的,也终究会成为可能。"

"他开始走入图书馆……"我接着他的话说道,"他疯狂地学习心理学知识,企盼书本上的东西,能够拉近自己与从事心理咨询工作的对手沈非之间的距离。他以为,文戈的选择,是因为沈非在专业领域的学识上散发出来的魅力而已。而他自己,只需要在这些方面超越,便能够再次得到。"

"是的,他是这么想的。"阻拦者低着头,眼睛上翻望向我,眼白如同死鱼的肚皮,"他不但这么想,他还做了。"

"嗯!他做了很多很多,做了你绝对意料不到的那么多。但有一天他发现自己做再多也没用,缺少的是真实接触病患,缺少的是临床的经验。于是，他开始在这个城市里默默穿行。他做了很多很多事情。"阻拦者的声音越发小了，但所说出的东西，似乎显露出某些我们目前还不知道的秘密。

"能告诉我他还做了些什么吗？"我的声音低沉悦耳，语速适中，与我平时对待病患时一样步步为营。

"他和很多很多人聊天，聆听他们的故事，揣测他们的思想。他们内心世界中的憎与恶、乐与怒，被他一一收集。然后，他发现，人性，其实是那么奇妙。我们的身体不过是一个容器而已，盛载着我们的灵魂。"阻挡者邱凌继续着，"当他意识到这一点以后，对于生死，他开始看得比普通人豁达。"

"他，是指的邱凌吗？"我柔声问道。

"是的。"

"他所看淡的生死，是他身边其他人的生死吗？"

"最初他以为是的，但之后，有一个女人离开了这个世界。他才发现自己所看淡的，其实始终还在那里牵绊着，并没有变过。拦不住的，他拦不住火山的喷发，就像拦不住那女人跟着恶魔离去时的夜晚一样。"

"你所说的女人是不是文戈？"说到这个词的时候，记忆中那飞舞的灰白色粉末让我的心微微发颤。

邱凌没出声。

我没有追问，我以为他在思考，就好像平日里躺在这里的那些病患，她们在涉及一些内心深处最伤痛角落时，都会沉默一会儿一样。

但几分钟过去了，他还是没说话，连那抽动鼻子的声音也没有了。这时，他的头在下垂，缓缓地……缓缓地……

他身体滑离了沙发，撞倒了茶几，最终一头栽倒在地上。

玻璃茶几破碎的巨大声响让诊疗室外的人都听到了，门被人用力拧开，李昊和小雪差不多同时跨了进来。

我连忙上前，想要把他扶起。可就在我双手伸出的同时，他那本来已经闭上的眼睛却猛地一下睁开了，那让人感觉灼热的凶悍目光第一时间锁定了我。

来自火山深处那位天使抑或恶魔的邱凌出现了……

他低吼起来，戴着手铐的手好像一个牢固的绳套，一把套上我的脖子，并往回一拉。紧接着，他那因为呐喊而张开的嘴，狠狠地咬住了我的肩膀。

被他咬住的部位瞬间麻木，因为他咬合的力量，已经不是人的思维控制下使出的力度。

李昊像一头小猎豹一般，从门口冲了过来，阻碍他的沙发，被他一跃而过。

"松口！"李昊粗壮的胳膊圈在了邱凌的脖子上，邱凌的脸瞬间通红。但是……血，开始将我肩膀打湿。

小雪也赶到了我们身边。她双手伸出，准确地按在了邱凌两耳下方，做了一个非常细小的动作。

咬着我肩膀的牙齿松开了，和他牙齿一起松开的还有他那圈着我脖子的手臂。接着，我看到他的下巴狼狈地垂在脸上，好像一个松垮的乳房。他眼角的肌肉抽动了几下，瞳孔往上一翻。

邱凌因为下巴脱臼而痛得昏死过去。

12:20，因为邱凌的昏迷，我们的这次谈话宣告结束，邱凌被武警押出了我的房间。李昊看了看表："沈非，我们现在就要赶去省城了。汪局刚才打电话过来，说想要找你聊聊，要我问你下午有没有时间去局里。"

"可以帮我推到明天吗？明天下午我回来后第一时间到他办公室。"我一边说着话，一边将衬衣脱下。佩怡用酒精和纱布给我包扎，嘴里小声念叨着："多亏没有咬到骨头，要不骨头都会被他咬断。"

"你要去哪里？"李昊问道。

我摇了摇头，不想回答。这时，远处和八戒站在一起的古大力开口问道："你是不是要回苏门大学？"

我也不知道他是怎么猜到的，只得避开他那不知道是该用笨拙还是犀利形容的目光，缓缓地点了点头。

"我和你一起回去吧？"乐瑾瑜说这话时站在诊所的大门口，望着外面停着的警车。

我"嗯"了一声，接着看了看站在一旁的陈蓦然教授："老师，你可以帮我一个忙吗？"

"你说吧！"教授点着头。

"你和李昊他们一起去省城，今天下午测试的整个过程，我希望你能在旁边看着。"

"可以。"教授说完便转向李昊，"李队，你们什么时候出发？"

"很快。"李昊说这话时眉头皱得越发紧了。他看了一眼我肩膀上已经裹好的纱布，大手便伸了过来，将衣服还没换好的我拉扯着往旁边走去。

"沈非，今天你和邱凌的这次对话收获大不大？不止是汪局关心，我也想马上知道。"李昊小声说道。

"李昊，邱凌比我们想象的强大太多太多了。"我也同样小声地回答着，"并且现在，我不但不能确定他是否真的有人格分裂，甚至能感觉到，他想要做的事情，会比现在我们所了解与掌握的更为可怕。"

"什么意思？"李昊边说边看着表。

"李昊，我不是个刑警。"我摇着头，"我只是觉得邱凌的被捕，似乎是他想要做的庞大计划中的一个起步而已。我能够揣测到的已经全部告诉你了，而现在，我有更加重要的事情要做。"

说这些话的同时，我将身上刚换上的衬衣纽扣全扣好了。

我转身望向其他人，每一个人眼神中其实都和李昊一样有着期待与好奇，想要知道在诊疗室里面到底发生了什么。

我冲他们抱歉地笑了笑，大步朝门外走去，乐瑾瑜紧随在我身后。

我发动了汽车，与那辆警车擦肩而过时，我看见了邱凌，他已经醒来了，正在警车后面的铁栏杆处望着我。

我将车窗放下，迎上了他的眼神。

他笑了。

是的，邱凌笑了，用一种打量可怜猎物的笑容。

33

从海阳市到苏门有将近 800 公里，路况好的话，7 个小时左右，遇到堵车就可能要久一点。

我们离开诊所便径直冲上高速，汽车一度开到了时速 160。这时，天暗了下来，涌动的乌云好像它突然决定换上的面具，轰隆隆的阵雷喻示着一场大雨即将到来。初夏的珠三角，暴雨本就是它最喜欢耍玩的花样。

我开始害怕起来，不断地超车，朝着苏门市的方向疾驶。一直没吭声的乐瑾瑜终于忍不住了，开口问道："沈非，你这样着急赶回苏门大学要做什么？"

我没吭声。

"邱凌给你说了什么？"

我还是没有回答她，抬眼望了望那业已乌黑的苍穹。我的手心又一次开始出汗了，我知道，自己的状态已经越来越糟糕。甚至我已经明白——自己正在陷入一张巨大的网，而且越陷越深。而织网的蜘蛛，却是满脸无辜表情却又用嘲笑眼神望着我的邱凌。

这时，暴雨将至。我将车开得更快了，身旁的乐瑾瑜伸出手抓住了头顶的把手。我的沉默让她变得越发担忧，但也是因为我的沉默，她没有再次开口发问，默默地坐在我身旁。

我知道这是一个不错的女人，尽管她在某些瞬间流露出对我的急功近利以及些许神秘，但这些又可以理解成她职业塑造出来的习惯。她懂得在这个时候闭嘴,尽管她疑惑,但依然不会抗拒陪伴着疯狂飙车的我。

我又一次瞟了一眼天际的黑暗:"瑾瑜,能帮我查下苏门市今天是不是也有暴雨?"

瑾瑜点了下头,拿出手机按着,嘴里说道:"应该下的,这场台风带来的暴雨是全省范围的。"

我更加担忧,担忧着没有人知道的事……

"苏门的雨可能会晚一点,晚饭后吧!"瑾瑜看着手机说道。

我的呼吸变粗,但这时,高速公路前方似乎出现了车祸,三个车道上全都是拥堵的汽车。大风呼啸着,不知道从哪里刮来的落叶在空中飞舞,好像在尖啸的精灵。

我的车狼狈地停下,等候着前方的再次蠕动。乐瑾瑜将抓着把手的胳膊放下,扭头望向我:"沈非,你现在的状态很糟糕,如果你需要的话,让我开车吧!"

"我们要在大雨来临前赶到苏门大学。"我低声说道。

"为什么?"

我望向窗外,飞舞的落叶不知道飞向了哪里,空中只剩下被卷起的尘土。这些尘土颜色很浅,就像那个木盒中洒落一地的灰白色粉末。

雨终于下起来了,它们来得那么嚣张,那么跋扈。它们将空中浅色的尘土使劲地打下,并扼杀在地面。

我低声念叨着:"不要啊!不要!"我的碎碎念,就像邱凌身体里那个阻拦者。我开始感受到他的无可奈何与无法改变。

乐瑾瑜连忙摇了摇我的胳膊："沈非，到底发生了什么？邱凌对你说了什么？你告诉我吧！不要憋在自己的脑子里面，你会受不了的。"

我扭头望向了她，我的表情如何我自己并不知道，但从乐瑾瑜的眼睛中，我能看到的是越发强烈的担忧。我喃喃地说道："我们要在苏门大学下雨以前赶到，因为……因为文戈的骨灰，被洒落在后山的泥土里。"

乐瑾瑜的脸色也瞬间变了。

一道撕裂苍穹的耀眼白色仿佛在诠释末日的恐怖，紧接着让人的心往下一沉的雷鸣，又那般强劲。暴雨终于倾盆而降，车厢中的我与乐瑾瑜，就像隔离在陋室中的渺小生灵。

周围的能见度被雨帘所阻，瓢泼的雨与短时间不可能疏通的车道让我心中越发凄苦。这一凄苦不会麻木，因为连日来心理世界经历的磨难，我早已绷到了神经即将裂开的极限，最后一根压垮骆驼的稻草不知何时会出现，或许，就是这场大雨。

我狠狠地抽泣起来，嘴里继续碎碎念道："我拦不住的，我拦不住这场雨，也拦不住文戈的骨灰被雨打湿，拦不住她被混入泥土，就像我拦不住撞向她的那辆列车一样。"

"沈非，哭出来吧。"乐瑾瑜边说着边伸出手搭到了我的肩膀上，并将我往她的怀里拉。

我顺从地靠到了她倾过来的肩膀上，继续抽泣着。她身上散发出的是苦橙花的味道，这是用于催眠的精油。

我没有抗拒，因为瑾瑜说的没错，我需要抒怀，让自己越发紧绷的神经得以缓解。

乐瑾瑜的声音很轻柔："沈非，我们的人生就是一本在阅读着的书。某一页，会让我们欣喜，但终究要翻过，翻过后，欣喜只是停留在原地。而某一页又会让我们那么悲伤，但经年累月，得到与失去，不过是阅读过程的某一次伸手而已。生命中的坎儿，是跨过去的，而不是绕过去的，这道理你比我们任何人都明白，可你为什么就是无法说服自己呢？"

我默默地流着泪。我很冷静，很冷静地脆弱着。乐瑾瑜的声音在继续："沈非，你听，那雨落的声音，其实是那么悦耳。它们来到这世界，尽管来得匆匆，但是世界会因为它们而欣喜或悲伤。沈非，你再听雨刮的声音，一下……两下……"

她的声音越发轻柔，如同一只拉着我走向远处的温软手掌："三下……"

"生命中的坎儿，是要跨过去的，而不是绕过去的。"

文戈那支离破碎的身体，并没有得到火葬场化妆师成功的修复，因为她的头颅如同一个被拍碎的西瓜四分五裂。最后，她静静地躺在那里，被白布遮掩着，白布下，是尸块与碎骨。某些可能并不属于她身体的部分，也被收拢在一起。

她曾经温热的身体最终被推入了焚炉。我静静地站着，两边搀扶着我的是邵波与李昊，之所以搀扶，并不是因为我无法站稳，而是他们害怕我随时做出什么，跟随文戈离去。

文戈的父母泪流满面，他们的哭喊声，是当时我的世界的背景音。而我的内心世界里，相对来说却安静很多，只有水滴在缓缓滴落。我知道，那是裂开的心脏在哭泣。

朋友们陪我回家，亲人甚至住了过来。但我的沉默与不吃不喝，让他们惶恐不已。

出殡是在第三天下午，也下着暴雨。我站在墓园外面，远远地看着人群。和我一样没有打伞的邵波与李昊在尝试着点烟，但徒劳无功，因为雨帘没有允许。终于，李昊将手里没有点着的香烟对着地上一扔，冲到我面前低吼道："沈非，你可以去死，没有人要拦你。只是你自己想想，文戈会不会愿意你这样做。"

"她不会愿意。"我望着李昊低声说道。

"那不就得了！"李昊用着他拙劣的手段企图说服我走出低谷，"那你还这么个不死不活的鬼样干吗呢？"

"我也不愿意她走，她知道的。"我伸出手想要推开他，因为他拦住了我望向人群的视线。

邵波在我身后冷笑："沈非，你是个心理医生，道理你比我们懂得要多，总不可能你自己反倒走不出低谷，要沉沦到底吧？"

我摇着头，脸上是雨水在往下流淌。它们路过我的眼眶，进入其中，接着被稀释，又溢出。

乐瑾瑜的声音响起了："你已经失去过了，也已经伤痛过了。但日子始终还要继续，谁也不可能真的成为谁的永恒，谁也不会是谁的世界。其实，你应该感到欣喜，在文戈姐的世界里，你成了永恒。"

眼前的雨帘继续着，远处出殡的人群身影晃动着，看起来是那么朦胧。

"是吗？我是她的永恒吗？"我喃喃地说着。

我自己清楚答案——是的，我自然成为她的永恒，甚至一度以为自己就是她的整个世界。于是乎，这些，成了我难以自拔的理由。

"但，你并不一定就是她的整个世界。"乐瑾瑜的声音继续着，轻柔，具有魔力，"那么，你值得吗？你对邱凌越发了解，也越能洞悉文戈在邱凌世界里经过的事实。其实沈非，你的无法自拔，不过是你对自己的不愿救赎。实际上，你有足够的理由来救赎自己，因为你并不是她的全部。至少，她在没有结识你的时光里，有过一个叫作邱凌的男孩。"

凌晨1点，我们终于驶入了苏门大学，被暴雨蹂躏过的世界，显得那么恬静与安详。乐瑾瑜陪着我走上了后山，我们在那棵大树下久久地站着，落叶与不知道哪棵植物的花瓣被吹落一地，进而被雨点打入尘土。那片混着文戈骨灰的泥，经历过雨水洗礼后完全没有了被松动过的痕迹。

"要挖出来带走吗？"乐瑾瑜问道。

脸上泪痕早已风干的我摇了摇头："不用了。"

"那你真的能够放下吗？"乐瑾瑜再次问道。

"放下了吧！这里，本来就是放下文戈的过去的地方。"我淡淡地说道，"放不下的，只是她在我内心世界里深深的烙印而已。"

乐瑾瑜叹了口气，没有再说话。

第十二章
虐猫事件

创伤的定义，是因为某件事或者情境的知觉，超过了我们能够成功应对与承受的能力极限。

34

第二天上午我还是7点不到就醒来了,前一天的放肆哭泣与宣泄倾吐,让我似乎好受了很多。但创伤,并不会这么简单就治愈的。

创伤的定义,是为某件事或者情境的知觉,超过了我们能够成功应对与承受的能力极限。通常来说,创伤性经历包含对身体和生命的威胁或一个个体化的经历、目睹死亡或悲哀的伤害。在我,这承受不了的,便是在我经历了深爱着的女人的死亡。

心理是人的一部分,实际上它也是作用到生理的。对创伤的治疗非常复杂,因为它还包含了帮助病人发现创伤所连接的恐惧、幻想和冲突。精神科医生会开处方药物,让创伤产生的对生理的伤害变得最小化。但心理层面的,就只有我们心理医生才能够帮助释怀。也就是说,我们心理学要寻找到创伤的最终根源,发现那个被死死拧着的结,将它打开。

其实,乐瑾瑜这位精神科医生对我的心理治疗,与其说是她治疗的成功,不如说是我自己对自己克服的成功。我让自己变得弱化,放肆地卸下防备,袒露自己的伤口。

我收拾妥当,下楼准备离开这座被我留下了文戈的城市。可在一楼的沙发上,我发现了一个熟悉的身影。

是乐瑾瑜,她还穿着昨天跟我一起的那套运动服,单手托着头,眼睛闭合小寐着。我心里微微一酸,意识到这女人可能因为不放心我,留在一楼待了一宿。但越是这样,让我越发不敢上前摇醒她并说出什么感激对方的话语。

我不配……

我小声在前台办理了退房手续,静静地走出招待所的大门,发动了汽车。我透过车窗,又透过招待所的玻璃,窥探那睡着的美丽的女人。

下个月见吧!我暗暗想着:希望在你来到海阳市精神病院的时候,梯田人魔已经被定罪伏法,而不是被押入你将要工作的新单位接受强制治疗。

我接入车载电话,拨通了李昊的电话。接电话的是赵珂,她压低着声音:"李昊在睡觉,你等会儿,我出去给你说。"

我"嗯"了一声,对方脚步的声音通过车载音响放出,显得那么真实与接近。终于,赵珂的声音变大了,充斥着整个车厢:"李昊昨晚快两点才从省城回来,送完邱凌回看守所后,便赶到局里,和梯田人魔案专案组开紧急会议,一直忙到4点多才回来。"

"那让他多睡一会儿吧!赵珂,你昨天跟他们一起过去了吗?"

"我没去,在局里和鉴证的同事为另外的案子忙活。"赵珂回答道。

"哦！那……那我晚点再打给李昊吧。"我有点失望，对于昨天下午邱凌在省厅接受的测试结果始终期待。

"沈非，我知道你想问他什么。"赵珂在那头深吸了一口气，"李昊昨天给我打电话时说你在诊疗后，只给他说了一句话，就是邱凌比我们目前看到的要强大太多太多了。"

"是的，我是这么给他说的。"

"嗯！那么对于昨天他在省厅的表现，也可以用这句话来回复你——邱凌，比我们看到的，强大了太多。"

"他战胜了机器？"

"是的。"赵珂应着，紧接着她用斩钉截铁的语气说道，"沈非，我是法医。在我这一层面，邱凌截至目前所呈现出来的一切，实际上已经能够定性为不需要承担法律责任的精神病患者了。"

"我明白你的意思。"

收线后我又拨给了陈教授，老教授在话筒那边咳嗽了一下："沈非，你自己怎么样？"

"我没什么。"

"你还在苏门大学吗？"

"我在回来的路上。"说到这里我顿了顿，因为我知道陈教授担心的是什么，于是我接着说道，"老师，我已经翻过去了，这一次是真的翻过去了。"

"嗯，我相信你。"教授沉声说道，"你打给我是想知道昨天下午邱凌的表现吧？"

"结果我已经知道了，刚才我打给李昊了，他女友给我说了。"

"但是细节你必须好好听听。"教授说道,"测谎仪的原理你应该是清楚的,人在说谎时候会有大量的生理变化,比如呼吸速率、血容量异常、脉搏加快、血压升高等不受意识控制的生理反应,而且这些反应是条件反射的自主运动。而这脉搏、呼吸与皮肤电阻三个方面的生理变化,也就是我们测谎中主要数据的收集来源。其中又以皮肤电阻最为敏感,是测谎的主要根据。在昨天,省厅请来的专家使用的,便是收集这些数据的PG-7型多参量心理测试仪。"

陈教授如数家珍般继续着:"PG-7只有一本32开的书本大小,由传感器、主机和微机三个部分组成。传感器有三个触角,要戴在哪三个位置你应该是知道的。而我要给你详细说的,就是邱凌的身体在接触到这三个位置传感器时的细微表现。"

"等下!"我打断道,"整个过程你近距离接触过邱凌吗?"问这话是我害怕教授因为只是在一片大玻璃后窥探,采集到的不过是模棱两可的数据,无法确定什么。

"沈非,我是本省心理学领域的权威。来到省厅协助公安检测的那几个老家伙,基本上都和我认识。虽然他们这些精神科的老顽固之前和我在很多专业杂志上吵过架,但是对对方的敬重,还是始终如一的。"教授说到这"呵呵"地笑了,"所以,在他们看到我后,便给省厅的公安同志说了,并对我发出了邀请。我有幸和他们一起参加这次检测,身份是作为专家组成员。"

"那报告结果你也参与了吗?"

"参与了,但是可能我所反馈的意见没办法改变结论,因为在他们看来,数据强过一切。"

"哦！"我应了，没再打岔。

"沈非，邱凌昨天上午在你的诊疗室喝水了吗？"教授突然间问出一个与整个事件无关的问题。

"就喝了那杯牛奶。"我有点诧异，"有什么关系吗？"

"我问了李昊，早上他们是9点将邱凌从看守所带出来的。在你的诊所里面他喝了一杯牛奶，大概是200毫升。去往省城的路上，他在警车上吃面包时，又喝了一瓶矿泉水，应该是350毫升。接着抵达省厅后，他又要求喝了一杯水，应该是150毫升……"

我猜到了教授想要说什么了："你的意思是他自始至终都没有上过一次厕所？"

教授应道："是的，但咱又说回来，从上午9点到下午测试结束，他一共摄取的液体只是700毫升。我看了下他体重的数据，75公斤，那么他每天需要摄取的水量大概是 $75 \times 40 = 3000$ 毫升吧。所以，可能也只是我多心了而已。"

"问题是……在他被李昊他们从看守所带出来之前，他喝了多少水，又有多久没有上厕所，这就没有人知道了。"我大声说道，"如果他从昨天早上开始，就一直憋着一泡尿，那么，他的神经所承受的来自膀胱的痛感，应该是非常恐怖的。这将直接影响到他的呼吸速率、血容量、脉搏、血压这些数据，让这些数据始终稳定在一个比较高的基调上。相比较而言，他心里所思所想作用到这些数据上的冲击与波动又算得了什么呢？"

教授沉默了几秒，最终在话筒那边"嗯"了一声："沈非，这也是我所担心的。心理活动对身体的影响，比较起生理方面的，压根不算什么。"他顿了顿，"沈非，我继续给你说昨天下午的测试吧。"

我应了。

教授："传感器的三个触角，第一个是戴在手指上的皮肤电阻传感器。这个不锈钢电击贴贴上去时，我注意到邱凌的眉头微微皱了一下。按道理说，这一贴片不可能让他有不适感觉的。之后第二个触角——呼吸传感器被拉伸开来，系到他的胸部时，他也有极其不易被人察觉的细微动作，不过这次是眼皮的跳动而已。脉搏与血压传感器在我们平时使用时，一般都是戴在被测试者的腕部。但邱凌当时提出要求，说手腕因为这几天频繁审讯时被手铐锁得近乎麻木，可不可以不戴脉搏血压传感器。"

"专家们便将脉搏血压传感器戴到了他的臀部。"我沉声说道。

"是的。不过这次，他身体并没有任何细微动作。当然，我也可以理解成是他注意到了我在死死地盯着他的缘故吧。"教授接着说道，"之后便是测试开始，省厅的专家提问的问题都是梯田人魔所犯下案子中的细节。也就是说，任何一个问题，目前我们所看到的状态下的邱凌，不管他选择如何回答，在测谎仪器面前，他的回答都应该是谎言。因为他所伪造出来的自己，是对于那一切完全不知情的。"

"可是他身体作用到主机的曲线全部正常。"我淡淡地说道，甚至不是用询问的方式。

"是的，他的线条始终如一，与他回答自己的姓名年龄这些时一模一样。"

"数据太过稳定，难道你们就没有担忧与怀疑吗？任何一个人，不可能在面对测谎仪器时，情绪上没有任何波动的。"我提出了我的看法。

"沈非，你我是心理学领域的学者，但这次测试的其他专家，基本上都是精神科研究上有着自己建树的老学究。当然，在测试结束后，我和他们私底下也聊了两句。数据太过平和，同样让他们有过担忧。但目前我们所知的公安大学测试中心在1000多例刑事案件实战中，心理测试技术的嫌疑排除率是100%。那么，我们最终所得到的数据，就可以理解成我们最终形成报告的认定结论。"

我苦笑道："结论就是邱凌曾经犯下的所有罪行，全部是在他不能辨认或者不能控制自己行为的情况下发生的。或者可以直接得出结论，真正的犯罪人压根就不是他——邱凌，而是他身体里面那个隐藏着的恶魔。"

教授应着："是的，最起码，目前我们通过法定程序鉴定所得出的结论——他是一名多重人格障碍患者。"

"老师，那么在测谎结束后，邱凌是不是提出上厕所了？"

教授再次顿了顿："是。"

从苏门回到海阳市的几个小时里，我的脑子好像一台不会停摆的钟，重复地摆动着。我将我第一眼看到邱凌开始，到目前收集到的所有一一整理，并在脑海中回放了一遍，唯恐漏过任何一个细节。然后我发现，其实从一开始，我们可能就是在做一个伪命题——如果他确实是一位多重人格障碍患者，那么，我们所有人不过是在做着愚蠢甚至罪恶的事情——证明一位精神病人并没有精神疾病。

可能吗？我开始质疑了。其实赵珂说的没有错，我们目前所能捕捉到的种种，没有任何一项能够否定邱凌是个多重人格的既定事实。我们来回奔波，心力交瘁，挖掘的实际上只是他与我之间，围绕着一个死去的女人的爱与恨而已。这，压根就不能说明任何问题。

我将车窗打开，暴雨后的凌晨，有着让人舒坦的凉风。可偏偏这时，旁边一辆运载着生猪的卡车驶过，那难闻的腥臭让我眉头一皱。

我连忙按下按钮，让车窗往上。也就在这时，我突然想到一个问题：邱凌这几天里，每一次与我的接触，其实都是被动地钻进我精心布置的想要将他击垮的狙击战。他所面对的所有，在他而言都是事先不可估的。那么，他每一次都能将我击退的武器是什么呢？

他随时变换的人格，这点是他的武器无疑。他可以在每一次即将被我触摸到什么的时候，释放出另外一个自己——恶魔，抑或阻拦者。于是，我会下意识地换上新的对策，就好像他真的变成了分裂出的新人格的那个人。实际上，我们目前想要证明的命题里面，他压根就并没有多重人格，而是用他在心理学领域的所知所学，来逃避法律的制裁。

我再次望了一眼那辆满载着生猪的卡车，车上某头猪用它的三角眼注视着我。

邱凌的另一个武器，也终于被我发现了——文戈。就如同我为了躲避腥臭而合上车窗，厌恶三角眼的眼神而转移视线一个道理。邱凌在我猝不及防时，戳中的我的软肋，始终是文戈。有他在场的，更多的是他不在场，但是他知道我会寻找到的。

我明白，这一武器，在他举起的同时，对他自己，其实也是一次自残式的伤害。

邱凌，你的躯壳里面到底装着一个什么样的灵魂呢？你所具备的足够的理智，注定了你不应该犯下那些血腥的罪恶。那么，你选择走上这条无法回头的道路，又是为了什么呢？难道，真的只是要证明自己在心理学领域的博学贯通，做到凌驾于法律之上的无所不能吗？

我摇了摇头。赵珂的话在我耳边回荡。

"沈非，我是法医。在我这一层面，邱凌截至目前所呈现出来的一切，实际上就已经能够定性为不需要承担法律责任的精神病患者了。"

35

我驶入海阳市公安局的时间是下午3:20，汪局上午和我通话时说要等我一起午饭，我推托了，一个人在人民广场的路边吃了一碗面，看了一会儿路人。这样，我的心境才能越发平和。

汪局办公室的门敞开着，这位高大的老者正在和几个年轻刑警说着话。李昊也在其中，脸色并不好看，好像憋着什么即将爆炸。不过汪局的气势，似乎又让他无法得以释放。

我在敞开的门上敲了几下，汪局回头看到了我，冲我点点头，示意我进房间。接着他对李昊他们几个沉声说道："都下去吧！我和沈医生再单独聊聊。你们还有情绪的话，晚上我让马政委找你们谈话。"

另外几个刑警没吭声,站起来便朝外面走。李昊看了我一眼,似乎很不甘心,但最终还是咬了咬牙,往外面走。走出几步后,他突然猛地扭过头来:"汪局,这案子真这样了结的话,我们全队的人都会郁闷一辈子的。"

"少废话!"汪局一反常态地大吼起来,"你是刑警,你需要的是证据,我们都不是街上贴小广告的神探。"

他吼完这一嗓子后,似乎也意识到自己有点失态,语气缓和了一点:"你以为我心里就舒坦吗?他送到精神病院的那天,我们全局的人都会没脸见人。"

李昊摇了摇头,低头骂了句粗话,往外走去。

"小沈,坐吧!"汪局跟着他们走过去,把办公室的门带上,"喝铁观音还是普洱?"

"普洱吧!"其实我更喜欢绿茶,但汪局早年在一线工作,身体落下很多毛病,胃溃疡患者多喝普洱可以养胃。

汪局点了点头,开始沏茶。我注意到,他今天沏茶的动作并不连贯,甚至还遗漏了其中一个程序。珠三角的茶道文化,尤以老者更为讲究,汪局这种老茶虫,犯下这种错误,原因只有一个——他憋着火,无法冷静。

"汪局,对不起,没有在这个案子里帮到你们什么。"我小声说道。

"别这么说,小沈,你并不是警察,你没有责任与义务。况且,你也不是医生,所以你所能揣摩的种种,实际上也并不能成为将邱凌定罪的诊断结论，这一点上，大伙也都事先有数。之所以我这老头想要你帮忙，因为你是李昊的好兄弟，你们会一个鼻孔出气，不会先入为主地接受省厅那些家伙的谬论。"汪局边说边将刚沏好的茶端到我面前，"也就是说，你会和我们一样，希望推倒邱凌是个病患的命题。"

"谢谢你了，这几天你所做的一切，李昊都给我说了。关于小文的事，你终于开始面对。这……"汪局苦笑着，"这可能就是我们这几天费劲折腾后，最大的收获。"

我感觉脸上有点发热，汪局的话说得很诚恳，但在我听来，依然感觉羞愧。我端起茶杯，吹了吹。这一泡茶叶很好，深黄的茶水上，似乎飘着一层白色的水雾，这是陈年普洱才有的奇妙。

"汪局……"我语塞了，不知道要说些什么。沉默片刻，我将手里的茶水浅浅抿过，最终一口喝下。

"不用说见外的话。省厅的领导其实也挺郁闷的，但是现在不像以前了。我们执法的同时，也不能一棍子将人打死。疑犯从无……"汪局说到这里叹了口气，"都是群直肠子的刑警，虽然也都懂那么一点所谓的科学办案，但归根结底，又都玩不出真正的水平，也尿不出一丈高的尿来。"

"邱凌已经被定性为精神病病患了？"我终于开口问道。

"是的，连预审都不用送了。省厅的同志这几天会出最终报告——定性为完全限制行为能力的精神病患者。快的话，这个月月底，邱凌就会作为危险级别比较高的病人，送入海阳市精神病院。"汪局望着我说道。

"是接受治疗还是？"我小声问道。

汪局苦笑道："我们唯一能够做到的，就是让他终生都不可能离开精神病院。强制关押……"他顿了顿，"终生。"

"汪局，最终结论下来，还有多少天？"

这位魁梧的老者抬起头来："最迟三天。"

我吸了一口气，站起："汪局，这三天我还能让李昊带着我提审邱凌吗？"

汪局压低了声音："有些话我不可能当着李昊他们说，但你不是我的手下，我们的聊天可以理解为发牢骚。"

我点了点头。

"沈非，我权力的极限，都将用来配合你。"他的眼神中闪过一丝精光，"如果邱凌是装的，那么，让他逃脱法律制裁的话，包括我，都会内疚终生的。"说完这话，他缓缓站起，冲我行了个礼。

我点着头，往外走去。

而实际上，我和他们一样，感到绝望，也不知道接下来怎样才能让那一纸强制关押的裁定报告被收回。

"去哪里？"李昊黑着脸跳上了我的车，没什么好气地对我说道。"去找邵波吧！"我提议道。

这时，李昊电话响了，他掏出来看了一下屏幕："邵波这家伙有顺风耳吗？他打来了。"

说完这话，李昊接听了电话，可对面的邵波才说了一两句，李昊嘴角便抽动了一下。紧接着，他打断了话筒那头邵波的话："你等一下，我按免提。沈非和我在一起。"

邵波的声音从手机里传来："你俩厮混在一起有用吗？就俩脓包。"

"少废话，赶紧说正事。"李昊骂道。

"得！沈非，邱凌在三中上高中的时候，曾经在校园里犯过一个小案子。"

"什么案子？"我连忙追问道。

"他摔死了一只学校里面的流浪猫。"邵波似乎为这一发现很得意。

"这叫犯案？"李昊又要发飙了。

邵波没等李昊继续："他将猫尸体的脊椎骨拧断了，与几本书一起放在一位女同学的桌子上。那几本书，被他摆放成阶梯状，而猫尸，就像阶梯上铺着的地毯。"

"邵波，你在哪里？我们现在马上过来。"李昊欣喜起来，对着手机大声说道，"如果这一情况属实，那就可以证明当年的他，就有过用现在梯田人魔案的手法虐杀动物的前科。"

"得！你别着急，我还有更好的消息没说，你三番五次地打断会让我没有积极性的。"邵波心情似乎也很好，又开始耍贫嘴了。

"我闭嘴总成了吧。"李昊扭头看了我一眼，单手举了个拳头，做了个有戏的手势。

"你俩现在开车去曙光中学吧？就是邱凌曾经任教一年的曙光中学。我在过去的路上。那里有一个老师，与邱凌是高中同学。"邱凌说到这顿了顿，"沈非，那个老师和文戈也是同学，并且……"邱凌语调明显欢快起来,"并且这家伙从省师范毕业后,和邱凌同时进入了曙光中学。"

"也就是说,他在我们所不知的邱凌那两段黑历史中,是最好的见证人。"李昊又插嘴了。

"得!赶紧过来,我们去逮住这家伙好好聊下。"

下午4:30,我们抵达位于城乡接合部的曙光中学。

我们想要将车开进学校,可保安却探出头来:"干哈呢?学校又不是菜园,咋谁都想往里冲啊?"

李昊探出头:"市局的,过来调查点东西。"

"啥局?俺们校长交代过,俺们只受教育局管,其他局俺们都不用鸟。"保安一根筋,冲李昊皱着眉说道。

李昊正要发火,可一瞟操场对面,邵波的车四平八稳停在那儿。李昊便伸手指了指邵波的车:"这位小同志,那辆车为什么就可以开进去呢?"

"你说甚?你说黑色那辆吗?那是公安局的,你吹胡子瞪眼耍脸子,俺喊一嗓子,那公安局的同志抓起你。"小保安显然对李昊的态度很有看法。

我哭笑不得,连日来的抑郁似乎被化开了些许。李昊扭过身翻手包,拿出警官证。他似乎还和这小保安较上劲了:"你自己看,到底谁是公安局的。"

"你急什么急呢?拿来给俺瞅瞅。"小保安钻出了保安亭,接过李昊的警官证仔细打量,并小声嘀咕了一句,"现在坏人贼多,法制节目说坏人冒充警察的也贼多。"

这时,邵波的声音响起了,只见他钻出了车,对着这边扯着嗓子喊道:"保安同志,他们是我们队里的同事,和我们一起来搞调查的。"

"收到!"小保安咧嘴对着邵波喊道,"邵同志莫急,我放他们进来。"

李昊哭笑不得:"我说小伙啊!你就怎么断定他是警察,我就像是冒充警察的坏人呢?"

小保安挠了挠后脑勺,傻笑道:"你瞅瞅,你瞅瞅,不是误会吗?你莫生气。邵同志浓眉大眼的,一瞅就像个好人。"

"那我呢?"李昊追问道。

"呵呵,这位哥,是你非要逼俺说的。"小保安咧着嘴,"你长得一点都不像警察,哪里有警察一脸横肉,跟电视剧《马踏山剿匪记》里面那个山大王钻山豹一样一样的。"

我终于没忍住"噗嗤"一下笑了,李昊自己也没忍住乐了:"得!小同志你看得贼准,俺要是长得跟邵同志一样一样,现在早就做刑警大队队长了。"

小保安讪笑道:"你也莫着急,邵队长同志以后升了局长,看你表现好,弄不好就提你去接他班当队长咧!"

我们将车停好,邵波被李昊狠狠削了一顿。但邵波皮厚,嬉皮笑脸,李昊也只是说:"冒充公安可是犯罪行为,你小子以后给我注意点。"

"我难道不是公安吗?别忘记了你和我是哪里的同学,刑警学院。"邵波笑着说道。

"嘿嘿！你一个被警队开除的家伙，还敢斗嘴，信不信我直接把你给铐了。"李昊也笑了。

距离邵波和校方的人约好的时间还有半个小时，我们仨便在操场里聊了一会儿。邵波这一天也真没消停，他顺着邱凌在国土局工作的历史，一步步往上翻，包括再次拉着郭美丽吃了顿中饭。

"那个高中同学叫穆肃，教体育的。三十挂零了，还没对象，牛高马大一个汉子，据说是个'同志'。校方为这事还真找他谈过话，可他说压根没那事，只是自己要求高，所以找不到合适的姑娘而已。"邵波看了看表，开始领着我们往教学楼走去。

我们仨一溜烟走到了四楼，邵波径直拧开了副校长办公室的门。里面一个花白头发的老师连忙站了起来："是邵警官吧？"

李昊脸色又一次阴了，但不好发作。谁知道邵波还冲那老师笑着迎上去："市局刑警队邵波，您就是范校长吧？"

范校长点头，指着坐在墙壁边沙发上的一个年轻人："这个就是你们要找的穆老师。"

穆老师瞟了我们一眼："按照程序，你们应该先拿出证件来吧？"

邵波便对李昊使唤道："小李，拿你证件给老师们看看。"

李昊白了邵波一眼，掏出证件，穆老师也没仔细看，就白了一眼："你们找我有什么事呢？"

"小穆，你这是什么态度。你在学校外面犯了什么错误，警察同志都找到学校来了，你还不端正态度。"范校长似乎有点生气。

"范校长，你误会了。我们是有情况想要和穆老师聊聊，希望他能帮助我们提供点线索而已。"邵波连忙插嘴道。

"这样子啊？我就说穆肃同志除了不结婚以外，其他方面也都好，应该不至于犯错误来着。"范校长笑了，"那好吧，你们的规矩我懂，我回避一下。"

说完这话，他便朝着门外走去，并给我们带拢了房门。

"你们是想找我聊邱凌的吧？"穆老师径直问道。

"你怎么知道我们是来了解他的情况的？"李昊反问道。

"很正常，这几天新闻里天天提他，还有传闻说他可能不会被枪毙。"穆老师一本正经地说道。

"那都是谣言。"李昊小声说道。

"穆老师，你和邱凌、文戈都是高中同学吗？"我坐到了穆肃身旁开口问道。

"嗯！"穆老师点头，"这位警官，你也认识文戈？"

"我不是公安局的，我姓沈，是心理医生。"我解释道。

"你叫沈非？文戈的丈夫？"穆老师眼睛一亮，"邱凌说起过你，说你是个学识渊博的心理学高才生。有一次他喝醉酒还说他很嫉妒你，事业成功，爱情美满。"

我淡淡一笑："穆老师，这样说来，你和邱凌关系应该走得很近咯？"

穆老师点点头："还可以吧。你们想要了解什么，尽管开口问吧，但我不一定会回答，毕竟我有着公民的权利。"

我扭头看了邵波一眼，邵波会意："穆老师，你在同性恋论坛里曾经和别人说起过，你高中时期有个同学，虐杀野猫后将猫尸摆放的方式，与梯田人魔摆放受害者尸体的现场类同。你说的那个同学，就是邱凌吧。"

穆老师脸色一变："这位警官，我没有进入过同性恋论坛，请你不要随意诬蔑我。"

邵波耸了耸肩："嗯！穆老师，如果你觉得我说你曾经在同性恋论坛里与人聊过天是诬蔑你的话，那我们可以换个话题。俩男的玩绳子和皮鞭这些细节，让我们对你在性方面的尺度，还是有一定的好奇来着。"

"你……"穆老师站了起来，紧接着压低声音，"这是学校，请不要将我私人的一些事情拿到这里来说。"

"那行，那我们就说说别人的事情吧！邱凌高中时期虐杀猫事件的整个过程，我想听你说得仔细点。"邵波笑着说道。

"请你也不要对人提起我私人的……"

穆老师的话被邵波打断了："我们不关心。"

"嗯！"穆老师点了点头，接着看了看我，"那是我们高三上学期。虽然还有半年面对高考，但压力已经让每一个人都感觉窒息。我记得那天晚自习前，邱凌和文戈似乎为什么事在生气。我去自习教室路上，看见他俩站在操场的角落里。文戈趴在邱凌肩膀上好像在哭，邱凌在小声地安慰她。"

"你等下，你说文戈趴在邱凌的肩膀上哭？"李昊打断了他，并偷偷看了看我的表情，"你确定你当时没看走眼？"

"很奇怪吗？"穆老师再次看我一眼，"沈医生，难道你不知道邱凌和文戈是好朋友吗？"

"听说过。"我小声应道。

"就是啊！后来你们都在苏门大学读书，三个人关系那么近，不可能不知道他俩高中时就是好友来着。"穆老师很认真地说道。

"你的意思是我与邱凌、文戈三个人在大学时期关系很近？"我终于没忍住，打断了他的话。

"不是吗？"穆老师一脸的疑惑，"邱凌对于你们三个之间发生过的细节，始终遮遮掩掩。不过我也能估出个大概来——邱凌因为晚到一年，所以文戈被你抢先一步，开始了疯狂追求。虽然文戈始终还在等着邱凌，因为他们有过约定……"

"什么约定？"我再次插话。

"他俩青梅竹马，很小的时候就说长大后要在一起，这些可能你并不知道吧？邱凌和文戈应该都没对你说过。"穆老师看起来不像在撒谎。

36

"嗯！我明白你的意思了。你通过邱凌了解到的是——他俩私定终身，我横刀夺爱捷足先登。接着呢？"我觉得有点好笑。

"沈医生，我所知道的都只是邱凌给我说过的一些碎片而已，他让我了解到的是他觉得自己与你比较起来，渺小而懦弱。所以，他才拒绝了文戈，断开了与文戈的爱情。对了，沈医生，如果我说的这些有什么触碰到你与文戈的婚姻，希望你不要太过较真。"

"文戈已经死了。"我很平静地说道。在我说出这几个字的同时，我看到邵波和李昊一起朝我望了过来，似乎从我嘴里吐出这几个字来，诠释着我真正意义上的放开一般。

"啊！"穆老师瞪大了眼睛，"对不起，我并不知道。"

我冲他淡淡一笑："没关系。再说，关于我与文戈以及邱凌，我们三个在苏门大学发生的一切，与我们这次谈话本来就没什么关系。你继续说说虐猫事件那一晚发生的事情。"

"行！那晚邱凌和文戈晚自习大概迟到了半个小时，所幸那天老师不在，没人注意他们。没过多久，第一节课的下课铃声响起，坐我前排的莫晓丽就站了起来，冲坐在后排的文戈开口骂，说文戈一个姑娘家没有一点羞耻，不懂得洁身自爱。"

"具体是什么个情况？"李昊问道。

"也不是很清楚，后来听说是因为莫晓丽喜欢的一个男生和文戈关系不错吧。莫晓丽那姑娘嘴巴也狠，说了几句后，居然扯着文戈曾经有一次上体育课来了例假，赶回女宿舍的事来骂，说得很难听，说什么一条白裤子都变成了红色，一瞅就知道那地方口子开得大，是个狐狸精加祸害。"穆老师说到这里似乎意识到了什么，连忙打住了，并对我说道，"只是那莫晓丽骂人的话，沈医生别多想。"

我没吭声，李昊问道："邱凌当时在，难道就没有护着文戈说上几句什么？"

"你说邱凌？"穆老师笑了，"那时候的邱凌就一窝囊废，除了和文戈话多点，和其他人聊天都是要脸红的主。他当时一张脸憋得通红，可一句话都憋不出来。莫晓丽看到了，便对文戈还骂上了几句'身边天天站这么个脓包，长大了嫁给脓包生几个杂碎得了。'"

我咳嗽了一声，穆老师连忙改口："都是那女生乱说而已。反正邱凌从我高中认识他开始，就不怎么说话。别看他个子不矮，但是单瘦，不像个男孩子应该有的健康模样。他脸上那几年还长满了疙瘩，所以留着长长的头发，搭在额头，一副很邋遢的样子。我们大学毕业后，和他在学校做同事时我还笑话过他，不知道当年文戈怎么会看上他的。"

"行了，穆老师，我们还是说回虐猫事件吧！"我沉声道。

"我只能说我知道的，具体细节我肯定是不知道的。"穆老师继续道，"我们所有同学知道的只是第二天早上，莫晓丽抽屉里的书全部被人放到了桌子上，摆成了楼梯一般的模样。她时不时去学校湖边喂食的那只野猫，被人弄死了，而且还被拧成了好几段，摆在那楼梯形状的书上，这样，猫被拧断位置的伤口流出的血，就能够将莫晓丽的每一本书，都给湿透。"

"与梯田人魔之后犯下案子所用的手法完全一致。"李昊很镇定地说道。他只有在真正有发现与收获的时候，才会显得像一个睿智的刑警。

"是的。和后来我在电视里看到的梯田人魔杀死那些女人采用的手法是一样的。"穆老师点着头，"不过，他俩弄死猫并放进教室的时间，我们没有人能够估摸到。"

"他俩？"我追问道，"你说的是他俩。"

"没错啊，他俩。"穆老师点了点头，"第二天莫晓丽被吓哭了，老师当时就急了，说一定要查出是谁。所有人都不假思索地将矛头指向文戈，说肯定是文戈做的。文戈也不解释，就坐在那里望着窗外不吭声。邱凌就站了起来，说话声音跟蚊子哼一样，说是他做的。实际上我们心里都有数，怎么可能是他呢？凭他那小胆子怎么可能弄死一只猫呢？"

说到这里，穆老师自顾自地愣了一下，接着讪笑道："话也说回来，当时在电视里看到梯田人魔是邱凌的时候，我第一时间想到的也是不可能，他这么一个窝囊的家伙，怎么可能犯下五起命案呢？太不可思议了。"

"你只是因为邱凌窝囊，就认为弄死猫的不会是他？"李昊插话道。

"时间也挺久了，不太记得了。反正当时我们私底下都认为不是邱凌弄的，因为和邱凌一个寝室的同学说那天晚上邱凌压根就没离开过寝室。"穆老师回答道。

邵波问："他就不能在寝室里的同学睡着后再一个人出去吗？"

"有点难。"穆老师笑了笑，"他寝室里有两个出名的学霸，一个是晚上不睡熬夜看书，一个是早上早起赶早看书。两学霸后来就约定了，晚上不睡熬夜看书的准备睡觉时叫醒早上早起赶早看书的，权当互相激励。也就是说，那一宿邱凌要离开寝室出去，除非是学霸出去上厕所。只是一个普通人上厕所的时间，他也不可能完成杀猫摆放的整个作案过程。"

"文戈那天晚上呢？"李昊沉声问道。他这问句一出口，我的心也紧跟着往下一沉，有点害怕听到穆老师的回答。

穆老师似乎也意识到了我心理的变化。他叹了口气："沈医生，那一次事件受罚的人是邱凌。但实际上我们所有同学心里都知道，大半夜去将那只野猫摔死，并折成几段摆到莫晓丽桌子上的人，只可能是文戈。"

"感谢你刚才用了'可能'这两个字。"我自顾自地站了起来，"李昊、邵波，你们继续和穆老师聊聊，我想去外面走廊上站一会儿。"

说完这话，我没有等他们的任何回应，便大步朝外走去。我拉开了门，学校里下课的铃声正好响起。我站到走廊边，远处那些从教室里快步走出的孩子无忧无虑的，他们所憧憬与热爱的未来，是美好与绚丽的。

而这一刻的我，却很想告诉他们，未来，其实也可能是狰狞的。

我知道自己的内心深处某个角落，阴暗已开始聚集。我无法控制自己，不时意淫世界的悲观与残酷一面。邱凌，这一刻被禁锢在看守所中的他，散发出来的黑色雾霾，似乎正在将我笼罩。而他的所思所想，我越是想钻研进入，越是不可控地代入其中。

我摇了摇头。如果摔死野猫并将猫尸拧断的人不是邱凌，那虐猫事件的凶手，就可能是文戈……

我望向天空，晚霞在天际缠绵着，红色与白色的云彩纠缠到一起，如同那穿着红色格子衬衣的少女在微笑。或许，拧开邱凌内心世界那座火山的钥匙，就是文戈。

第十三章
猛禽的猎物

这是个充斥着各种阴谋论的世界，但是，又始终是个单纯与简单的世界。

37

　　我不再关心邱凌与文戈高中时的所有故事了，因为有些东西其实我早就猜到了一二，包括他俩曾经有过的情愫，也包括邱凌曾经在文戈世界里所占据的位置。于是，站在走廊前看那些并未被世俗染色的孩子时，我在思考一个问题，那就是文戈那些不为我所知的一面，充满了阴暗的一面。

　　我想，或许我所认识的文戈，并不是整个世界里的她。我们都知道，每个人的潜意识世界里，天使与恶魔都同时存在着。不管我们给自己加上什么样的所谓"高级生物"的标签，但始终，我们的动物性隐藏得那么深。再纯洁美丽的少女，她也认真地捏断过蝴蝶的翅膀与触角。再阳光帅气的男孩，他性幻想的世界里，也憧憬着痛苦的喘息声与挣扎。那么，在我不曾认识的文戈的过去岁月里，她也血腥与残忍过，似乎再正常不过。

　　她不时望向我的身后草丛中的那双眼睛，被晚霞再次刻画出来。眸子里，闪耀出的纯情不再。对始终如一深爱自己的男孩的深深伤害，甚至当着那男孩的面，将自己的一切交给另一个男人……

文戈很罪恶，我有了一个可笑的念头——我开始同情邱凌了。因为我终于意识到，他这半生所做的一切，似乎都是为了文戈而舞爪。

一个多小时后，李昊和邵波走出了校长室。穆老师和邵波在教学楼楼下小声说了一会儿话，应该是关于穆老师的那奇怪性取向的保密事宜吧？

我不关心。

走到车旁，他俩点上了烟。李昊便开口对我说道："要不要听听邱凌那一年教师生活里的故事？"

我摇了摇头："没太多兴趣。"

"也确实没什么好听的。"邵波笑了笑，"就一个青年老师逆袭考入公务员的励志传奇而已，顺便还加上自吹自擂了一段大学虐恋过去而已。"

"你觉得有收获没有？"我望向了李昊。

李昊将烟雾吐出，较我和他之前驱车离开市局大院那一会儿，现在的他反而显得抒怀了不少。他苦笑着："能叫什么收获呢？总不可能给省厅的人说邱凌曾经的女友是梯田猫魔，在高中时期虐杀过一只流浪猫吧？"

说到这里，他意识到自己说错了什么。不过他的粗犷注定了他不会像邵波一样马上改口。他看了我一眼："沈非，文戈小时候可能也比较强大。"

"嗯，是比较强大。"我点着头。

邵波连忙岔开了话题："两位神探，今天折腾了一下午，不过是我们再次对邱凌的过去种种有了更深的了解,那么接下来呢?之前李昊说还有几天来着?"

李昊龅声回了句:"三天。"

"是的,三天,今天是第一天。"我补充道。

我们给古大力、八戒打了电话,邵波领着我们去了他常去的海都水城。他以前帮水城的香港老板处理过一个很麻烦的破事,所以作为高级 VIP 的他,有一张永远花不完的会员卡。我们五个人脱了个干净,进去胡乱地洗澡,换上了水城的短裤去西餐厅吃了个饭,最后,找了个很大的包房钻了进去,五个人趴成一排,背上都是滚烫的玻璃罐,就好像地狱里受罚的落难灵魂。

按摩师离开后,八戒扭动着一身肥肉,开始折腾包间里的茶具。很快,那淡淡的绿茶香味,让人觉得很放松。我们围着茶台坐着,品着香茗。

"技师都出去了,可以开始聊邱凌那案子的事情了吧?"古大力一本正经地说道,他额头上有一个大红包,是在洗澡时没站稳在墙壁上磕的,鼓得很高,好像矿工头上戴着的电筒。

邵波看了我和李昊一眼,见李昊点头,便将邱凌即将定为精神病病患送入医院一事,给八戒、古大力说了。他俩听着自然不高兴,皱着眉不说话,一时间房间里有点冷场。

很明显,他们都很郁闷。因为他们点上了烟。我站了起来,将窗户打开,接着站在窗边扭头说道:"八戒、大力,我现在想听听你俩的看法。"

古大力没吱声，望着天花板发呆，好像还在思考。八戒看了他一眼，回头冲我说道："沈医生，要听我们的意见，我们也给不出什么意见。"

"就说说看法。"邵波冲八戒瞪眼。

八戒讪笑："看法……嗯，沈医生，那我就说咯！我是个直肠子人，有啥说啥，说错了什么，你别往心里去才行。"

"哪里这么多废话？"邵波骂道。

八戒又笑："沈医生，大伙忙活这几天，捕风捉影到的一切，实际上都与梯田人魔案无关。当然，与案件有关的事情，是李队他们在做，也轮不到我们做。但是实际上，我们折腾几天，唯一的收获，只是发现了邱凌与你沈医生之间，存在着某些可怕的联系。"

"什么叫作可怕？"我问道。

八戒耸了耸肩："可能我的想法比较阴谋论吧？邵波也没有对我隐瞒大伙捕捉到的细节。于是，我就是有种感觉，感觉邱凌从去年决定要成为梯田人魔开始，他就好像在等落网后，有机会与你直面并对抗。"

"所以他潜回母校将自己在学校的资料烧光，又把自己的房子布置得跟沈非家一模一样，并且将文戈的骨灰盒掉了包。"邵波沉声说道。

八戒点着头："沈医生，是你要我说的看法，这也只是看法而已。"

"你说的虽然没啥逻辑性，但应该是事实来着。"一直没出声的古大力突然间开口说道，"沈非，几个细节吧！首先是从那首诗开始，我们逐步找到的关于邱凌的过去碎片，都在反复围绕着'支离破碎'这么个中心论调走的。最初我并没有留意到有什么不对，直到上午和八戒聊天时，他说起了沈医生和邱凌同时爱着的文戈，是被火车碾死的，尸体支离破碎。那一刻我就开始怀疑，邱凌是想通过自己做的某些事，引起沈非的注意，并一步步引导沈非的整个世界围绕着支离破碎四个字走。嗯！假如我没猜错的话，他因为文戈的死，因为文戈的支离破碎，而怨恨着沈非。沈非的不敢面对，让他更为恼火。"

"有一点点道理。不过，他大可不必做出这么多事情，才能让沈非直视文戈的死。他那种极端主义者的行事风格，完全会找出文戈尸体碎片的相片，寄给沈非不就可以了吗？"李昊问道。

"你们今天下午不是去了学校，打听回来一个邱凌与文戈的过去的故事吗？"古大力一本正经，"这个故事正好可以把邱凌之所以这样做的原因给诠释出来。"

"继续！"李昊点头。

我却插话了："他想要为文戈做些事情，做一些当日的他，并没有勇气去做的事情。"

大伙都望向了我，而我望向窗外已经漆黑的世界："大力说的很对，我们始终不愿意面对的一个假设，就是邱凌从一开始，就是为了将我拉入整个事件。我们都自以为是地以为，这种让人咂舌的阴谋，不可能出现在我们的身边。但……如果真是这样的话呢？"

我转过了身，搓了搓手掌："我们这几天捕捉到了邱凌人生的若干个断层，断层与断层之间衔接的位置，也一一得以清晰。于是，我们来给邱凌的人生画上一幅画像吧。这幅画像，能够映射出他真实的内心世界。"

"他生命轨迹中的几个阶段，落差都很大。首先，他是一位有着遗传嗜血基因的孩子，所以在他的童年，他做出的任何让长辈害怕担忧的举动，都被放大，并迅速扑灭。可能，他在孩童时期犯下的错，并不会有多可怕，顽劣的男童时期谁没有过呢？邱凌不同，因为他是王钢仁的儿子，所以他弄死了一只青蛙，与女生发生了一次打斗，所要受的惩罚，会大过其他孩子。那么，在他的童年时光里，他想要泛滥的自我与个性，被压抑着纳入了潜意识深处。他是一座火山，但是沉睡了，沉睡得比一瓢清水还要平静。"

"也就是说他的这一压抑，一直延续向了他的青少年时期。"邵波附和道。

"算是吧！并且目前我们所了解到的他的青少年时期，相对来说算是一个比较正常的少年的成长时期。"我点着头。

李昊似乎对我的看法不太赞同："那也叫正常？满脸疙瘩，极度自卑地跟在某个女同学屁股后面，有什么心思也不敢表白，整个一窝囊废。"

"谁的青春期没经历过成长与历练呢？只是有些人的时间长一点，有些人的又不为人知而已。实际上，情窦初开的时光里，谁不是傻傻的呢？难道，因为青春痘而感觉自卑的邱凌，就必须与众不同，在那些岁月里就显露出张扬与跋扈吗？"我望着李昊说道，"当时的他很正常，他有暗恋心仪的女同学，也有自己的理想与抱负。但女孩并没有选择他，他很伤心与失落。但最终，他选择了面对，因为他对心理学的深入学习，明白强大的内心才是能够成就自己的关键。于是，在我和文戈毕业后，他开始改变了，并且，他的改变有了一二成效，最起码我们所知的一点是——陈教授最满意的几个学生里，有一个是他——邱凌。"

李昊点了点头，没再说话。

我苦笑："遗憾的是，他并没有在那一年里完成蜕变。他真正经历的涅槃，应该是在曙光中学教书的时候。他很反感每天面对中学生的日子，因为他最狼狈也最压抑的那几年，就是他自己的中学时代，但那个时代有文戈。站上讲台后，文戈不在身边了。上一次在我的诊疗室里，他分裂出来的另一个阻拦者邱凌，对于那一年表现出了极度的反感。但今天我们和穆老师接触时发现，那一年其实他也有与穆老师说笑，甚至吹牛。"

"所以，我们可以将他这段日子，视作他人生的第三阶段——破茧。重生的阵痛，让他不愿意直面。他在那一年里，没有文戈，也没有方向。最终，他找到了离开那一蚕茧的方法，考公务员。"

我望向了窗外，那轮弯月正在云彩后缓缓露出颜面："最终，他成功了。同时，已经没有了满脸疙瘩的他，大步走向了新的人生道路。他个子高，瘦削，斯文干净，知识面也比较广泛，注定了他的人缘不会差。当然，他之前所经历的压抑，让他也不会随意对人打开心房，包括爱人陈黛西。这段时间里，他其实是一个安静与健康的正常男人，生活与工作相对来说都算稳定。他也有自己的兴趣爱好——对于心理学的继续学习与实践……"

说到这里时，我突然一愣，诊疗室里阻拦者邱凌的那段话，在我脑海中回放……

"他开始在这个城市里默默穿行。他做了很多很多事情。"

邱凌在看似正常的时间段里，在这座城市中做了什么呢？

38

是的，阻拦者邱凌泪眼婆娑地说过，邱凌在离开学校后，因为缺乏心理学方面的临床经验，在这座城市中做了很多事情。那么，他做过一些什么事情呢？

"沈非，你又突然想到了什么？"邵波将我的思绪打断。

"没什么。"我小声应道。毕竟不管阻拦者是邱凌伪装抑或真实存在，他所说的话语，可信的程度并不高。

于是我再次望了大伙一眼："在这个阶段里，邱凌即将在他正常人的人生道路上一往直前。就在这时，两年前发生的一个事件，将他的整个世界打碎了。"

我深吸了一口气，继而吐出，因为我知道自己说这一切其实需要很大的勇气，而我已经具备。我淡淡一笑："文戈死了，那个他以为将幸福终生的女人死了，而且死得支离破碎。邱凌的世界，也支离破碎……"

"他曾经以为，我——沈非会给予文戈完美的未来。甚至他给穆老师编织过一段美好愿景的故事，说是因为害怕自己无法给予文戈幸福，而舍弃了对方，让对方与真正优秀的男人结合。"我再一次深吸一口气，继而吐出，"他的爱是无私的，甚至一度可以不计较回报，不需要对对方的占有，只求对方快乐。但是他绝对不能接受的是，他自认为自己那般痛苦做出的决定，最终并没有让文戈幸福，反倒让她走上了自杀的末路。"

我扭过头，弯月又一次被乌云遮住，世界漆黑一片。

"因为文戈的死，我崩溃了。我所选择的办法是否定，这一心理防御机制启动后，我看起来又过回了从前的生活，如同我的世界里并没有发生过文戈的死这一事件一般。同样地，邱凌也崩溃了，他心底的所有恶念，再次像夏季的草原般为火星所点燃。他觉得更不应该被原谅的是——我，应该比他更加痛苦的我，甚至应该跟随文戈选择自杀的我，还好好地活着，还假装着悲剧从未发生。

"那么，邱凌想要做些什么，来与我的生命交集碰撞。他的天性本来就苛刻淡薄，对待任何生命甚至身边最亲近的人，也冷漠如同路人。陈黛西所经受的精神层面的伤害，就可以窥探出他的冷血。或者，他也有过热情，覆灭在文戈离去的那个夜晚。"

邵波脸色也变了，他低声道："所以，邱凌开始了用他自认为应该用的方式，成为这座城市中血腥的屠夫。当年他并没有摔死那只野猫，因为没有勇气。于是，他在夜城市里，将落单的女人一一虐杀，就像文戈当年虐杀那只野猫一样。他觉得，当年他就应该做的事情，现在只是重新开始而已。"

李昊也倒抽了一口冷气："他做这些的目的只有一个，让自己最终落网。紧接着，因为知悉我与你的关系，那么在他所伪装的多重人格障碍病征出现后，你就一定会被我们市局邀请卷入进来。也就是说，在你第一次走进看守所审讯室的瞬间，他是得意的。因为你迈入梯田人魔案件开始的一刻，才是他真正的计划拉开帷幕的时刻。"

包房里的五个人都沉默了，因为我们目前揣测出来的完整的邱凌，似乎变得越发狰狞起来。

"一个人对另一个人的怨念，真能演变出这么可怕的故事吗？"古大力小声嘀咕道。

沉默……我们都在沉默。这是个充斥着各种阴谋论的世界，但又始终是个单纯与简单的世界。我们时不时将身边的一切想得那么复杂，可实际上它可能又那么简单。我们又时不时将身边的一切想得那么简单，可实际上……

李昊电话的铃声响起。他看了下屏幕，接通后朝这硕大包房的阳台走去。他先是小声地说了几句什么，紧接着冷不丁地低吼道："你们是不是疯了？别忘了你们的身份。"

我们被他的低吼吸引，朝他望去，可他似乎意识到自己声音太大了，连忙将阳台的玻璃门拉上。

"李大队又开始训人了。"邵波冲我们笑笑。

几分钟后，李昊走回房间。他点了支烟，大口地吸着，眉头皱得很紧，这一表情在他算是常态。

"又怎么了？"邵波笑着，似乎想让包房里的气氛活跃起来，"市委大院又丢了电动车吗？"

李昊白了他一眼，接着咬了咬牙，望向了我："沈非，今晚上想不想再会一会邱凌？"

我愣了:"怎么了?"

"就问你想不想。"李昊突然吼了起来。

"李昊,发生了什么,你就不会好好说话吗?"邵波冲他瞪眼骂道。

李昊似乎也意识到了自己的失态。他叹了口气:"局里有几个同事憋着难受,打给我,希望我们再多做点什么,能够在这最后两三天,将目前既定的结局推倒。"

我点了点头,我和李昊认识不是一年两年了,很明显他在对我说谎。这时,邵波也正扭头看我,他是个人精,不可能看不出李昊高举着的幌子。

"那他们要你怎样配合?"我故意问道。

"今晚我们提审邱凌吧!你不是喜欢把他领出看守所吗?我们可以找个空旷点的地方,你和他单独聊聊。"李昊这样说道。

"八戒,你和大力先出去泡会儿澡吧,我们仨想单独聊聊。"邵波径直扭头对他俩说道。

古大力愣住了:"你们是要聊秘密的事情吗?"

八戒站了起来,提了提短裤:"你这胖子怎么这么多事呢?要你跟我出去泡会儿就泡会儿。"

古大力点了点头:"行吧!"说完跟在八戒身后朝包房外走去。临到门口他似乎又想起什么,回过头来,"我知道了,你们接下来要说的事情,不方便我和八戒知道。"

八戒怒了:"嘿!小样怎么这么多废话呢?"

古大力没敢吱声,往外走去。合拢房门的一刹那,听到什么东西碰撞到旁边墙壁的声音,与古大力小声的哎呦声。

李昊又点上了一支烟,他不怎么适合撒谎,尤其是遮遮掩掩的这种撒谎。要他趾高气扬地说着大白话去震慑犯罪分子问题不大,对身边人耍个小心眼什么的,对他来说就是高难度任务了。

我没吭声,望着李昊。邵波最先开口:"李昊,刚才你接的是谁的电话,对方对你说了什么?"

"是局里的同事,梯田人魔专案组的刑警。"李昊照实答道。

"他们说了什么?"邵波也板着脸。他很少下脸,但真正发起火来,也有一股子杀气。

"确实是想要我们今晚再提审一次邱凌。"

"为什么他们自己不去提审?"邵波不依不饶追问道。

李昊抬起头来:"因为他们无法把邱凌带出看守所,现在唯一能将邱凌带出看守所的人,只有沈非。"

"是因为汪局吗?"我想了想。

"嗯!"李昊应道,"汪局私底下对人说了,目前唯一有可能弄倒邱凌的人,就只有沈非了。所以,沈非的任何要求,市局能够配合的,都将开通绿色通道,先办事后申报都可以。"

"他们想要你领着沈非申请将邱凌带出看守所,在看守所外沟通一次。而且,他们提出了最好是沙滩,因为那里有呼啸着的海风,有海浪拍打的声音。最关键的一点是,那里空旷。"邵波冷冷地说道,"李昊,你是不是疯了,你们想做什么?"

李昊闭上了眼睛,半晌,他睁眼望了我一眼,又望了邵波一眼:

"你我都有女性亲属，如果，被邱凌虐杀的人，是你我的姐妹，或者母亲女儿，那么，我们应该怎么样看待即将不用承担法律责任的邱凌？"

他点上了第三支烟，并大口吸着："邱凌是个极度危险分子，但并不是说我们自己就不能将他提审，不能带他去犯罪现场取证了。目前最终认定报告没出来，我们就有权限领他外出。"

"然后，邱凌企图逃跑，最好是他还袭击了你们中间的某一个刑警。最终，你们鸣枪示警没能将他震慑住后，果断开枪，将他击毙。"邵波一鼓作气说道，"李队，你们海阳市刑警队都是一些好汉子啊！还真没看出来你们有这血性。"

"这不是血性，这是正义应该战胜邪恶。不可能犯下滔天大罪的人可以比我们还淡然。法律是要制裁犯罪分子的，刑法制定出来，就是惩与罚。邱凌可以钻法律的漏洞，远离惩罚。那我们为什么不能钻程序的漏洞，让他得到他应该受的惩罚呢？"李昊低声说道。

"快意恩仇，是我们作为刑警应该做的吗？"邵波愤怒起来，甚至一度忘记了自己早已经没有了刑警的身份，"如果我杀了人，你就可以因此将我的性命夺走，那么，法律制定出来又有什么用处呢？"

"行了，别吵了，怕外面的人听不见吗？"我猛地站了起来。

李昊和邵波同时扭头望向我。

我再一次走向窗边，望向幽暗的天空。弯月与星子全数不见了，暗流涌动，一场夜雨似乎随时就要降临到这个世界了。

"李昊，你去安排吧！我们去那天我们去过的那片沙滩。"我对李昊说道。

"沈非，你疯了？"邵波站起。

"如果他们真的要开枪击毙邱凌，那么，除非他们还将我与你都开枪击毙，否则，我俩都会将真相告知整个世界。"我淡淡地说道。

李昊摇了摇头，将手里那根烟大口吸入，最终叹了口气："沈非，我，与我的战友们，我们真心希望你能够将邱凌那阴暗恶毒的一面完完全全地揪出来，并让他得到应有的惩罚。我和你认识十几年了，我知道你有你的原则，你敬畏自己的职业操守。可是，对方是一个双手沾满血的屠夫，那么，你就不能为了帮助我们将他定罪，而做出一点点让步吗？其实，你俩单独谈话时你录下一段对话给我们，都可能成为推翻他即将拿到的鉴定结论的有力武器。"

"李昊。"我打断了他，"如果……我是说如果。如果邱凌真的只是一个多重人格障碍患者呢？如果他真的是一个精神病人呢？一个完全限制行为能力的病患，他到底应该受到什么样的惩罚，难道你会不清楚吗？"我望着他的眼睛继续说道，"医学上精神病的解释，与司法上精神病的解释是不同的。刑法的解释是限制解释，是严厉到近乎于苛刻的。邱凌被捕已经这么久了，省厅对他的鉴定不是一天两天能批下来的，他们所做的工作，相对来说已经足够严谨了。"

李昊避开了我的目光。

我叹了口气："李昊，给你的同事们说一声，只要还有一丝丝的机会，我都不会放弃。"

"沈非，你可以告诉我你还有什么办法可以击垮他，让他自己乖乖认罪吗？"李昊回过头来，对着我摇了摇头，"沈非，答案是没有。

因为你的内心本来就不如他强大，心思也没有他缜密，毕竟他对这一切已经酝酿了几年。在你俩真正直面交锋的时候，你真正也唯一能够战胜他的武器，是他对于文戈永远的迷恋。而这，也是他挥向你的利刃。"

"你斗不过他的。"李昊叹了口气，"不止我，包括我们队里的其他同志都是这么看的。"

我没吭声，朝着包房门外走去。

39

12:15，我与邵波来到了沿海大道。我们停好车，迈步走上沙滩。夜城市闪耀着华丽的光点，在远处婀娜。邵波点上烟："真好看，这也是我选择留在海阳市的原因。"

"其实，你应该说是我们选择留在这个世界的原因。"我淡淡地说道。

邵波看了我一眼："沈非，你外表看起来比我们任何人都强大，但是骨子里的你又比我们所有人都悲观。一个真正优秀的心理咨询师不应该是你这样的。"

"那应该是什么样呢？"我看了他一眼，这平日里给人感觉玩世不恭的家伙认真的模样其实挺有意思的。

邵波笑了："我也不知道应该是什么模样。我认识的心理医生也就你和你们事务所里面那几位，所以，我压根就不知道真正意义上的心理咨询师应该是个什么模样。不过……"邵波顿了顿，"不过就目前看起来，邱凌似乎比你更像一位真正在心理学领域有高度的智者。最起码的一点是，他能够冷静与客观地对待他人生经历的种种，时刻知道自己在做什么，也知道自己需要的是什么、放不下的是什么，而你……"邵波摇了摇头。

我没看他，望向远处天际那涌动的乌云。海浪不大，海风也不强劲。但，闷热的天气，预告着昨天那场暴雨，并没有完全释放开来，并即将再次来袭。

"邵波，其实你说的是对的。"我沉声说道，"作为一个心理医生，应该具备的第一素养，便是能够客观地对待意识世界的种种，包括别人的，也包括自己的。但是，人，不是机器，每一个人的精神世界，都是一个风起云涌的广阔天地。就算我们心理医生，也无法真正做到因为自己懂得那么多的道理与原理，就能够绝缘于心理疾病。"

我笑了："就像一个脑科医生，他一样会头疼。某一个早晨，他端详自己的体检报告时，也一样会发现癌细胞正在吞噬他的生命。他曾经行医的年月里，无数次地安慰过病患，激励对方勇敢面对病痛。但厄运最终袭向他时，他曾经激励别人的那么多话语，对于他自己，变得无效起来。他能够帮助别人，但并不一定能帮助自己。甚至，对病魔了解得越深刻，也让他比别人感受到更多的恐惧。邵波，始终，医生也只是一个普通人而已。"

"沈非，邱凌懂的也和你一样多，但是他为什么能做到呢？"邵波问道。

"那么我想问你一个问题，如果你所认识的这位在你事务所对面开诊所的人是邱凌，以你目前对他性格的了解，你觉得你会不会和他成为好朋友呢？"我反问道。

邵波一愣，接着毫不犹豫地回答道："不会。"

说完这句话，他将手里的烟头对着远处弹出，那闪耀的暗红，在黑暗中划出一道弧线，最终湮灭。他沉默了一会儿，接着说道："沈非，我想，我明白你的意思了。邱凌和你最大的区别是，你给人感觉是真实的，尽管你的职业是一位心理医生。而邱凌性格是走向极致的符号，尽管他又是一位看起来很平凡的公务员。"

我却不知道怎么回答他的这一看法。半晌，我点着头："应该是这样理解的吧，有种人，天性淡漠。在他人性一步步走向最终形态后，他的世界便会展现出他最为极致的一面。这一面可以是对某些研究方向或者某些他所爱好事物的全身心投入，也可以是对某些他想占有的东西近乎于疯狂的掠夺。所以，社会常规在他看来，变得不算什么了。他的世界里，没有了对与错，只有最终他想要达到的目的。"

邵波却扭头了："沈非，他们好像来了。"

我转身，望向沿海大道边正在停车的两辆白色警车。前面一辆车里跳下了李昊与另外三个身材高大的便衣刑警，他们似乎在说着话，但距离太远，又看不清他们的表情。

从后面那辆车里首先跳下的是两个背着枪的武警，接着被他俩拉扯着下车的是依然被镣铐紧锁着、耸肩弯腰的邱凌。这一瞬间，我突然莫名地产生出一种感觉，我竟对邱凌有了一种很奇怪的亲切感，其中的原因基于文戈。

他似乎也看到了我，扭头朝沙滩的方向望了过来。距离太远，我不可能看清楚他的眼神，但被他注视的寒意，却如同慢性毒药一般，从我心底某处开始滋生，并蔓延开来。

一滴冰凉的雨水，打到我的脸上，紧接着，是第二滴、第三滴……

下雨了，本就黑暗的世界，被一场不应该到来的雨搂住。这安静的世界，变成了被雨丝分隔开来的无数个格子，其间又禁锢着无数的人。

我拨通了李昊的电话："带他过来吧！"

"下雨不影响吧？"李昊问道。

"挺好，淋湿了彼此都冷静些。"我接着说道，"李昊，给他松开中间的链子吧！"

"行！"远处的李昊似乎很乐意这样做，他对着他身边的刑警传达着指示，接着转身朝一旁走去。我知道，他是想和我说上几句不想让别人听到的话语。

他走出了七八米，接着望向我的方向："沈非，我和你是多年的好朋友，有些东西本来可以瞒着你，但是，有两个情况我还是说给你听吧。"

他顿了顿："第一，邱凌身上被我们装了录音装置，你与他的交谈，我们还是希望采集到。这一点，你不答应也得答应，否则，我们带他出来，就没有了任何意义。"

他再次顿了顿，似乎是给我时间思考。没有听到我的异议后，他声音压低了："第二个情况就是——沈非，今晚的邱凌如果像那天晚上一样，伪装出分裂的人格，有那么一点点暴力倾向的苗头，那么，他的任何过激反应，就会被我们视为想要逃跑，或者想要对你的人身安全造成伤害……"

"李昊，你们不能这样。"我打断他。

"我们怎样了呢？这么一个极度危险的犯罪嫌疑人，想要逃跑或者伤害人，我们有权行使我们的责任。"李昊斩钉截铁地说道，"沈非，这一点和上一点一样，你不答应也必须答应。我们是执法者，我们有权力也有义务制止犯罪。"

我皱紧了眉，望向那边正被人松开手铐与脚镣之间细长铁链的邱凌。我沉默了几秒，最终对李昊说道："你能不能答应我，你刚才说的话，对得起你头上的金色盾牌，也对得起你加入警队时的誓言。我不希望某些东西，成为你们给自己想要做出的极致行动所编织的理由。"

李昊似乎在那边苦笑，鼻息的声音清晰传来："沈非，在车上我们已经讨论过这个问题了。结论是——我们是警察，不是私刑的执行者。"

"那，让邱凌过来吧。"我说出这话时候，被松开手铐脚镣之间的细铁链的邱凌，挺直了脊梁。站在沿海大道边的他，在黑暗中远远望去，像一只正在树梢上休息的猛禽。而这只猛禽锐利的眼神，正望向着远处的猎物。

让人有点不安的是，我，似乎就是这一猎物。

第十四章
如果重来一次

你曾经无数次在意识的世界里模拟着与我的对抗和博弈。甚至,你还可能幻想过将我击倒在地,对着我的脸吐上一口唾沫。

40

邵波退到了远处，与李昊他们站到了一起。他们几个距离我和邱凌并不远，10米不到吧？但雨帘与开始呼啸的海浪声，将我们与他们隔离成了两个不同的世界。

邱凌歪着头，似笑非笑地看着我。他并没有率先开口说话，似乎知道了自己即将拿到最终的鉴定报告，赢得这次博弈的胜利。于是，我也笑了，因为他这一自信表象的呈现，让我明白，在我今夜即将举起的武器面前，他将有点猝不及防。

"如果让你的生命重来一次，你会怎样面对自己的人生？"我望着他缓缓地说道。

邱凌一愣，那浅笑似乎瞬间凝固在他的脸上。之前在诊疗室里，那副金丝眼镜被踩烂了，所以，这一会儿的他，戴着一副看起来有点滑稽的黑框眼镜，让他这一凝固的表情，在夜雨中显得格外诡异。

"沈非，我可以选择结束与你的谈话。因为我并没有责任和义务回答你的问题。"邱凌很认真地说道，"况且，我并不明白你这问题是什么意思。"

"你不会选择结束与我谈话的。"我继续缓缓地说道,"你曾经无数次在意识世界里模拟着与我的对抗和博弈。甚至,你还可能幻想过将我击倒在地,对着我的脸吐上一口唾沫。"

"确实有过。"邱凌耸了耸肩,"不过那些幻想都发生在我少不更事的年月里。对了,沈医生,你今天把我领到这沙滩上来,不会还是想要和我叙叙旧,套近乎吧?"

"嗯,我们也是应该叙叙旧。"我点着头,"毕竟,你曾经一厢情愿地认为,是你的伟大成就了我与文戈的婚姻。你也曾经一厢情愿地认为,文戈能在我这里得到幸福与美满。"

说出这话的瞬间,我感觉得到自己的心在一下一下地被什么东西抽紧。我也知道,我现在所要挥向邱凌的利器,它的锋芒同样也能将我自己割伤。

所幸,雨下得更大了,黑色的天幕,让我脸上可能显露出的些许心碎痕迹,不会被邱凌所洞悉。而海浪与海风演奏着的乐曲,也将我语句中的某些细微的颤音掩盖。

邱凌闷哼了一声,选择了沉默。我只得转过身面向他,尽管这样可能让我本就并不那么自信与从容的颜面,展现在他面前。但同样地,对这一话题的讨论,他和我一样,也会有触动,这是不容置疑的。

可遗憾的是,邱凌还是最初的那个表情,嘴角往上微微扬起,似笑非笑着。见我转身,他瘪了瘪嘴:"沈医生,你没有觉得自己很滑稽吗?"

"怎么说?"我故作轻松地问道。

"你压根就放不下,然后在我面前伪装成一个能放得下的模样,有必要吗?而且,我……"邱凌说到这里,突然住嘴了,似乎硬生生地咽下了半句什么,并再次沉默。

我笑了,这次的笑却是真实的放松后的微笑,因为我洞悉到了他的幼稚,并明白他下一步想要做些什么。于是,我率先说道:"邱凌,你想要表达什么,其实并不需要释放出你那所谓的某些分裂出来的自己。"

他却低下了头。

"接下来你又想扮成谁呢?"我继续说道。

这时,低着头的他身子猛地抖动了一下。

"邱凌!"我低吼道,因为我在他身子抖动的同时,猛地意识到一个问题,那就是如果他释放出来的是那所谓的"天使"邱凌,那么,狂暴与不计后果,这些都将是他为这一人设所做的布置,也正迎合着李昊身后那几个暴躁的刑警希望看到的场面。

我朝身后的李昊他们望了一眼,黑暗的夜雨中,我无法洞悉他们的表情。但李昊身后的几个刑警的手似乎抬了起来,放到了后腰上。

"邱凌,你最好冷静下来。我希望这一刻与我交谈的是一个真正敢于面对自己人生道路的对手邱凌,而不是一个像当年一样,任何事情都不敢直面的满脸疙瘩的邱凌。"我冲他低吼道。

"是吗?"他没有抬头,但眼睛又一次朝上翻着望向我,"沈非,那你希望与哪一个邱凌直面呢?"

他一边说着,一边将身上皱巴巴的囚衣纽扣解开,并缓缓退下:

"沈非，我们可以往前走几步吗？或许，我们应该好好地观察一下这大海，与正在上涨的潮汐。"

说这话的同时，他的囚衣被他用一种很繁琐的方式从手铐中缓缓带出，并扔到了旁边的沙滩上。

我没出声，径直朝他赤裸着的身体望过去。这时，我看到他的左胸接近腋下的位置，有一个黑色的好像伤疤一样的圆点。

"你身上这个伤疤是哪里来的？"我问道。

可邱凌却转过了身，朝着海面走去。他的脚镣约束着他只能很小步地行进，但这一动作在当下反倒并不狼狈。

"沈非！"李昊的声音在我身后响起。

我转过了身，双手张开大喊起来："没什么！我们想要走走。"

说完这句话，我循着邱凌的脚印往前走去，并尽可能地拦在邱凌与身后李昊他们几个刑警的正中间。我知道，有邵波在，李昊他们不可能真的拔枪，但……

但对方是邱凌——梯田人魔。

几分钟后，我和邱凌投入了大海的怀抱，海水，漫过了我们的脚踝，拍打着的浪花，将我们的裤子全数打湿。雨水，又淋湿着我们的头颅与身体。

"冲不干净的。"邱凌淡淡地说道。他终于抬起头来，那黑框眼镜上全部是雨水，于是，他的眼神被掩盖在了镜片后，"沈非，可能，现在才是真正的安全了。"

"可以告诉我是什么意义上的安全吗？"我问道。

"一种如同回到了子宫中的安全。"邱凌的声音冷静清晰。

我意识到了什么，并正色道："这又是你对我展现出来的一个新的邱凌吗？"

他点着头，湿漉漉的头发盖住了他的额头，让我无法看到他是否有皱眉的动作："算是一个新的邱凌吧！如果需要受到法律的严惩，那么，被拉去枪毙的，应该是这一刻的这个邱凌吧。"他继续淡淡地说道，"今晚真好，有雨丝，也有海浪。淋了个彻底的身体，让我不用担心彼此身上可能有着的窃听器。沙滩上的监控也照不了这么远，看不到我在这片海上的嬉笑与怒骂。至于……"他扭头望了望那边的李昊他们，"至于那几个警察，不过是笨蛋而已。"

他嘴角往上扬了扬："想不到的是，他们竟然还是你的朋友。"

我终于明白了他为什么要脱掉上衣，并领着我走入漫过脚踝的海水中，是因为害怕被监听而已。但他不知道的是，我也压根不愿意被人监听，监听我与他聊的所有细节。我继续问道："我应该如何定义现在这个你呢？或者我是不是应该问上你一句，你是谁？"

"我？"他摇着头，"我自己也不知道我是谁。对了，你应该把之前看到的两个我，都加了备注在笔记本上吧？能告诉我他们分别是什么名字吗？"

"天使，阻拦者。"我照实回答道，"并且，对于那个暴躁冲动的人格，到底是命名为天使还是恶魔，我也还没想好。"

"叫他天使吧！毕竟他始终还是单纯的，单纯地遐想着要去做很多很多他应该做的事情，但最终，并没有付诸行动。"邱凌建议道。

我说道："如果这些人格确实都是存在的，并不是你杜撰与模拟出来的，那么，从一个心理医生的角度看的话，那个他，也不可能是真正的梯田人魔。他不够冷静，无法完成那些繁琐的凶案步骤。"

"杜撰与模拟？"邱凌把头微微地歪了一点，"沈非，我觉得你挺会用词来着。杜撰……模拟……嗯，我喜欢这两个词。"

他一边说着一边将手抬起，并将10根手指竖立。我依然看不到他的眼神，但我相信，他这一刻所释放出来的眼神，是自信满满的。

"看看这10根手指吧！"他的声音越发悦耳，语调不高，语速适中，像一个成熟理智的心理医生的声音，"沈非，我从去年开始，手指上就一直有倒刺，甚至每一根手指上都会有。这是因为我在自己的食谱中舍弃了维生素C和B6的摄入。但是，我并不会去拔掉它们，任由它们拉扯着手指上的肌肉。这样，我可以随时随地肆无忌惮地让自己感受到撕裂的痛感，只要我愿意。"

"这样，你就可以让自己随时因为痛感而变得清醒与冷静，就像你在图书馆里总是找最不舒适的位置坐的原因一样。"我望着他说道。

"这是其一吧！但还有一个功能，你应该可以猜得到的。毕竟，从我决定了为文戈做某些事情之后，我就时刻面临着被抓获。那么，在我走入牢房后，我需要更为冷静清晰的思考时间。倒刺的刺痛，是一个非常便于携带的办法。"

"也包括你在面对测谎仪的时候吗？"我望着他的手指，那手指细长，但指甲位置，有着比较明显的肿胀，至于是否布满了倒刺，黑暗与雨水让我无法洞悉清楚。

"你说呢？沈非，你我虽然都不是精神科医生，但对测谎仪的结构与原理都是有了解的。感应器贴上我手指的同时,也会接触到我的倒刺,很疼。对了,你刚才不是问我左胸接近腋下那个伤疤的缘由吗?我可以告诉你它是怎么来的,它是被带去你的诊疗室的前一晚,我与我所在的监房恶霸打架时被对方用牙刷刺伤的。当时,有十几个囚犯都亲眼看到了,之后赶过来的狱警,也正好看到了这一幕。所以,这个伤疤是我被人欺负时得来的,它象征着我的懦弱,象征着我的狼狈。这些,应该都是你沈非希望也喜欢看到的吧?"

我没吱声,继续冷冷地看着他。

邱凌的嘴角再次往上扬了扬:"这伤疤真好,正好能够塞进一支圆珠笔芯,这支圆珠笔芯从我肋骨缝隙里挤入,触碰着我的肺。呼吸感应器缠绕到我的胸部,也正好缠绕在这支圆珠笔芯上,让我的身体不能够放肆地改变呼吸速度。因为……"邱凌笑了,"因为身体太可怜了,呼吸速度改变,它会疼。"

"如果没猜错的话,你的臀部也有一个这样的伤口吧?用来对付第三个感应器。"他说这一切的同时,我开始变得冷静,对方显露出的强悍,同样也激发了我的斗志,让我不再像之前那样如临大敌。

"你如果想看的话,可以脱下我裤子看看,我并不介意的。"邱凌冷冷地说道,"同样地,你一会儿还可以让你的警察朋友也都看看,你可以说说我胸口的伤口,也可以说说我的臀部。沈非,像你我这种有着心理学知识基础的人,其实有足够多的办法对付测谎仪器,只要我们提前准备就成。让自己臀部的肌肉变得结实与愚笨,并不难的。"

我打断了他:"邱凌,你还没有回答我之前的那个问题。你是谁？或者说，你现在伪装出来的这个自己是谁？你又想让我在笔记本上给现在的这个你备注一个什么样的名字呢？"

邱凌终于笑得裂开了嘴："对应你之前的那个'天使'邱凌吧！"

他的眼镜往下滑了些许，那双眼睛显露出来，肆无忌惮地望着我："你可以称呼我是'恶魔'邱凌。因为，所有的一切，对于邱凌这个母体来说，都是我这个恶魔来完成的。一切的一切……"

41

缺乏正常的伦理与道德感受，按照他们自己的准则生活，倾向于使用那些冷血的、工具性的威胁和暴力来满足自己的需求，无视社会规范和他人的感受与权利。

以上种种，便是犯罪心理学里强调的犯罪型精神病态。在很多案例中，这类连续犯罪者都是极其残暴与冷酷的，他们不会有任何，甚至应该说不会有一丝丝的情感。行凶在他们看来，只是一段简单、直接，也不值一提的工作而已。

让人觉得更为可怕的是，有犯罪型精神病态的罪犯中，性犯罪者比较起其他犯罪者又要更加暴力，更加残忍，也更加无情，对受害者实施的虐待也更加严重。因为主导着他们往下行进的动力，是刺激与兴奋。

面前这个自称"恶魔"的邱凌，完全符合这一特性人群的诸多元素。或者，我也可以换种说法——面前的邱凌在这一刻所伪装出来的自己，就是一个具备犯罪型精神病态的极端人物。

我也笑了，和邱凌一样笑得咧开了嘴。对方所具备的在心理学领域的博学，让他能够早早地勾画好几个具备特色的人格出来，在各种需要的时刻，又随意释放出来。

在这一刻，他终于释放出来的这一恶魔邱凌，实际上就是一个对我完完全全宣战的他而已。

夜越发深沉，海浪凶悍，甚至将我与他的身体推动得有点摇晃。海水漫过了我们的膝盖，让我们全身湿了个透彻。邱凌抬起了手，将脸上的眼镜往上推了推，拦住了双眼："沈非，那我们现在就开始吧！开始你与恶魔邱凌之间的对话吧！"

"你是什么时候把文戈的骨灰带走的？"我径直问道。

邱凌摇头："沈非，你觉得我会和你开始这么一场你问我答的交谈吗？再说，我所做的一切，凭借你们的能力，全都能将之剥茧抽丝，并还原。你没必要在我这里进行确认。况且，这一切……这一切也只有现在的这个'恶魔'邱凌知晓而已。"

"那'恶魔'先生，你又想要和我聊什么呢？"我反问道。

"我们聊聊心理学吧。聊聊弗洛伊德，聊聊潜意识吧。"邱凌建议道。

"你是想让我和你一起剖析你的深层世界吗？"我抬起手，将脸上的雨水抹去，"这确实是我比较乐意探讨的问题。"

"在心理动力学的角度，对于我这么个人应该怎么样诠释的？我想听听沈医生你的分析。毕竟我们自己看待自己，都无法真正做到客观精准，不管我们知悉多少心理学知识。"邱凌收住了笑，一本正经地说道。

"你……"我点着头,"其实你并不复杂。遗传基因让你具备成为犯罪者的冷漠跋扈。"

"那冷漠跋扈也就是那位你命名为'天使'邱凌的我吧?"他点着头,"暴躁,嗜血,总是想要疯狂,无法理智。"

"是的。不过,这个邱凌因为幼时家人的高压管理,而变得谨小慎微,进而收敛了本性的一面。于是,阻拦者出现了,他生活在你的青少年岁月里。他总是苦口婆心地告诫你什么可为,什么又不可为,害怕你无法控制内心的阴霾,做出违反社会常理的事情。"

"阻拦者……嗯,我开始喜欢你给他取的这个名字。而且,他的悲观与懦弱,让他不可能成为任何群体里的主角,只能躲在人们身后,默默地窥探这个世界。"邱凌点着头说道,"不愧是沈非,总结得挺不错。那么,接下来呢?"

我耸了耸肩,很奇怪的是,邱凌的夸奖,让我莫名地有一种被认同感。对对手的赏识竟然在无形中形成,尽管他是个嗜血凶残的屠夫。

"从你进入学校开始,你对你所处的压抑世界开始了反抗。你惊喜地发现,原来束缚住你的不过是自己主观的意愿而已,只要争取,便很容易改变。当你骄傲地走出学校,迈入新的工作单位时,你终于找到了自信,并开始了你真正应该有的生活。这个阶段的你,我可以看作当下作为社会人呈现在现实中的邱凌人格——温文尔雅,具备社会常规下的种种行事规则,并展现着自己独特的人格魅力。"

"挺精彩的,可惜我的手被铐住了,无法为你鼓掌。"邱凌说道,

"沈医生请继续。"

我点头:"你的世界被颠覆的瞬间,是你得知了文戈的死讯。于是,你在某个夜晚近乎癫魔与疯狂。"说到这里,我不由自主地停了下来。是的,我今晚想要对他举起的锋刃,就是他对于文戈的那份深爱。同样,这也是能够将我割成碎片的利器。

邱凌却开始继续了,他的声音悦耳,语速适中,说出的语句却是接着我刚才说的话题:"你,沈非的世界被颠覆的瞬间,也是当你得知了文戈死讯的那一刻。你曾经以为的美满生活,曾经以为能够承载并给予对方的幸福,在那个夜晚没有任何预兆地崩塌。接着,你开始咆哮,开始呐喊。你在你与文戈曾经的卧室里整宿地哭泣,端详着她的每一件物品发呆。沈非,你之前的人生道路太过平坦了,于是,你所自以为是的良好心态,被最终证实不过是个笑话而已。坚必折之,锐必挫之。最后,你无法承受,只能用某些让我觉得恶心的专业手段。"

邱凌深吸了一口气,望了望并不安静的大海:"知道吗?我恨过你,当我刚走入大学的时候。我所深爱并以为将携手终生的女孩,她是那么幼稚与单纯,就因为短短的一年时间我不在身旁,便被你夺走。但很快我又释怀了,因为你——沈非的足够优秀。你我都是学心理学的,理智、冷静、客观,是我们应该具备的心理素养。是的,我能够做到,所以,我努力让自己去祝福你们。但最终呢?文戈死了……"

邱凌叹了口气:"她走后,我并没有怨恨过你。因为我知道,每个人都有自己一个相对来说比较狭隘的小小世界,这个世界里有着很多秘密，是没有任何人知悉的，就算是最亲近的人。因此，在你沈非所未知的一个世界里，文戈有着她足够多的理由走向毁灭。这一切，不是你沈非的主观意愿。那么，作为一个能够理智看待世界的我，怎么可能因此而否定你呢？但是，你最终选择的面对文戈离去的方法——否定，就彻底地激怒了我。"

"你不应该不去面对，那痛苦的滋味，是你必须尝试的。我是邱凌，是一个凶徒的儿子，是一个曾经扭曲过的生命。那么，我可以躲避，可以阴暗，也可以消极。但是你不可以，因为你是沈非，是得万千宠爱于一身的优秀心理咨询师沈非。"

我插话，望着他那拦住了双眼的镜片说道："于是，你便制定出一系列的阴谋，并做出了一系列伤天害理的行径，就是为了让我关注你。因为我一旦想要洞悉你的世界，就不得不直面文戈的死。"

"是的吗？"邱凌耸了耸肩肩，"这个问题我还真不能回答你。答案你自己清楚，从当下的我嘴里，得到我的肯定没太多意义。沈非，我并不惧怕死亡，对别人生命的淡漠，同样也是对自己生命的淡漠。但是我想要抵抗，想要抵抗这个世界对某些所谓的常规做出的结论。为什么说一个凶徒的孩子，就一定会具备嗜血的本性呢？他没有这份本性难道就不可以吗？"

"好吧！"邱凌显得越发激动起来，"好吧！既然你们认为他势必要成为凶徒，那么他就释放出他那不为人知的一面吧！对了，应该说是裂变，裂变出你现在所看到的这个恶魔邱凌就是了！我没有天使的羽翼与光辉的外表，也没有你们这些得天独厚的优秀基因与美满童年。我不过就是一个没有人想收养的可怜孩子，甚至像一条丑陋的狗，每个人都用异样的目光看着我，害怕我随时扑上去撕咬他们。"

"好吧！好吧！"邱凌的声音越发大了，逐渐开始了咆哮，"好吧！那就让恶魔降临吧！每个人的潜意识世界并不是海面下看不到的那块冰山，而是一座看似平静的火山。沸腾着的，始终会汹涌，压抑着的，始终会释放。我并没有想要拯救这个世界，因为我压根就不是你这样的具备神圣使命的圣徒。好吧！我就是恶魔！就是一个恶魔而已！"

说到最后，他双手高高举起，脸上的黑色镜框再次下滑，让他那闪烁着兴奋眼神的双眼显露出来。他的咆哮，让他的身影似乎在夜色中变得越发高大。这时，一道白色闪电划破长空，那灼眼的亮光下，他苍白的脸上布满水滴，分不清是浪花的点点还是雨水的蔓延，抑或他自己眼眶中溢出的眼泪。

邱凌的这一大幅度动作，在紧接着到来的轰鸣声响起之前，引来邵波的大吼声。我猛地转过身，瞥见远处那几个人影正在晃动着。

伸开手拦在其他人身前的，正是邵波。

"轰隆"一声，巨大的雷鸣震彻天地。也就在雷鸣声收拢的瞬间，站在我身旁的邱凌，身体朝着他身后海浪袭来的方向重重地倒了下去。

我对着李昊他们的方向怒吼了一声："不要！"因为那一刻，我已经无法分辨雷鸣声中，是否有手枪的巨响。枪声相较大自然的怒吼，显得那么卑微，完全可以被盖住的。于是，我连忙跨前一步，但潮汐操纵着的海水已经漫到了我的腰部，倒下的邱凌沉入了水底。

我深吸了一口气，尽管吸入的除了空气还有雨水与浪花。我钻入水底，伸出手要将面朝上的邱凌往上托起。

这时，我看到了可怕的一幕，这一幕，似乎本不应该出现在我的视线里，因为这是雨夜的漆黑海水。但……但它又射入我的瞳孔，最终在我脑海中真实成像了。

我看到的……看到的不是邱凌，而是驾驭着邱凌身体的文戈那微笑着的脸，她望向我的双眼里，是讥讽与嘲笑般的神情。

我开始意识到，我所举起的利刃，最终刺向的人，还是我自己。因为我的不敢面对，注定了我无法被救赎。

是的，我深爱着那个穿着红色格子衬衣的女孩，深爱着那独特的气味。我不可能释怀，也永远不可能释怀。

我意识模糊，伸出的手变成想要搂抱上这个已经幻化成文戈的邱凌的身体。但仅存的一丝意识，还是控制着自己在这苦涩的液体中不致肆意地张开嘴。

因为我的口腔里，还有一个从邵波的事务所里借来的录音器。

42

我再次醒来是在两天以后，睁开眼第一眼看到的竟然是古大力，他正眨着小眼睛凑在我面前端详着。见我睁眼，他被吓了一跳似的往后一蹦，并扭头对着身后喊道："醒来了！沈非醒来了。"

紧接着我便看到了八戒和陈教授，以及我所里的两位心理医生，他们都围了上来。周遭白色的世界与我病床边正在下滴的药水瓶让我明白——我在医院。

"邱凌呢？"我很努力地挤出了这三个字，但似乎这三个字的吐出，也让我用光了全部的气力。

"在看守所里，他比你好多了，喝了几口水，被李昊他们锤了几下就没事了。你倒好，差点溺水死掉，被折腾得能够出气进气后，又怎么都唤不醒。整整两天了，把我们几个都吓死了。"八戒一本正经地说道。

"邱凌……邱凌没有被李昊他们……"我往上挪了几下，事务所的佩怡连忙上前，将我扶起，并塞了枕头到我后背上。

邵波打断了我后面将要问出的话语："他们没有，当时只是打雷而已。那一个闷雷轰鸣的同时，你和邱凌也同时倒下罢了。"

我点了点头，似乎有着些许不应该有的欣慰。

"省厅的鉴定报告已经出来了，下发到市局了。不过，汪局和李昊他们上午拿着报告与你那晚录下的音频赶去省厅了。"邵波站到我床边说道。

"哦！"我点了点头。这时，闻讯而来的医生与护士快步走进我的病房，最前面的中年医生看到我便笑了，对其他人说道："我说的没错吧！这孩子就是劳累过度，又因为某些突发情况引起虚脱而已，吊几天水就会醒过来的。"

他与护士动作麻利地给我做了几项检查，最终心满意足地离开。病房里的其他人自始至终都站在一旁，关切地看着我。医生离开后，邵波微微笑着说道："沈非，有一点你说的没错。"

我在小口喝着佩怡喂给我的白粥，冲他点头，示意他继续。

"如果观察者心理咨询事务所的头牌是邱凌,那么,他不会收获到这么多人的关心与呵护。我们,也不可能和他成为朋友的。"邵波的浅笑再次挂回到脸上,淡淡地说道。

和他的话语一起传过来的,是他们一干人等身后响起的长长的鼾声。只见八戒歪着头,四平八稳地坐在这单人病房的长椅上睡着了,他的嘴巴微微张开着,若隐若现的晶莹口水正在等候就位。

大伙都笑了,气氛变得没有之前那么凝重。我小声对邵波问道:"我含在嘴里的录音器录下的音频清晰吗?"

邵波摊开手:"怎么说呢?你昏睡了两天,市局鉴证科的人也忙活了两天。到今天早上才勉强让那段音频被修补整理出来。可当时风雨声太大了,你自己的说话声清晰,但邱凌说的话就太含糊了。至于李昊他们装在邱凌身上的那窃听器……"邵波笑了笑,"机器都被海水给冲走了,虽然不贵,但市局刑警队也要写个情况说明,说清楚那机器遗失的原因。"

"有可能将邱凌重新定罪吗?"我再次小声问道。

邵波叹了口气:"够呛。但在汪局和李昊他们看来,这是海阳市公安局能够祭起的最后法宝了,就算模糊不清,也被他们带着赶去省厅了。"

陈教授接话道:"小邵说得没错,够呛。我给我那老学究朋友打了电话,为这事还又争论了几句。在他们认为,司法程序上最终认定的结论,已经是极其严谨与缜密的。如果这一结论也能够被很轻易地推翻打倒,那么,司法的权威性在这一同时,也算是被狠狠地扇了一记耳光。"

"况且……"陈教授顿了顿,"沈非,你我包括我们身边的所有人,都必须承认一个很严肃的问题,那就是我们都先入为主地认为邱凌是利用他所掌握的知识,达成他对于一个多重人格障碍患者的饰演。于是,我们看待这个问题的整个过程,都会将一二线索放大,看成我们预设的结论的论据。实际上反过来想,那几个老学究说的没错,数据,比判断是要严谨太多太多的。"

"是吗?"我淡淡地笑了笑。我知道,在那夜雨中、海浪声中,邱凌说过的每一句话,可能都不会有第三个人能够听到。那么,他那些所用到的伎俩,也再也不会有人知悉。当然,我是全数知道的,但是陈教授说得没错,司法程序上的认定并不是我们诊所里接待的某一起病患,凭借某一位心理咨询师个人的判断就可以给出结论了。

我扭头望向了窗外,天气正好。远处的草坪上,有孩童在奔跑,有坐着轮椅的病患被护士推着在行进。蓝天与白云笼罩着这一切。

是的,我热爱这个世界。但,这个世界是否热爱我,我无从分辨。况且我依然相信:邪恶,始终会被正义消灭。而不应该只是被隔离在某个阴暗的角落里。

恶魔,所犯下的罪行,最终势必要受到惩罚的。

邱凌,迎接你的,不可能是蜷缩在精神病院度过余生,而应该是法律的严惩。

第十五章
也许只是开始

监控探头显示的世界是黑白的,于是,没有人会注意到陶瓷茶杯里液体的颜色。

43

邱凌低着头,望着正将自己手铐打开的刑警。这位老警察从离开看守所开始,就一直紧皱着眉头。看来,他对于邱凌今天被送到海阳市精神病院的使命,有着严重的逆反情绪。不过,他再怎么逆反也没有用,司法不是某几个人反对就会改变结论的。邱凌被认定为完全限制行为能力的精神病人,这已经是最终裁定了。

老警察一言不发,将手铐收回。他手腕上的手表显示着这时的时间——5:43。邱凌知道,自己之所以被选择这个时间段被送入精神病院,是刑警们可笑的小心眼手腕。看守所的晚餐是5:20。于是,5:00他们把邱凌领出了监房。而精神病院的晚餐是5:30,也就是说邱凌迈入这座新的牢笼时,已经赶不上这边的晚餐了。今晚,邱凌将要饿上一宿。这……可能是狱警们唯一能够对自己施展出来的手段吧。

5:43……

邱凌心里开始数数:1、2、3……

他一边数着数,一边目送着面前的几个警察与医生们转身,他们与自己之间隔着一扇硕大的铸铁门，铁门的另一边，还有十几平方米，那是为即将对自己开展治疗的医生们准备的。中间摆着的那张靠背椅上，沈非之后一定会多次端坐在那里，一本正经地望向自己。对了，那靠背椅上应该还会坐着那位叫作乐瑾瑜的精神科医生，刚才穿过精神病院大门的时候，邱凌看到了大门上方的横幅，写着：欢迎苏门大学医学院乐瑾瑜医生调入本院！

邱凌打了个寒战，乐瑾瑜那美丽而又温柔的外表下，藏着一个什么样的灵魂，是困扰了自己很多年的一个问题。大一与她刚认识时，乐瑾瑜所做的一二举动，就让邱凌不寒而栗。尽管，自己与她在之后的学校时光中并没有太多接触，毕业后也再无来往。

想到这些，邱凌笑了，他伸展着手脚，缓缓地转过身，心里还在继续数着：89、90、100……

这个病房有13.8平方米大小，卫生间2.16平方米。海阳市精神病院一共有六个这样的单间，目前只有两个是空着的。也就是说，加上自己在内，一共有四个被认定为终生限制自由的精神病人被关押在内。

邱凌继续数着数：848、849、850……

另外三个病人分别是：1983年海阳市"独眼屠夫"张金伟。完全疯癫的他在街边将一位少女按到地上，用石块将她的头颅砸开。当时正值1983年严打，他原本是被判处了死刑的，但，他的疯癫是毋庸置疑的……最终，他被送入了精神病院，强制治疗，时限是终生。

武小兰从小就是个愚笨的女人，木讷的眼神让她始终只是站在人群背后可有可无的人物。终于，她想为人们所知，想得到更多的关注。她痴笑着将手伸向自己供职的妇幼保健院里尚在襁褓中的婴儿……1999年5月2日，这位放肆尖啸着的年轻女人被逮捕，最终被送入了精神病院，强制治疗，终生。

第三个病人叫尚午，他是否是精神病人，这个问题一直是媒体人与学者争论的话题。媒体认为，一个能够蛊惑人心，让那么多人崇拜与迷信的家伙，怎么可能是个疯子呢？他在2012年12月20日那所谓的世界末日时，在闹市区放下那么多炸药的行径，让人们至今都无比恐慌。尽管最终这一计划被市局刑警队提前侦悉，并成功化解。但尚午的疯狂，又怎么会是学者们认定的精神疾病就能够诠释的呢？

邱凌笑了笑，他朝着自己右边的墙壁看了看。尚午，应该就在墙壁的另一边。这一刻的他，应该刚吃完晚饭，正坐在病房里发呆。

邱凌继续数着数：2031、2032、2033……

文戈自杀之前，海阳市有一起让人费解的连环自杀案，死者都是一家叫作灵魂吧的酒吧的常客。他们的死法匪夷所思，自己用透明胶带将头颅缠绕，最终窒息而亡。市局刑警们大为头疼，愚笨的他们只得又找到当时意气风发的沈非帮忙。于是，一卷奇怪的视频短片被送到了沈非的观察者事务所。

然后……便是文戈走了。尽管不能最终确定，但她临走前看到的那段视频，似乎是唯一有可能将她推向悬崖的诱因。

沈非并没有意识到什么，他将文戈的死依然归纳为流产所带来的抑郁。并且，他对文戈离去这一事件的否定，也注定了他不会继续寻找文戈自杀的真相。

邱凌继续数着数：6437、6438、6439……他静静地端坐在木板床边，让天花板上的监控探头能够将自己照得清晰而全面。是的，文戈的离去，让邱凌的世界彻底裂变。他开始在这个城市中疯狂地寻找，捕捉关于那段视频短片背后的一切。最终，他发现了尚午——这个疯狂极端的家伙，很可能是发生于灵魂吧连环自杀案背后的操纵者。但在邱凌发现这一结论的同时，尚午被捕了。接着，他被认定为精神病人，送入了海阳市精神病院接受强制治疗，时限是终生。

10017、10018、10019、10020……

邱凌站了起来，距离狱警走出这个病房的5:43，总共过去了167分钟，10020秒。也就是说，现在是晚上8:30整。

这个时间段，是海阳市精神病院监控室保安们换班的时间，值夜班的家伙，会在监控室外与走出监控室的值白班的保安寒暄几句，并一起抽根烟。

邱凌站了起来，朝监控探头的盲区走去，他搬起了病房里的椅子，放到探头下面，小心翼翼地站上去，尽可能不让自己被拍到。

探头被他微微移动了一点。

邱凌快速从椅子上下来，并快步走到病房另一边。他动作敏捷地跨上那张书桌，踮起脚，将天花板上的通风口往上一推。那块塑胶板被推开了，邱凌的手伸进去，继而从里面拿出一瓶红酒和一个开瓶器。

他将通风口的胶板复原，跳下桌子，又回到探头下……

邱凌将红酒拧开，倒了一杯到床头柜上的陶瓷茶杯里。监控探头显示的世界是黑白的，于是，没有人会注意茶杯里液体的颜色。

他微微笑了，将红酒塞重新盖上，与开瓶器一起放到床板下一根铁丝拧成的凹槽里。

他举起了茶杯，对着铁栏杆外那张靠背椅做了一个干杯的动作。沈非，希望你不会厌烦与我的这场战斗！

晚安！沈非！

晚安！这个并不乐意我存在的美丽的世界！

（第一部完）

心理大师

罪爱

剧情预告

　　一切并没有画上句点，似乎这才是真正对抗的开始。文戈的自杀背后，究竟有着什么样的隐情？邱凌进入海阳市精神病院后，到底能做出什么惊世骇俗的事呢？思想跳跃的知性精神科女医生乐瑾瑜骨子里隐藏着的，又会是一个什么样的灵魂？

　　当美丽的少女所引以为骄傲的尊严被践踏蹂躏后，她呈现出来的奴性，竟然是那么不可理喻。这位斯德哥尔摩症患者，默默无闻地在城市中穿行。她的目光锁定的，怎么可能是那么一个卑微的男人呢？

　　我是沈非，我的对手邱凌那细长有力的手指，似乎正紧紧捏着我的生命轨迹……不为人知的恐怖真相，即将来袭！

番外篇

　　我们是一群聆听者，聆听着这个世界许多许多不为人知的故事。有时候，我们的病人需要的其实并不是我们的开解，也没有哪位心理咨询师能够凭一己之力治愈病人。况且，包括我们自己，也不能保证自己不会患上心理疾病。

虫子

故事提供者：袁立，国家二级心理咨询师
性别：女
年龄：33 岁
任职单位：海阳市观察者心理咨询事务所

袁立又一次伸出手，在桌子下偷偷抚摸自己的腹部，那微微凸起的位置，一个小小的生命正在用力成长。孕育的缓慢过程，让袁立欣喜不已。

面前的岳太还没有醒来，袁立有时候觉得，岳太来自己的心理咨询事务所就诊，其实并不是要自己为她治疗，而是眷顾自己这诊疗室里那淡淡的精油香味与舒适的长椅罢了。

袁立站了起来，朝旁边的阳台走去。两个月的身孕让她腰围稍微有点变粗，但外人压根看不出什么。她那细长的腿还是那么圆润，

只是会偶尔有点疼，据说，过些日子还会发胀。

她推开阳台门。封闭式的阳台上，袁立精心打理的长藤已长得非常茂盛，这让那些被袁立囚禁在玻璃容器里的爬虫，有一种回到了自然世界的错觉，日益变得恬静。袁立蹲到装着一只美洲蜻蜓的罐子面前，很认真地看着小家伙的颜面：巨大的眼睛与微微颤抖着的嘴唇。袁立从旁边拿出一个塑料袋，打开罐子盖，将几只被晒干的长脚蚊子尸体扔了进去。美洲蜻蜓快速叼上美食，接着，它好像故意要给袁立表演一般，面对着袁立咀嚼起来。那几片嘴唇快速地抖动着，蚊子被一点点往里拖。袁立甚至能感觉到蜻蜓那并不存在的牙齿，在磨着可口的食物，最终吞入。

不知不觉，袁立望得痴了。

"袁医生！"身后岳太的声音响起，让对着美洲蜻蜓入神的袁立，吓了一跳。

她连忙站了起来，不好意思地说道："我看你睡得那么沉，便不想吵醒你。"

岳太微微一笑，紧接着走入袁立的阳台。她以前就看到过袁立的这些藏品与宠物，所以不以为然。

可这次，她却"咦"了一声，然后对袁立说道："袁医生，我记得上次过来不是听说你怀上孩子了吗？"

"嗯！还早，才两个月。"袁立点了点头。

"哦！"岳太似乎要说些什么，可她犹豫了一会儿，最终没有说出口，继而和袁立道别，朝门外走去。

袁立把她送到了门口，拉开了门。可岳太并没有走出去，反而在门口停住了，接着她回过头来："袁医生，有个事我觉得必须给你提个醒，毕竟你和我女儿一般大小，做长辈的知道的一些东西，还是需要拿来告诫你们。"

"嗯！岳太有什么直接说吧！小袁有什么没做好的，以后一定改正。"袁立微笑着。

"那倒没有。"岳太摇了摇头，接着越过袁立朝袁立的身后望了一眼，"袁医生，你都怀了孩子了，就少接触点那些虫子吧！我刚才看到你看着那些虫子发呆出神，这样不好的，对孩子不好。"

"呵呵！是吗？"袁立还是笑着。

岳太表情却严肃起来，接着她压低了声音，好像在透露一个天大的秘密一般："袁医生，怀孩子的时候看什么东西的脸看得多，生出来的孩子就会长得像什么，这个可是以前我们乡下老家传说的。老祖宗的东西虽然在你们看来是迷信与封建，但很多东西都是科学也解释不了的。你总不愿意将来的孩子长得像虫子吧？"

袁立继续微笑着，客套地点头，最终将这位好心却又絮叨的老妇送出了门。

她看了看表，才3点多一点，印象中今天下午已经没有预约的病人了。于是，袁立再次走进那个封闭式的阳台，观察着她喜爱的漂亮虫子们。

狼蛛的脸好像越来越大了。袁立歪着头盯着这大脸的虫子姑娘："看来你最近真的需要减肥了。"

说到这里，岳太的话却突然跳了出来，让袁立不由自主地站起来,继而将目光从狼蛛脸上移开来。她耸了耸肩,怎么可能信那些市井妇女的话呢?

说是这么说,但袁立还是关上了阳台门,退回到诊疗室,坐在沙发上翻起书来。

怀孕的女人,为什么那么容易睡着呢?

睡眠中的袁立,欣喜地发现自己被人推进了产房。即将为人母的欣喜,让身体下方的剧痛变得并不可怕,婴儿的哭泣声,让袁立激动不已。

"医生,是男孩还是女孩?"袁立抬起头问道。

医生却没有理睬她,反而和那个护士一起低着头,死死地盯着她们手里的孩子。

"医生,是男孩还是女孩?能抱给我看看吗?"袁立再次问道。

可对方依然不为所动。

袁立只得撑起了沉甸甸的身体,伸长脖子望了过去。

睡梦中的袁立猛然惊醒,因为梦中的她看到,医生手里抱着一个全身赤裸的婴孩,粗壮的手脚正在晃动着,还在大声哭泣着。可是……可是他的脸……他的脸上竟然是一对巨大的虫眼以及三瓣蠕动着的虫唇……

袁立一身冷汗。她站了起来,快步走入洗手间,搓了条毛巾擦脸。

这时,岳太的话又一次在袁立脑海中回荡,并且越发清晰。袁立甚至觉得,好像在自己潜意识深处,也有过这段谬论的存在一般。

袁立终于想起自己还是小女孩时听说的一个故事:故事的主角是母亲在轮胎厂的同事,一位叫崔阿姨的女人。她有着一头特别好看的黑色长发，垂到了腰际。

那年夏天，崔阿姨怀孕了，袁立记得自己在崔阿姨身边跑来跑去，被长辈们来回询问着："你觉得阿姨怀的是弟弟还是妹妹啊？"

袁立蹦蹦跳跳，抬头看到了崔阿姨房间墙壁上挂着的猴王脸谱，接着大声说道："阿姨怀的是一只猴子。"

几个月后，崔阿姨进了产房就再也没有出来。一个强壮的男婴，让她的母亲难产而死。

紧接着，崔阿姨的爱人就搬走了，再也没有人看到过他。

据说，那个克死母亲的男婴，全身都长着浓密的金色绒毛，就像一只没有尾巴的毛猴。于是，人们传说着：因为每天看着猴王的脸谱，才让崔阿姨孕育出了那个可怕的怪婴。

这一段回忆的逐渐清晰，让袁立觉得有点恶心。她回到诊疗室收拾起了东西，提前回家。

但，当天晚上，梦中的袁立，再一次被推进了产房。

"医生，是男孩还是女孩，可以给我看看吗？"袁立撑起了身子，望向那两位低着头的接产医生。

可她看到的竟然还是……

全身赤裸的婴孩，手脚晃动。他的脸上……一对巨大的虫眼以及三瓣蠕动着的虫唇……

袁立再次尖叫着醒来，丈夫不明所以……

接着，第二天，第三天……同样的梦，一次又一次地袭向袁立。作为心理医生的她，明白自己出现这些梦境，不过是潜意识深处让自己无限恐惧过的一个故事，被现在的自己重新拾起罢了。

她稍微用了一点自我治疗手段，便将这一梦境驱散了。

半月后，一次孕检中，B超照出的胚胎采图，已经有了基本的婴儿形状。丈夫拿着那模糊的黑白照片欣喜若狂，袁立也微笑着享受即将为人母的骄傲与期待情怀。

丈夫终于将手里的黑白照片伸到袁立眼前："你看看！现在就感觉长得挺像我呢！很帅。"

袁立笑骂了一句："臭美！"接着望向那张黑白的B超照片。

袁立全身一颤，因为她突然之间觉得，B超照片里初具雏形的婴孩，颜面长得为什么那么奇怪，有点像……

当晚，进入产房的梦又一次开始了……全身赤裸的婴孩……巨大的虫眼以及蠕动着的虫唇……

袁立的孩子在怀到第四个月时被医生发现心脏不再跳动了，被确定为死婴。医生摇着头说道："真奇怪，好好的一个孩子，为什么在母亲的子宫里吸收不到母亲身体给予的养分呢？"

袁立反倒舒了口气，因为这两个月来，她无时无刻不在担心身体里那个有着虫子容貌的孩子最终长成。甚至她还时不时想着，如果自己这个母体，不再给予身体里的魔鬼养分，那么是不是他就不会被孕育成功呢？

引产手术后，袁立终于看到了身体里那孩子初具人形的颜面……

袁立泪流满面……

其实，我们的潜意识对身体的可控程度，有着我们永远无法了解与解释的惊人力量。甚至，这力量惊人到可以让……可以让一位母亲轻易地放弃身体里胎儿的生命……

旋涡

故事提供者：徐瑞宁，国家二级心理咨询师
性别：男
年龄：32 岁
任职单位：风城弗洛伊德心理咨询事务所

徐瑞宁拧开了水龙头，让洗脸盆里水流旋转着流入下水道，那旋涡般的画面，让他想起了一个日本恐怖漫画大师关于特定事物恐惧症经典的故事。

一位父亲疯狂地迷恋起旋涡状的图案，最后发展到了无药可救也不可收拾的地步。他在他能够得着的墙壁上画满了旋涡的花纹，房间里所有的东西也都换成了有着旋涡图案的。他欣喜地发现眼珠可以如旋涡般旋转，并开始寻求自己的身体中能够顺应这一切的旋涡花纹。

最终，他的尸体散发着腐臭。被家人发现时，他蜷缩着，如同一个简单的旋涡图案，缩在一个木盆中。

丈夫的意外死亡，让母亲的世界也随之发生了改变。这位内心脆弱的女人，陷入巨大的恐惧氛围中。她害怕看到身边的每一个旋涡状的东西，觉得那一切的出现，都会剥夺自己的生命一般。马桶中旋转的水流，贝壳上美丽的花纹……这一切的一切，都让她近乎癫狂起来。

最终，母亲被送入精神病院的原因是：她用剪刀将自己手指指肚上的皮肤一整块一整块地剪掉了，原因是旋转着的指纹，在她眼里也是一个个旋涡。

医生们尽了最大的努力，让旋涡花纹消失在这位母亲的世界里，她的病情也终于慢慢好转了。因为，她有一段足够多的时间，没有看到过旋涡了。

一直到……一直到她出院前那次走入医生的办公室……

墙壁上悬挂着一副耳蜗的图案……

这位绝望的中年妇女终于意识到，旋涡从来没有走远，反而如同两个贴紧着自己头颅的恶魔，想要吞噬自己的大脑。

在一个绝望的夜晚，她用两把很长的剪刀，插进了自己的耳朵……

我们所以为自己已经不再害怕的黑夜与尖啸，其实依然隐藏在我们的潜意识深处。恐惧从未远离，只是在等待着释放而已。

哥哥

故事提供者： 马艳芳，国家一级心理咨询师
性别： 女
年龄： 53 岁
任职单位： 苏门大学教授，苏门市阿拉丁心理咨询事务所特邀咨询师

我有过一个叫作陈老师的病人，这位病人爱着一个不应该爱的女孩。

陈老师从小就生活在一个很传统的家庭里，父母辈也是站在讲台上工作，享受着灵魂工程师应该享有的骄傲与严肃。

于是，陈老师也顺应天意一般考入了师范，在那年的初秋走入校园，又在 4 年后的夏末走出校园。最终，在一个满世界郁郁葱葱的春天，陈老师再次回到校园，不同的是，从学生到老师身份的

切换。

接下来的日子里，陈老师行走在不可能有分岔路的生命轨迹上，唯一需要做出的选择，就是婚姻——这一与工作同样重要的人生选项上。

但是，陈老师却无力了。

因为，陈老师发现自己爱上了一个不应该爱的女孩——自己的亲妹妹，并且是与自己同一个子宫，同一个时间段被孕育生产出来的孪生妹妹。

陈老师痛苦万分，这一违背常理的心思无法得到释怀，注定了只能隐藏在陈老师的灵魂深处。于是，陈老师找到了我，想要我走入她的潜意识深处，唤醒自己对整个世界的爱意，而不会去纠结一段不应该的畸形恋。

结果是……我挖掘出来这么一个奇特的故事：陈老师——这位叫作陈松梓的漂亮女人是没有妹妹的，在她降生到这个世界时，母亲的子宫里还承载着另外一个孩子，一个本应是她哥哥的婴儿。

哥哥搂抱着陈松梓，在那充满液体的狭隘空间里生活了十个月，却不懂放手，双手霸道地拦在产道两边，想要阻止任何伸向自己妹妹的外力。因为他害怕妹妹被伤害。

细长的剪刀被伸入产道，因为医生们只有这一选择，可以让母子三人能够活下两个，尽管这一决定太过残忍，但这个世界本来就到处是需要割舍与放弃的隐痛。哥哥那并不粗壮的手臂被剪断了，或者应该说是那股子傻傻地想要护佑妹妹的力量，被剪断了。

陈松梓来到这个世界时，身上都是血。母亲的？抑或哥哥的？

她那第一次睁开的眼睛，看到的画面是支离破碎的哥哥。那一画面非常清晰，尽管现实中的陈松梓自己，压根不知道有这么一回事，也压根不记得那么一幅画面在自己的潜意识深处存在。因为有关她哥哥的故事，被父母藏到了深深的皱纹褶子里，但作为婴孩第一眼看到的那一幕，已经深深地烙印在了她潜意识深处。

于是，陈老师幻化了，她分裂出了一个潜意识中的哥哥，哥哥伸出两条粗壮的胳膊，如同那拥挤着的十个月里一样，紧紧地搂着妹妹。

而陈老师自己，就是哥哥深爱着的那个妹妹。

我们的潜意识世界深处，到底有些什么，是我们永远无法知晓的，如同我们不知道自己心里装着什么一样。

如同看这段文字的你，也永远不知道自己心里装着什么一样。

子宫

故事提供者： 沈非，国家二级心理咨询师
性别： 男
年龄： 30 岁
任职单位： 海阳市观察者心理咨询事务所

我失去过一个病人，是永远失去的那种。

冼星只来过我的诊疗室一次，但也就是那一次，让我终生难忘。因为，她在离开我的心理咨询所不久，便走到了海阳市最高的一个屋顶，捧着一把花白色的芦苇花跳了下去。

她的身体在十几秒后，沉重地摔到了冰冷的地面上，可那丛芦苇花却在空中飘荡了很久很久，就像在完成一段华丽的舞蹈，最终结束才落到了主人的身上。血液，像是渗向海绵的侵略者。而那丛芦苇花，便是那块饥渴的海绵。

负责这个案件的警察走进我的事务所,想要了解冼星在这世界上与人的最后一次交谈,到底说了些什么。这一要求被我拒绝了,因为无论冼星——那个脸色苍白的女人是生,抑或死去,我作为一位心理咨询师的职业操守,都不允许自己把病人内心的世界剖析开来,给第三个人看到。

警察有点失望,甚至那个年纪小一点的女警官还小声在她的师父耳边说道:"我觉得这个医生有点可疑,会不会是他把死者催眠,指挥她选择自杀的……"

这位鼻翼两侧有着几颗雀斑的女警察的话,被我不经意地听到了,我微微笑着对对方说道:"警官,我只是一个医生,并不是一位魔法师。那些在你的臆想中万能的催眠者都生活在电影里,而且……"我继续微笑着,"而且都是在好莱坞的电影里。"

年长的警官抱歉地对我笑了笑,接着站起来道别,要结束这次无功而返的拜访。他握着我的手失望地说道:"其实,我们只是想要多一点点的信息就够了,一点点都行!"

女警可能也意识到自己之前的冒犯有点不礼貌,补充了一句:"家属也不同意我们解剖尸体,让我们根本没有任何途径了解这位女死者的世界里到底发生了什么。"

他俩的话被我听在心里,感觉隐隐作痛,但……我不能告诉别人,那位高高个子,腿很长的女人,她的内心世界到底发生了什么。

第二天下午,我接待了一位男病患。男人脸色苍白,眼角有着眼泪的痕迹。他靠在我诊疗室的沙发上,死死地盯着我说道:"我想要知道冼星死亡的原因。如果你需要钱,说个价。"

我望着他摇了摇头。

男人的眼睛继续死死地盯着我："你也可以选择不说，那我就坐在你对面吧！每一个小时我都会按照你的价码给你付费，一直到你说出真相为止。"

我摇了摇头，接着从身后的书架上拿下一本书翻了起来。翻了几页后，我抬起头来，透过镜片望着对面的男人："其实，你可以考虑答应让警方解剖洗星的尸体，答案就在尸体里面。"

男人愤怒地站了起来："不！不！她已经支离破碎了，我不能让她再继续受伤害！"

"那……在她活着的时候，你又为什么没意识到这一点呢？"看得出，我的话语像个沉重的铁锤，敲打在男人心坎上。

几天后，解剖报告显示：在洗星刚进行过人工引产的子宫里，被塞入了一包用避孕套包扎着的粉末。粉末是白色的，有点发灰。法医给出的结果是，那些粉末是人的骨灰，就一点点，就那么小小的一点，就那么小小的一点点的骨灰……

因为，那个永远离开了洗星世界并未成形的孩子，在他离开母亲温热身体的时候，本也只有那么一点点，那么小小的一点点。而不懂放手的母亲，又将这一点点，将这小小的一点点费心地收集，重新放回他应该待着的暖床。

男人长跪在妻子墓碑前泪流满面。当自以为征服了整个世界时，却失去了身边最珍贵的东西。当自以为需要不受牵绊地带着爱人飞翔的瞬间，却忘记了爱人真正需要的，只是一个完整与温暖的家。

食物

故事提供者：顾洁，国际注册高级心理咨询师
性别：女
年龄：29 岁
任职单位：香港路西法心理咨询事务所

今天有一位老同学到香港看望顾洁。本来约了晚上一起吃晚饭的，可没想到临下班时，管先生却来了。所以，顾洁只能安排助理带着那位同学去楼下餐厅就餐，等自己与管先生聊完后，再接待这位贵宾。

管先生是一位上市企业的财务总监，并且是元老级别那种，洞悉了企业里所有的一切，能见光的，抑或不能见光的。所以，他不必担忧与害怕自己在公司里的地位是否牢固，也不用担心温饱问题，在香港这个绚丽的城市中，过着舒适的生活。

管先生每天 7:00 起床，8:00 在同一个茶餐厅里吃固定的早餐：

豆浆与流沙包。

结束一上午的工作后，中午的他会走半个小时的路，到附近的超市买午饭。同样是年复一年、日复一日的固定：一条胡萝卜与一块松饼，以及一杯果汁。

下班后，每天下午 7:30，海边的长椅上，人们都会看到一个 60 多岁的老头，手里提着一个饭盒坐在那里，望着满天飘红的晚霞，享受自己的晚餐。

他会在自己的大腿上铺一张报纸，把饭盒里的食物整齐地摆在上面。管先生会慢慢地，很小口小口地咀嚼，最后吞咽。

如果遇到下雨，他会打一把伞。如果雨很大，那么，他就干脆直接坐在雨里，吃完这顿晚餐。

至于晚餐的饭盒，里面固化为每天不变的两个菠萝包，和一包榨菜。

管先生不止一次对顾洁说："其实我已经老了，能不能治好自己的心理疾病，实际上都无所谓了。就算真正治好了，牙也已经不行了，没有福气消受那些美食，也不可能能吃下太多肉了。"说完这些，管先生还会耸耸肩，用孩子般的眼神望着顾洁，说自己之所以来找顾洁进行心理咨询与治疗，其实只是想找人聊聊天而已。毕竟每天晚上回到那个空旷的大房子，都觉得非常孤单。

其实顾洁知道管先生心理上的病症并不是很特别，而且还很好治疗。就只是非常普遍的特殊事物恐惧症，有人害怕汽车，有人害怕飞机，也有人害怕树梢上洒落的树叶……而管先生恐惧的比较另类罢了，他恐惧食物。具体地说，是恐惧吃到看上去非常美味的食物，尤其有着肉味的食物。

他不愿意向顾洁说明自己是什么时候开始这种恐惧的,这反倒让顾洁好奇起来。但顾洁也知道,好奇心并不是一个优秀的心理医生应该具备的,她需要挖掘病人之所以出现心理疾病的原因,但绝不是心理疾病产生背后的故事。毕竟,任何人都有权利拥有自己的故事,华丽的,抑或阴暗的。

终于,管先生在一个夜晚哭泣了,老人那晚很激动,抹着眼角的泪痕。顾洁突然发现管先生真的衰老到即将入土了一般,衰老到眼泪都已经无法淌出,只能是那么淡淡的一抹湿润。

他终于对顾洁说起20年前的一个故事,也是这个故事,让管先生的世界发生了翻天覆地的变化。

那时候,三十出头又风华正茂的管先生,是一位出名的美食家,或者应该说就是一个馋猫。年轻的他,因为工作需要,他保守着很多公司里的秘密,所以,他需要在其他方面进行宣泄,他选择了美食。管先生每天孜孜不倦地与几位同样喜欢到处吃喝的朋友,寻找着各种奇珍美馔,让它们进入自己的肠道,但又始终无法满足,总觉得这个世界上还有很多东西是自己没有尝过的,需要自己继续猎食。

管先生的妻子是一位日本女人,女人每天在家里想的最多的就是如何做出更加新鲜与可口的美食,得到丈夫的赞美。慢慢地,她发现丈夫对美食的喜好,已经变得不可理喻,甚至他可以一年都不与妻子亲热,任由精子每半月梦遗一次,也无法放弃追求一日三餐的痛快淋漓。

在这样的丈夫身边,这位只知道迎合对方的女人,思维也慢慢出现了变化。

某一天，管先生发现妻子炖了一种味道非常鲜美的汤，闻起来有点让管先生这种肉食者激动的微微腥味，尝起来又好像只是放了牛奶而已。最后，他在碗里找了很久，只发现了几块微微发红的肉块。

妻子那天好像身体并不是很好，她的脸色有点苍白。管先生并没有注意到这点，他只关心着碗里的美食。一整份煲汤都被管先生喝完了，他咂吧着嘴巴，说希望明天还能喝到如此鲜美的汤。女人微笑着说道："好啊！只要你喜欢就可以了。"

第二天，第三天，管先生都喝到了鲜美的有牛奶味道的浓汤，心情非常开朗，并不断地赞美妻子。可妻子的脸色却越来越苍白，笑容却越来越灿烂。

直到第四天晚上，半夜起来上厕所的管先生突然觉得口渴，想要喝点冰的东西。于是，他打开了冰箱的门，发现冰箱里有一个碟子里放着一块圆形的肉。肉上面还有一层皮，那层皮细腻得好像人类的肌肤。

管先生好奇地打开灯，端出了那碟鲜肉。

紧接着，他看到了让他这辈子都不再敢享受荤食的画面。

他看到了……看到了……

那天下午，管先生在顾洁的诊疗室里和顾洁聊了很久。他还是絮絮叨叨地说起他那躯壳已经残缺的妻子，说妻子在精神病院弥留之际，他并没有到场。管先生说自己并不是不想去看她，不想去握着她的手送她走完人生的最后一程。而是害怕，但又说不出是对谁的害怕，或者对什么东西的害怕……

出 品 人：许　永
出版统筹：海　云
责任编辑：许宗华
特邀编辑：王佩佩
封面设计：海　云
印制总监：蒋　波
发行总监：田峰峥

投稿信箱：cmsdbj@163.com
发　　行：北京创美汇品图书有限公司
发行热线：010-59799930

创美工厂
官方微博

创美工厂
微信公众号